Os descendentes

Kaui Hart Hemmings

Os descendentes

Tradução
Cássio de Arantes Leite

ALFAGUARA

Todos os direitos desta edição reservados à
Editora Objetiva Ltda.
Rua Cosme Velho, 103
Rio de Janeiro — RJ — Cep: 22241-090
Tel.: (21) 2199-7824 — Fax: (21) 2199-7825
www.objetiva.com.br

Título original
The Descendants

Capa
Pimenta Design a partir do cartaz do filme *Os Descendentes* cedido pela Fox Film do Brasil
©2011 Twentieth Century Fox Film Corporation. Todos os direitos reservados.

Preparação de texto
Lainister Esteves

Revisão
Fatima Fadel
Tamara Sender
Lilia Zanetti

Editoração eletrônica
Abreu's System Ltda.

PRISA EDICIONES

CIP-BRASIL. CATALOGAÇÃO-NA-FONTE
SINDICATO NACIONAL DOS EDITORES DE LIVROS, RJ

H43d

Hemmings, Kaui Hart
Os descendentes / Kaui Hart Hemmings ; tradução Cássio de Arantes Leite. - Rio de Janeiro : Objetiva, 2012.

303p. ISBN 978-85-7962-110-9
Tradução de: *The descendants*

1. Ficção americana. I. Leite, Cássio de Arantes. II. Título.

11-7338 CDD: 813
CDU: 821.111(73)-3

Para Andy

Sumário

Parte I

A Batalha da Medusa

1

O sol brilha, os mainás cantam, as palmeiras balançam, e daí. Estou no hospital e tenho saúde. Meu coração bate como deve. Meu cérebro dispara mensagens em alto e bom som. Minha esposa jaz no leito hospitalar, ereta, posicionada do jeito que as pessoas ficam ao dormir em aviões, o corpo rígido, a cabeça caída para o lado. Suas mãos estão no colo.

"Não dá pra deixar ela um pouco mais deitada?", eu pergunto.

"Peraí", diz minha filha Scottie. Ela tira uma foto de sua mãe, uma Polaroid. Ela se abana com a foto, e eu aperto o botão na lateral da cama para baixar o corpo de minha esposa. Solto o botão quando está quase na horizontal.

Joanie entrou em coma faz vinte e três dias, e nos próximos terei de tomar algumas decisões baseado no veredicto final de nosso médico. Na verdade, só preciso descobrir o que o médico tem a dizer sobre a condição de Joanie. Não há nenhuma decisão a tomar, uma vez que Joanie deixou sua *living will*, uma espécie de testamento rejeitando viver por aparelhos. Ela, como sempre, toma suas próprias decisões.

Hoje é segunda-feira. O dr. Johnston disse que vamos conversar na terça, e esse compromisso me põe nervoso, como se fosse um encontro. Não sei como agir, o que dizer, o que vestir. Ensaio respostas e reações, mas guardo apenas as falas que respondem a cenários favoráveis. Não ensaiei um plano B.

"Pronto", diz Scottie. Seu nome é Scottie de verdade. Joanie achou que seria um nome bacana, em homenagem ao meu sogro, Scott. Sou obrigado a discordar.

Pego o instantâneo, que parece uma dessas fotos que as pessoas tiram de alguém dormindo. Não sei por que achamos tão engraçado. *Tem um monte de coisa que dá para fazer com você quando está dormindo.* Essa parece ser a mensagem. *Olha só como está vulnerável, as coisas que você nem sabe que estão acontecendo.* Contudo, nessa foto dá para perceber que não está apenas dormindo. Joanie está com a bolsa de soro ao lado e há uma coisa chamada entubação endotraqueal indo de sua boca a um ventilador que a ajuda a respirar. Ela é alimentada por um tubo intravenoso e recebe medicação suficiente para abastecer um vilarejo fijiano. Scottie está documentando nossa vida para suas aulas de estudos sociais. Eis Joanie no Queen's Hospital, sua quarta semana de coma, um coma que recebeu um 10 na escala de Glasgow e um III na escala do Rancho Los Amigos. Ela participava de uma corrida e foi ejetada de uma lancha de competição a cento e trinta quilômetros por hora, mas acho que vai ficar bem.

"Ela reage não intencionalmente a estímulos de uma maneira inespecífica, mas ocasionalmente suas reações são específicas, embora inconsistentes." Isso foi o que me disse sua neurologista, uma jovem com um ligeiro tremor no olho esquerdo e um jeito de falar apressadinho que torna difícil lhe fazer perguntas. "Seus reflexos são limitados e com frequência os mesmos, independente dos estímulos apresentados", diz. Nada disso me soa bem, mas tenho certeza de que Joanie ainda está segurando as pontas. Sinto que vai ficar bem e um dia será capaz de funcionar normalmente. Em geral tenho razão sobre as coisas.

"Para que era a corrida?", perguntou a neurologista.

A pergunta me deixou confuso. "Para ganhar, eu acho. Para chegar em primeiro no final."

"Não aguento mais ver isso", digo a Scottie. Ela termina de colar a foto em seu álbum e então desliga a televisão com o controle remoto.

"Não, estou falando daquilo." Aponto as coisas na janela — o sol e as árvores, os pássaros no gramado, saltitando de migalha em migalha, atiradas por turistas e velhas malucas. "Abaixa aquela coisa. É horrível." Os trópicos inviabilizam as lamentações. Aposto que na cidade grande a pessoa pode sair pela rua de cara amarrada sem ninguém para ficar perguntando qual o problema ou encorajando-a a sorrir, mas aqui todo mundo exibe essa postura de como somos sortudos por morar no Havaí; o paraíso reina supremo. Se depender de mim, o paraíso pode ir pra puta que o pariu.

"Que nojo", diz Scottie. Ela fecha a persiana diante da janela, obstruindo a cena toda.

Espero que não perceba que a estou avaliando e que fico absolutamente preocupado com o que vejo. Ela é agitada e esquisita. Tem dez anos. O que faz uma pessoa durante o dia quando tem dez anos? Ela passa os dedos pela janela e murmura, "Isso podia me deixar com gripe aviária", e então forma um círculo em torno da boca com a mão e faz sons de trombeta. Ela é doida. Vai saber o que passa por aquela cabeça, e, falando em cabeça, definitivamente está precisando de um corte de cabelo ou de uma escovada. Há pequenos novelos felpudos encimando seu cocuruto. *Onde ela corta o cabelo?*, me pergunto. *Se é que já cortou em algum lugar.* Ela dá uma coçada no couro cabeludo, depois olha as unhas. Está usando uma camiseta dizendo NÃO SOU ESSE TIPO DE GAROTA. MAS POSSO SER! Fico feliz por ela não ser muito bonita, mas percebo que isso pode mudar.

Olho meu relógio. Foi presente de Joanie.

"Os ponteiros brilham e o mostrador é de madrepérola", disse ela.

"Quanto custou?", perguntei.

"Mas como é que eu sabia que essa ia ser a primeira coisa que você ia falar?"

Deu para perceber que ficou magoada, que se empenhara muito em escolher o presente. Ela adora dar presentes, prestar atenção nas pessoas de modo que possa lhes dar um presente demonstrando que se deu ao trabalho de conhecê-las e escutá-las. Pelo menos, parece ser isso o que faz. Eu não deveria ter perguntado sobre o preço. Ela só queria mostrar que me conhecia.

"Que horas são?", pergunta Scottie.

"Dez e meia."

"Ainda é cedo."

"Sei", eu digo. Não sei o que fazer. Estamos aqui não só por causa da visita e na esperança de que Joanie tenha feito algum progresso durante a noite, reagindo a luz, som e picadas doloridas, mas também porque não temos nenhum outro lugar para ir. Scottie fica na escola o dia todo e depois Esther vai buscá-la, mas essa semana achei que deveria passar mais tempo aqui comigo, então a tirei da escola.

"O que você quer fazer agora?", pergunto.

Ela abre seu álbum de recortes, um projeto que parece ocupar todo seu tempo. "Sei lá. Comer."

"O que você faz normalmente a essa hora?"

"Estou na escola."

"E se fosse sábado? O que você ia estar fazendo?"

"Praia."

Tento pensar quando foi a última vez que ela esteve inteiramente aos meus cuidados e o que fizemos juntos. Acho que foi quando estava com um ano, um ano e meio. Joanie teve de viajar para o Maui para uma sessão de fotos e não conseguiu achar uma baby-sitter, e seus pais não podiam ficar com ela, por algum motivo. Eu estava no meio de um julgamento e fiquei em casa, mas tinha algum trabalho inadiável, então pus Scottie na banheira com um sabonete. Fiquei observando para ver o que acontecia. Ela bateu na água e tentou beber, e então encontrou o sabonete e tentou pegá-lo. O sabonete fugiu e ela tentou outra vez, com uma expressão de deslumbramento no rosto, e eu saí de fininho para o corredor, onde havia colocado meu computador e uma babá eletrônica. Dava para escutar suas risadas, então eu sabia que não estava se afogando. Pergunto-me se isso ainda funcionaria: deixá-la em uma banheira com um escorregadio sabonete Irish Spring.

"A gente pode ir pra praia", eu digo. "A mamãe não ia levar você no clube?"

"Claro, dã. Aonde mais a gente podia ir?"

"Então, fechado. Depois que você conversar e a gente encontrar uma enfermeira, a gente passa em casa e vai."

Scottie arranca uma foto de seu álbum, amassa e joga fora. Me pergunto qual foto teria sido, se era a de sua mãe na cama, não a melhor das recordações familiares, provavelmente. "Eu queria", diz Scottie. "O que eu queria?"

É uma de nossas brincadeiras. De vez em quando ela diz o nome de um lugar em que gostaria de estar sem ser ali, nesse momento de nossas vidas.

"Eu queria estar no dentista", decide.

"Eu também. Queria que estivessem tirando raio X da nossa boca."

"E a mamãe ia estar fazendo clareamento dos dentes", diz.

Eu queria mesmo estar no consultório do dr. Branch, nós três ficando doidões de gás hilariante e sentindo os lábios dormentes. Um tratamento de canal seria um passeio no parque comparado com isso. Ou qualquer procedimento médico, qualquer um. Na verdade, eu queria estar em casa trabalhando. Preciso tomar uma decisão sobre quem deve ficar com as terras que estão na minha família desde a década de 1840. Com essa venda, será o fim de todas as terras em nossa posse e preciso desesperadamente examinar os fatos antes da reunião que terei com meus primos daqui a seis dias. É nosso prazo final. Duas horas na casa do Primo Seis daqui a seis dias. Vamos aprovar um comprador. Foi irresponsabilidade minha ter postergado tanto a decisão sobre esse negócio, mas acho que protelar é o que minha família tem feito há um bom tempo. Demos as costas a nossa herança, esperando que alguém aparecesse para cuidar tanto de nossa fortuna quanto de nossas dívidas.

Receio que talvez seja Esther quem vá levar Scottie à praia, e estou quase dizendo isso a ela, mas então fico quieto porque sinto vergonha. Minha esposa está no hospital, minha filha precisa de seus pais, e eu preciso trabalhar. Mais uma vez, eu a estou deixando de molho na banheira.

Vejo Scottie encarando sua mãe. Está de costas para a parede, e mexendo na barra de sua camiseta.

"Scottie", eu digo. "Se você não vai falar nada, então a gente já pode ir."

"Tá", ela diz. "Então vamos."

"Não quer contar para sua mãe como tem sido na escola?"

"Ela não liga pro que acontece na escola."

"E que tal suas atividades extracurriculares? Você tem a agenda mais cheia que o presidente. Seu álbum, mostra pra ela. Ou o que você fez na aula de soprar vidro, outro dia?"

"Um bongo", ela diz.

Dou uma boa olhada nela antes de responder. Ela não parece ter dito nada fora do comum. Nunca sei se sabe do que está falando. "Interessante", eu digo. "O que é um bongo?"

Ela dá de ombros. "Um cara do colegial me ensinou a fazer. Ele disse que ficava bom com fritas ou molho de salsa ou qualquer outra coisa que eu gostasse de comer. É tipo um prato."

"Você ainda tá com esse... bongo?"

"Estou, mais ou menos", ela disse. "Mas o senhor Larson falou pra eu transformar num vaso. Eu podia pôr umas flores nele e dar pra ela." Ela aponta sua mãe.

"Que ideia ótima!"

Ela me olha com ar cético. "Não precisa parecer todo empolgado desse jeito."

"Desculpe", eu digo.

Recosto em minha cadeira e fico olhando os buracos no teto, um por um. Não sei por que não estou preocupado, mas simplesmente não estou. Sei que Joanie vai ficar bem, porque ela sempre consegue se sair bem. Vai acordar e Scottie terá uma mãe, e poderemos conversar sobre nosso casamento e eu poderei deixar minhas desconfianças de lado. Vou vender a propriedade e comprar um barco para Joanie, algo que vai deixá-la de boca aberta e fazer com que jogue a cabeça para trás de tanto rir.

"Da última vez era você que estava na cama", diz Scottie.

"É."

"Da última vez você mentiu pra mim."

"Sei, Scottie. Desculpe."

Ela se refere à minha passagem pelo hospital. Sofri um pequeno acidente de moto. Bati na pista, voando por cima do guidão e caindo em um monte de terra. Em casa, depois do acidente, contei para Joanie e Scottie o que havia acontecido, mas insisti que estava bem e que não ia para o hospital. Scottie me fazia esses pequenos testes para mostrar que eu não era confiável. Joanie participava. Elas agiam como o tira mau, tira bom.

"Quantos dedos?", perguntou Scottie, erguendo o que imaginei ser um mindinho e um polegar.

"Puxa vida", eu disse. Não estava a fim de ser testado desse jeito.

"Responde", disse Joanie.

"Dois?"

"Certo", disse Scottie, cautelosa. "Fecha os olhos, encosta o dedo na ponta do nariz e fica num pé só."

"Puxa vida, Scottie. Não consigo fazer isso independente do que for, e você está me tratando como um motorista bêbado."

"Faz o que ela diz", gritou Joanie. Está sempre gritando comigo, mas na verdade é só o jeito que a gente conversa um com outro. Seus gritos fazem com que me sinta inepto e amado. "Encosta no nariz e fica num pé só."

Fiquei parado em protesto. Eu sabia que havia alguma coisa errada comigo, mas não queria ir para o hospital. Queria deixar o que estivesse errado com meu corpo seguir seu curso. Eu estava curioso. Estava com dificuldade de manter a cabeça erguida. "Estou bem."

"Você está zonzo", disse Joanie.

Ela tinha razão, claro. "Você tem razão", eu disse. Já dava até para imaginar: "O senhor se feriu", um médico me diria, e então cobraria mil dólares, no mínimo, e faria coisas desnecessárias e me daria conselhos inconfiáveis e excessivamente cautelosos para evitar uma ação judicial, e então eu teria de lidar com as companhias de seguros, que costumam perder documentos de propósito para evitar pagar, e o hospital me mandaria para o setor de cobrança, e eu teria de tratar disso tudo ao telefone com pessoas que não têm sequer o segundo grau. Mesmo hoje fico cético. A neurologista de língua rápida e nosso neurocirurgião dizem que eles só precisam manter os níveis de oxigênio e controlar o inchaço em seu cérebro. Falando, parece moleza; manter alguém cheio de oxigênio dificilmente seria algo a exigir um cirurgião. Troquei meus pensamentos de médicos para Joanie conforme esfregava o lado direito da minha cabeça.

"Olha só para você", disse Joanie. Eu estava olhando para uma pintura em nossa parede de um peixe morto, tentando lembrar onde conseguira aquilo. Tentei ler o nome do artista: Brady Churkill? Churchill?

"Você não consegue nem enxergar direito", ela disse.

"Como posso olhar para mim mesmo, então?"

"Cala a boca, Matt. Se arruma e entra no carro."

Me arrumei e entrei no carro.

Descobriu-se que eu lesionara meu quarto nervo, um nervo que liga os olhos ao cérebro, o que explicava por que as coisas haviam ficado fora de foco.

"Você podia ter morrido", diz Scottie agora.

"De jeito nenhum", eu digo. "Um quarto nervo? Quem precisa disso?"

"Você mentiu. Disse que estava bem. Disse que conseguia enxergar meus dedos."

"Não menti. Adivinhei certo. Além do mais, por algum tempo tive gêmeas. Duas Scotties."

Ela estreita os olhos, avaliando meu subterfúgio.

Lembro de quando eu estava no hospital, Joanie pôs vodca em minha gelatina. Ela usou meu tapa-olho e subiu no leito hospitalar comigo para tirar um cochilo. Foi gostoso. Foi a última coisa gostosa de verdade que fizemos juntos.

Tenho uma incômoda desconfiança de que está, ou esteve, apaixonada por outro homem. Quando ela deu entrada no Queen's, vasculhei sua carteira à procura de seu cartão do seguro-saúde e encontrei um bilhete escrito num pedacinho de papel azul duro que parecia feito sob medida para mensagens clandestinas. O bilhete dizia: *Pensando em você. A gente se vê no Indigo.*

O bilhete podia ser de anos antes. Ela vivia encontrando recibos desbotados de antigas férias, cartões de visita de comércios que nem existiam mais, canhotos de ingressos para *Waterworld* ou *Tempo de glória*. O bilhete também podia ser de um de seus amigos modelos, gays. Eles viviam dizendo essas merdas sentimentais, e a cor do cartãozinho era um azul Tiffany feminino. Na época eu deixei minha desconfiança pra lá, e tenho tentado esquecer esse bilhete, ainda que ultimamente me pegue pensando em como andava se comportando, dissimulada, dada a flertes — o modo como consegue beber sem parar, e aonde beber leva, as inúmeras noites saindo com as garotas —, e quando penso nas coisas desse jeito, um caso parece possível, quando não inevitável. Esqueço que Joanie é sete anos mais nova que eu. Esqueço que precisa de elogio e distração constantes. Ela precisa ser desejada, e em geral estou ocupado demais para elogiar, distrair ou desejar. Mesmo assim, não sou capaz de imaginá-la tendo um caso de verdade. A gente se conhece faz mais de vinte anos. Temos um ao outro e não alimentamos expectativas altas demais. Gosto do que temos, e sei que ela também. Minhas desconfianças não são muito convenientes nesse momento.

Scottie ainda não parou de me olhar daquele jeito. "Você podia ter morrido", diz.

Fico me perguntando o que meu acidente tem a ver com o que quer que seja. Ultimamente, Scottie anda acusando minhas falhas, minhas tapeações e mentiras. Parece uma entrevista. Sou o candidato reserva. Sou o papai. Ela e Esther estão tentando me preparar para o papel, acho, mas quero dizer a elas que não tem problema. Sou apenas o ator substituto, e a estrela principal em breve estará de volta.

"O que mais você queria?", pergunto.

Está sentada no chão, com o queixo apoiado no assento de uma cadeira. "Almoçar", ela diz. "Estou morrendo de fome. E um refri. Preciso de um refri."

"Eu queria que você conversasse com ela", eu digo. "Quero fazer isso antes da gente ir. Eu vou buscar o refrigerante pra você. Vou deixar você só com ela. Dar um pouco de privacidade." Fico de pé, pondo os braços acima da cabeça e me esticando. Me sinto mal quando baixo o rosto para Joanie. Quanta mobilidade eu tenho.

"Quer alguma coisa diet?"

"Você está me achando gorda?", pergunta Scottie.

"Não, não estou achando você gorda, mas a Esther enche você de açúcar, e quero desintoxicar você um pouco, se não for pedir demais. As coisas vão mudar um pouco."

"O que é desintoxicar?" Ela ergue os braços fibrosos acima da cabeça e se estica. Notei que anda copiando as coisas que eu faço e digo.

"É o que a sua irmã deveria ter feito", murmuro. "Já volto. Não sai daqui. Conversa com ela."

2

Vou para o corredor, que está silencioso. Na área central da recepção, há enfermeiras e recepcionistas, e visitas aguardando que as enfermeiras e recepcionistas ergam o rosto e as atendam. Toda vez que passo pelos quartos dos outros pacientes, digo a mim mesmo para não olhar, mas não consigo evitar; olho o quarto contíguo ao de Joanie. É o quarto do paciente popular, e normalmente está cheio de familiares, amigos, balões, *leis* e flores, como se ele houvesse realizado algo só por melhorar. Hoje está sozinho. Emerge do banheiro descalço e segurando fechado o roupão hospitalar. Dá para perceber que lá fora é um tipo durão, mas o roupão de hospital faz com que pareça delicado. Pega um cartão sobre a mesa, olha e põe de volta, depois arrasta os pés até a cama. Odeio cartões desejando melhoras. É como dizer a alguém para ter um bom voo. Não tem muita coisa que se possa fazer, na verdade.

Continuo rumo à área central e vejo Joy e outra enfermeira vindo em minha direção. Joy personifica lindamente seu nome, que significa alegria.

"Senhor King", diz. "Como está hoje?"

"Ótimo, Joy, e você?"

"Bem, bem."

"Ótimo", eu digo.

"Vi o senhor no jornal hoje", ela diz. "Já tomou sua decisão? Estão todos esperando."

A outra enfermeira a cutuca e fala, "Joy!".

"O que foi? Eu e o senhor King somos assim." Põe o dedo médio sobre o dedo indicador.

Continuo andando na direção da loja. "Vai cuidar da sua vida, mocinha." Tento da melhor forma que posso soar indiferente. É constrangedor o modo como estranhos pensam que me conhecem, e quanta gente, principalmente meus primos, está esperando para ver o que vou fazer. Se eles soubessem como tenho pensado pouco no assunto. Depois que a Suprema Corte manteve a estrutura de distribuição do *trust*, tornando-me o principal acionário, eu só queria me esconder. É responsabilidade demais para um homem só, e talvez eu me sinta um pouco culpado, exercendo tanto controle. Por que eu? Por que tanta gente dependendo de mim? E o que fizeram as pessoas antes de mim para que eu tivesse tanto? Talvez eu assine embaixo da ideia de que por trás de toda grande fortuna existe um grande crime. Não é assim que diz o ditado?

"Tchau, senhor King", diz Joy. "Eu aviso o senhor se aparecer qualquer coisa no jornal amanhã."

"Ótimo, Joy. Obrigado."

Posso perceber que os outros pacientes estão por aqui desse gracejo entre mim e Joy. Por que permito isso? Meu nome provavelmente intensifica a inveja deles — o modo como soa: Mister King, como se eu tivesse exigido ser tratado assim no Queen's Hospital, uma espécie de piada. Os pacientes não gostam que eu seja alguém, mas será que não percebem que a pessoa não quer ser alguém quando está em um hospital? Você quer ser um ninguém, entrar, sair e até nunca mais.

A lojinha está cheia de coisas para mostrar como nos importamos: doces, flores, bichos de pelúcia. Eis as coisas que nos fazem sentir amados. Vou à geladeira no fundo para pegar refrigerantes diet. Sinto orgulho de minha regra de nenhum-refrigerante-com-açúcar. Nunca tive uma regra tão categórica com meus filhos, excetuando "Não, não compro".

Antes de sair, dou uma folheada nos cartões. Talvez haja um que Scottie possa dar para sua mãe que diga as palavras por ela. *Fique boa. Acorde. Eu te amo. Não me deixe mais com o papai.*

Há cartões-postais, também, e vejo paisagens do Havaí: lava sendo cuspida das rochas na Grande Ilha, surfistas sendo cuspidos de uma onda em Pipeline, água sendo cuspida de uma baleia na superfície junto à costa do Maui, fogo sendo cuspido da boca de um dançarino no Centro de Cultura Polinésia.

Viro o display de metal e lá está ela: Alexandra. É uma foto que já vi antes. Olho em torno como se estivesse fazendo algo que não deveria. Um homem passa atrás de mim, e movo o corpo de modo a bloquear a foto de minha filha. Quando Alexandra tinha quinze anos, ela fez uma sessão para a Isle Cards, cujas legendas diziam coisas como *A vida é uma praia muito quente*. Maiôs de corpo inteiro viraram biquínis de duas peças. E os biquínis ficaram ainda menores, fio dental. Ela e sua mãe me contaram sobre essas fotos somente depois que foram publicadas, e então eu dei um fim a sua breve carreira de modelo, mas de vez em quando encontro um desses cartões em Longs. Na maior parte eles estão nas lojas de Waikiki, aonde não vai ninguém que eu conheça, de modo que esqueço o fato de que o corpo de minha filha continua por aí sendo vendido, selado e enviado para pessoas em lugares como Oklahoma ou Iowa — *Queria que você estivesse aqui* de um lado, Alex do outro, soprando beijos ou banhando-se ao sol em posições improváveis.

Dou uma olhada em torno à procura do vendedor, mas sou o único por ali. Procuro mais cartões com sua foto neles, mas há apenas cinco cópias desse mesmo cartão. Ela está com um biquíni branco, montada em uma prancha de surfe e com alguém fora do enquadramento jogando água sobre seu corpo, e usando as mãos para se proteger. Sua boca está aberta, rindo. A cabeça, jogada para trás. Seu corpo flexível cintila com as gotas de água. É, para falar a verdade, minha favorita, se eu tivesse de escolher, porque ao menos está rindo, sorrindo, fazendo algo que alguém de sua idade poderia estar fazendo. Nas outras ela parece mais velha, sexy, exasperada. Sua aparência é de alguém que sabe tudo que há para saber sobre os homens, e faz com que pareça irritada e lasciva ao mesmo tempo. É um olhar que você não quer ver no rosto de sua filha.

Quando pergunto a Joanie por que deixou que as fizesse, ela disse, "Porque é o que eu faço. Quero que ela respeite o que eu faço".

"Você posa para catálogos e anúncios de jornal. O que há para não respeitar?" Descubro imediatamente que isso não era a melhor coisa a ser dita.

Uma chinesa entra na loja e fica atrás da caixa registradora. "Senhor pronto?", ela pergunta.

Está vestindo um *muumuu* por cima das calças azuis de poliéster. Tem o aspecto de alguém que fugiu de um asilo.

"Por que a senhora vende isso?", pergunto. "Em uma loja de presentes. Para as pessoas melhorarem. Esses não são cartões com votos de restabelecimento."

Ela pega os cartões-postais em minha mão, vê um por um. "Todos mesmo cartão. Senhor gostar comprar todos mesmo cartão?"

"Não", digo. "Estou perguntando por que deixa isso à venda em uma loja de presentes de hospital."

Dá para dizer que nada vai sair dessa conversa. Será uma confusa e belicosa altercação verbal, em pídgin.

"Como, senhor não gosta garotas ou qualquer coisa?"

"Não", eu digo. "Gosto de mulheres. Não de garotas menores de idade. Aqui." Pego um cartão que diz, *Fique bom, vovô.* "Esse é o tipo de cartão apropriado." Mostro-lhe minha filha. "Isso não é apropriado. Não é nem sequer um cartão. É um cartão-postal."

"Essa minha loja. E pessoas em hospital são *haoles*, também. Se machucam aqui, depois melhoram e querem suvenir para continente."

"Querem um suvenir de sua ida ao hospital? Olha. Deixa pra lá. Toma."

Ela pega os cartões-postais e começa a voltar para o display.

"Não", eu digo. "Vou comprar. Quero todos. E esses dois refrigerantes."

Ela para. Parece confusa, como se toda a nossa conversa tivesse sido apenas fruto de sua imaginação, mas não diz uma palavra e não me olha ao passar por mim. Dou-lhe o dinheiro. Ela me dá o troco.

"Preciso de uma sacola, por favor", digo. Ela me estende uma sacola de plástico, e a uso para cobrir minha filha. "Obrigado."

Ela move a cabeça, mas sem olhar para mim. Ocupa-se com a caixa registradora. Parece que estou sempre trocando farpas com velhas chinesas.

Volto ao 612, para minha outra filha maluca. É uma sensação estranha carregar cópias de Alex na mão, e estranho pensar que esteve aqui esse tempo todo e só agora a resgatei.

Joanie e Alex não se dão lá muito bem. Eis o que Joanie fala sempre que pergunto. "Quando ela crescer, passa", diz Joanie, mas sempre achei que isso era algo que deveria passar se Joanie crescesse, também. Elas costumavam fazer tudo juntas, e imagino que Joanie fosse uma mãe divertida de se ter, porque era jovem, descolada, moderna, mas quando Alex parou de posar, a proximidade delas se rompeu. Alex se retraiu. Joanie ficou mais envolvida com as competições. Alex começou a sair de fininho. Depois passou a usar drogas. Foi ideia de Joanie mandá-la para o internato no ano letivo anterior, mas então, em janeiro último, Alex estava para chegar e ia voltar à antiga escola. Alguma coisa aconteceu no Natal, uma briga com sua mãe ou algo assim, e de repente ela passou a gostar do internato e voltou de livre e espontânea vontade. Perguntei às duas sobre o motivo da briga, por que Alex estava voltando, mas nunca recebi uma resposta clara, e afinal Joanie era quem sempre tomava as decisões sobre escola e tudo mais relativo a nossas filhas, então deixei pra lá. "Ela precisa botar a cabeça em ordem", disse Joanie. "Ela vai voltar."

"Chega", disse Alex. "A mamãe pirou. Não quero ter mais nada a ver com ela, e você também não devia."

Tanta teatralidade e tensão entre as duas, e é triste, porque sinto falta de Alex e do relacionamento que costumávamos ter. Às vezes eu acho que, se Joanie morresse, Alex e eu conseguiríamos. Voltaríamos a nos dar bem. Iríamos confiar um no outro com a mesma facilidade de antes. Ela poderia chegar em casa sem ficar com os nervos à flor da pele. Mas é claro que não acredito que se minha esposa morresse nossas vidas seriam melhores — uma coisa mais horrível de se pensar —, e é claro que não acho que Joanie esteja na raiz de todos os problemas de Alex. Tenho certeza de que eu também tenho alguma coisa a ver com eles. Nunca fui o mais disponível dos pais. Tenho vivido num estado de inconsciência prolongada, mas estou tentando mudar. E acho que venho fazendo um bom trabalho.

Paro na porta do quarto de minha esposa e vejo Scottie brincando de amarelinha no linóleo, marcando seu lugar com palitos de língua.

"Estou com fome", ela diz. "A gente pode ir? Comprou meu refri?"

"Você conversou?"

"Como?", ela diz, e sei que está mentindo porque sempre que mente responde na forma de uma pergunta.

"Tudo bem", eu digo. "Vamos pra casa."

Scottie caminha para a porta, sem nem sequer relancear sua mãe. Ela tira seu refrigerante de minhas mãos. "Pode ser que a gente volte mais tarde", eu a tranquilizo, superfluamente. Olho para minha esposa, e vejo um tênue sorriso em seu rosto, como se soubesse de algo que não sei. Penso no bilhete azul. É difícil não pensar a respeito.

"Fala tchau pra mamãe."

Scottie para, depois continua andando.

"Scottie."

"Tchau!", grita.

Agarro seu braço. Eu podia gritar com ela por querer sair, mas não faço isso. Ela puxa o braço para se livrar do meu aperto. Ergo o rosto para ver se tem alguém olhando, porque imagino que não é apropriado segurar crianças agressivamente hoje em dia. Lá se foi a época de surras, ameaças, açúcar. Agora temos terapia, antidepressivos, adoçantes. Vejo o dr. Johnston no fim do corredor, caminhando em nossa direção. Ele para de conversar com os outros médicos e gesticula para que eu espere. Ergue a mão: Pare. Seu rosto está ansioso, mas sisudo. Olho na direção oposta e depois de novo para ele. Seus passos aceleram, e dou uma estreitada no olhar, por algum motivo fingindo não reconhecê-lo. E penso: *E se eu estiver errado? E se Joanie não sair dessa?*

"Scottie", digo. "Por aqui."

Caminho na outra direção, me afastando do dr. Johnston, e ela vira e me segue.

"Anda logo", falo para ela.

"Por quê?"

"É uma brincadeira. Vamos apostar. Anda rápido. Corre." Ela dispara, a mochila sacudindo em suas costas, e vou atrás, primeiro andando rapidamente e depois trotando vagarosamente, e como o dr. Johnston é pai do meu amigo e foi um amigo do meu pai, sinto-me com catorze anos outra vez, fugindo dos adultos.

Lembro de jogar ovos na casa do dr. Johnston para pregar uma peça em seu filho, Skip. Nós três — Blake Kelly, Kekoa Liu e eu — corremos só para ser perseguidos pelo dr. Johnston em sua caminhonete. Ele nos fez correr praticamente até a exaustão, e quando dobramos numa viela, desceu e continuou a pé, enfim nos encurralando. Levava uma sacola da Foodland na mão, e disse que tínhamos duas escolhas: ou ele ligava para nossos pais, ou poderíamos ajudá-lo a se livrar da surpresa de tofu preparada por sua esposa. Escolhemos esta última, e ele enfiou a mão na sacola e nos fez provar de nosso próprio remédio. Fomos embora com surpresa de tofu no cabelo, orelhas, em todo lugar. Até hoje ele nos chama de Soy Boys, "Garotos da Soja", rindo histericamente e gritando "Buu!", o que ainda me dá um pequeno sobressalto. Mas não de uns tempos para cá. Há algum tempo ele não faz mais isso.

Disparo pelo corredor com minha filha, sentindo-me como se estivesse em algum outro país. Por todos os lados, as pessoas falam inglês pídgin e arregalam os olhos para nós como se fôssemos dois brancos malucos, ainda que sejamos havaianos. Mas não parecemos, e não contamos como havaianos verdadeiros ou reais porque não falamos do jeito certo, tampouco.

O dr. Johnston disse terça. Esse é o dia que marcamos, e só então vou aparecer. Não quero saber de nada por enquanto. Tenho muita coisa para me preocupar no momento. Dou uma boa olhada em torno. Vinte e três dias. Esse tem sido meu mundo: as pessoas olhando umas para as outras e tentando adivinhar o que estão fazendo aqui, as capas das revistas exibindo as pessoas mais saudáveis que existem. Vejo o trem em miniatura em sua caixa de vidro dando lentas voltas em torno de uma costa em miniatura com rígidos cidadãos em miniatura nas praias. Fujo do diagnóstico. Vou estar preparado para ele amanhã.

3

Digo a Esther que ela deve maneirar na gordura. Não há necessidade de misturar banha de porco no arroz, no frango e no feijão de Scottie. Digo-lhe que ela não lê os blogs. Eu tenho lido os blogs. Sei o que Scottie deve comer.

Estou pegando as manhas do lar. Ajudo a administrar a casa, ajudo a decidir o que Scottie come, que hora dorme, o que pode vestir, assistir, fazer. Digo coisas como "tempo esgotado" e "o turno é seu", e mando-a checar a Porta de Tarefas, invenção minha: é uma porta no escritório de casa onde estão pregados seus deveres semanais. Estão mais para divertidas, essas responsabilidades, e acho que Joanie vai ficar impressionada.

"É boa gordura", diz Esther. "Ela tão magrinha. Isso boa gordura."

"Não", eu digo. "Algumas gorduras são boas, mas não essa gordura." Aponto a substância branca na frigideira, derretendo lentamente como cera. Em websites sobre cuidados com filhos, descobri que xarope de milho, nitratos e gorduras hidrogenadas são ruins e que soja é bom, assim como produtos orgânicos e grãos integrais. Descobri também que Scottie precisa tomar a dose de reforço contra coqueluche e meningite e que existe uma vacina contra HPV, que provoca condilomas genitais e pode levar ao câncer cervical. É uma medida preventiva recomendada para as adolescentes antes de se tornarem sexualmente ativas. Quando li isso, fiquei tão alarmado que participei do chat de vacinação on-line, só para ser severamente repreendido por Taylorsmom. *Por que não proteger nossas crianças o melhor que podemos?! Sim, Scottiesdad, eu daria a elas uma vacina para solidão e sofrimento se isso estivesse disponível, MTO OBG, e não é a mesma coisa! Condilomas genitais não são emoções! São excrescências, e podemos dar um fim a elas.*

Tive de perguntar a Scottie qual era o significado de MTO OBG, porque agora que fechei o cerco em suas atividades, notei que está constantemente enviando mensagens de texto para as amigas, ou pelo menos espero que sejam amigas, e não algum pervertido em um roupão de banho.

"Muito obrigada", diz Scottie, e, por algum motivo, o fato de não ter pescado o significado disso me deixou na maior aflição. É absurdo quanta coisa se espera que os pais de hoje saibam. Venho de uma escola de pensamento onde a ausência do pai é algo com que se pode contar. Hoje em dia, vejo todos os homens com bolsas camufladas para trocas de fraldas e os bebês pendurados em seus peitos como pequenas figuras de proa de um navio. Quando era um pai novo, lembro que minhas filhas meio que me incomodavam, por serem bebês, e todo mundo em volta correndo para atender suas necessidades. A visão de Alex no carrinho às vezes me irritava — ela passava uma perninha por cima da barra de segurança e afundava no assento. Joanie lhe trazia alguma coisa e ela balançava a cabeça, então Joanie tentava mais uma vez e depois mais outra, até acontecer de a coisa oferecida funcionar e Alex tirá-la de suas mãos. Eu olhava para Alex, finalmente aquiescente com seu petisco, convencido de que havia uma pessoa crescida ali dentro, fazendo todos nós de bobos. Scottie apenas apontava as coisas e grunhia ou gritava. Eu me sentia vivendo com a realeza. Disse a Joanie que iria esperar até ficarem mais velhas para de fato entrar em contato com elas, e elas foram crescendo pelas minhas costas.

Esther, como sempre, está cantarolando. Nossa cozinha é de bom tamanho, e contudo parece pequena sempre que fico ali dentro com ela. É uma mulher baixa e gorducha sem a menor consciência do próprio corpo; sua barriga vive resvalando em meu quadril ou em meu abdômen. Estou fatiando cenouras e aipos para que Scottie possa enfiar em uma tigela de molho *ranch*. Percebo que Esther e eu travamos uma espécie de guerra de comida, competindo para preparar o almoço da minha filha, na Cozinha do Inferno.

"Você já falou com a sua família?"

"Ainda não", ela diz.

Faz só uma semana que contei a Esther que não vamos mais precisar dela, ainda que eu me sinta horrível sobre isso, mas segundo ela a família está fora de onde moram, em San Diego, e ela não tem as chaves da casa.

"Eles continuam de férias?", pergunto.

"É", diz ela.

"Em Jersey Shore, você disse?"

"É. Jersey Shore."

"Que gostoso." Abaixo para pegar pedacinhos de legumes que deixei cair, e Esther anda atrás de mim. Sinto sua barriga resvalando em minha bunda.

"Mas o senhor ainda não está pronto", ela diz. "Tem muita coisa que não contei."

Ela vem usando seus anos de experiência com Scottie como forma de poder, servindo-os em pequenas porções para prolongar sua permanência. Permito isso porque não posso negar como me ajuda e como gosta de Scottie. Seu método é brilhante — preciso mesmo que me ensine mais coisas antes de ir. Sinto como se estivesse fazendo o exame da ordem outra vez — ralando, enchendo minha cabeça de regras, aprendendo a lógica e a linguagem das meninas. Esther me ensina do que Scottie gosta: Xbox, dançar, revista *SMART*, manteiga de amêndoa, hambúrgueres, Jay-Z, Jack Johnson, fazer *playlists* no iPod, enviar torpedos, e eu digo a mim mesmo que preciso saber disso porque Joanie pode ficar debilitada por algum tempo, e sem paciência; talvez deixe de ser ela mesma, mental e fisicamente, por um longo tempo, mas em nenhum momento digo a mim mesmo que preciso aprender os hábitos dessa criatura porque Joanie talvez morra.

"Vamos continuar?", pergunto.

Esther suspira como se isso fosse cansativo, mas sei que aprecia nossas sessões de aulas. Consegue ser a professora de seu patrão, consegue me mostrar a garota que conhece tão bem e consegue criar a garota que ela quer que Scottie seja.

"Ela gosta de ler *Jane* e ouvir música", diz Esther mexendo na panela de gordura e feijão. A cozinha cheira a ataque cardíaco. "Ela gostava do MySpace, mas agora tem o álbum. Ela gosta de *Dog the Bounty Hunter*. Gosta de coçada nas costas."

"Coçada nas costas?"

"É, quando bebê, eu coçava as costinhas dela até ela dormir. Eu ainda faço isso hoje quando ela acorda com pesadelo." Ela mexe a panela com uma colher de madeira.

"Pesadelo? Mas que tipo de pesadelo ela tem tido?"

Eis uma pergunta estúpida. Sua mãe está no último estágio antes da morte, o cérebro no nível mais baixo e final, mas me recuso a admitir que isso possa ter um profundo efeito psicológico em Scottie.

"Não sei", diz Esther. "Ainda não falei com senhor sobre pesadelos de criança. É coisa comum. A gente conversa isso semana que vem."

Gosto mesmo de Esther e não quero que vá embora. É só que a ideia de uma empregada como ela, uma babá mexicana, não me parece muito certa. Nunca achei que Scottie precisasse de babá, uma vez que Joanie não trabalhava de verdade, e não gosto de gastar dinheiro com alguém para cuidar da minha filha. Também faz com que eu me sinta uma espécie de colonizador ter Esther por perto. Principalmente agora, que entrei no meio e ela passou a cuidar sobretudo da limpeza e da cozinha. Desde que começamos a passar mais tempo na presença um do outro, ela adquiriu um pendor pelas réplicas mordazes e um timing cômico fluente, de modo que agora se tornou a empregada mexicana de *sitcom*, atrevida e sabe-tudo. Mas preciso pensar no que é melhor para minha família, não em como os outros veem minha família, algo de que fui culpado minha vida toda, tentando provar como era importante, e não apenas descendente de alguém importante.

Tenho umas pendências de herança. Pertenço a uma dessas famílias havaianas que fizeram dinheiro na base da sorte e de gente morta. Acontece que minha bisavó foi uma princesa. Uma pequena monarquia decidiu qual terra era a deles, e ela pôs as mãos em um belo torrão. Meu bisavô, um homem de negócios *haole*, estava se saindo muito bem, também. Era um bom especulador com terras, bom banqueiro. Todos os seus descendentes, assim como os descendentes de missionários no Havaí, descendentes das fazendas de açúcar e assim por diante, se beneficiam até hoje dessas antigas transações. É só sentar e ficar assistindo enquanto o passado despeja milhões em nosso colo. Meu avô, meu pai e eu raramente mexemos nos fundos obtidos com o *trust* latifundiário. Nunca gostei do fato de que é de conhecimento público quanto dinheiro tenho. Sou um advogado, e uso apenas o dinheiro que ganho sendo um advogado, não o que herdei. Meu pai sempre disse que era a coisa certa a fazer, e no fim terei ainda mais para passar adiante. Seja como for, não gosto de heranças. Acho que todo mundo deveria começar do zero.

Penso em Joy, seu sorriso conspiratório. Eu provavelmente deveria ver o jornal de hoje, mas desconfio que andou lendo sobre os beneficiários, sobre quanto temos, e as especulações quanto à decisão que precisamos tomar essa semana, ou a decisão que tomarei, uma vez que meu voto é o que mais pesa. Tenho cerca de 1/8 do *trust*, ao passo que os demais, 1/24. Tenho certeza de que estão positivamente empolgados com isso.

"Tudo bem", digo para Esther. "Pode segurar os pesadelos para depois, mas continue me passando o resto." Penso que posso trabalhar um pouco sobre minha filha agora, enquanto preparamos o almoço, e deixar para me debruçar no portfólio dos King à tarde. Vou escolher um comprador e encerrar o assunto.

"Ela gosta de bolsas e de jeans Seventween de cintura baixa."

Ela despeja o arroz, o feijão e o frango em uma tortilha fumegante. Eu arrumo os legumes em um prato junto a um sanduíche de peru. Cerco o prato com três tigelas de diferentes molhos para mergulhar os legumes: *ranch*, *mango salsa* e manteiga de amêndoa. Esther fuzila a manteiga de amêndoa como se fosse um ponto contra ela.

"E?", pergunto.

"E... não sei. Tanta coisa mais o senhor precisa saber. Ela gosta de muitas coisas, mas o senhor precisa saber o que ela não gosta, também. Vai levar meses para explicar. Mesmo quando sua esposa voltar, ela não sabe um monte."

Escutamos Scottie vindo pelo corredor, e Esther baixa a voz. "Ela adora que eu leia a *Mamãe Gansa*."

"O livrinho de bebê dela?"

"É. Traz tanta alegria a ela. Às vezes, leio a mesma poesia várias vezes. Isso deixa ela tão feliz. Faz ela rir alto com gosto."

Pergunto-me se Scottie está regredindo a um estágio infantil, se aprecia as riminhas porque a levam de volta a um tempo mais feliz e inocente.

"Ela deveria estar lendo literatura infantojuvenil", murmuro.

"Ela lê o que ela quer", Esther murmura de volta.

"Não. Acho que precisa de livros com mensagens morais e lições sobre como lidar com o amadurecimento, não de livros sobre mulheres solteiras que não conseguem parar de ter filhos e que levam vidas caóticas dentro de uma bota."

Ambos vemos Scottie, e paramos de falar. Esther empurra seu prato na direção das cadeiras. Empurro meu prato para a frente também, e Scottie senta em um banquinho, olhando para nós dois e depois para a comida diante dela.

Scottie corta a *enchilada*. Com a outra mão, tecla mensagens, ou torpedos, para alguma amiga.

Esther olha para mim e sorri. "Ela gosta de banha."

4

Bem quando estou prestes a ir para o meu quarto para trabalhar, Esther avisa que a sra. Higgins ligou e quer que eu ligue de volta imediatamente. Está limpando o fogão, e usa a unha para remover alguma coisa mais obstinada, grunhindo. Posso jurar que faz isso de propósito, para que eu sinta pena dela.

"Quem é a senhora Higgins?"

"Mãe de Lani."

"Quem é Lani?", pergunto.

"Amiga de Scottie, talvez. Liga." Dá um longo gole em sua água e solta o ar ruidosamente.

"Dá para você ligar para ela? Você sabe que tenho umas coisas para fazer."

"Eu já conversei com ela. Ela quer falar com o senhor King."

"O que você disse?"

"Eu disse, a senhora King doente. Então ela pediu para falar com senhor."

"Ótimo", eu digo. Vai me pedir para participar de alguma campanha para angariar fundos, ou combinar caronas, ou terei de ser voluntário para algum baile. Esse é o problema com as crises. Minha esposa está em coma, mas isso não impede a vida de continuar. Ainda tenho de lidar com a escola de Scottie, faturar alguns honorários, esse negócio da herança para cuidar.

Esther sai da cozinha com um balde de produtos de limpeza, e uso o telefone da cozinha para ligar para a sra. Higgins. Toda a louça do almoço sumiu de vista. A grande panela negra está virada sobre o escorredor. O chão está brilhante e escorregadio. Posso ver meu rosto refletido no tampo do balcão.

Uma mulher atende o telefone, praticamente cantarolando alô. Gosto quando as pessoas atendem o telefone desse jeito. Ou quando as mulheres atendem o telefone desse jeito. "Alô, é a senhora Higgins?"

"Pois não?", ela diz.

Os operadores de telemarketing devem adorá-la. "Oi, aqui é Matt King, estou retornando a ligação. O pai de Scottie. Pra falar a verdade, nem sei se sua filha é colega de classe da minha, só imaginei que..."

"Isso mesmo, Lani é da classe da Scottie", ela diz. A doce modulação de sua voz desapareceu.

"Desculpe, minha esposa não está bem e não pôde retornar sua ligação, mas em que posso ajudar?"

"Bom", disse ela, "vamos ver. Por onde começo?"

Presumo que isso seja uma pergunta retórica, mas ela parece aguardar que eu lhe diga por onde deve começar. "Acho que deve começar pelo começo", digo.

"Certo", diz ela. "O começo é o seguinte. Parece que sua filha anda enviando umas drogas de torpedos horrorosos para minha filha, e eu queria que ela parasse."

"Ah", digo. "Como o quê?"

"Ela a chamou de Lani Piggins e Lani Moo."

Lani Moo é a ilustração da vaquinha de uma empresa local de laticínios. "Olha", digo. "Lamento sobre isso. Acho que às vezes as crianças inventam nomes umas para as outras. É uma forma de carinho." Olho meu relógio. Penso em Joanie comprando-o para mim.

"Ela escreve *Linda camisa* para minha filha. Ou *Linda calça.*"

"Isso é bacana", digo.

"É cibersarcasmo!", ela berra, e afasto o telefone da orelha, não porque o grito é agudo, mas porque é grave, áspero, maternalmente lupino.

"Mas talvez não seja, ãh, cibersarcasmo, talvez ela esteja elogiando de verdade."

"Ela escreve *CS* depois. Isso quer dizer 'cibersarcasmo'. E também chama minha filha de Lanikai, insinuando que ela é do tamanho de um quarteirão."

Não digo nada. Até sorrio levemente, porque é uma boa sacada.

"Além disso", continua, "sua filha disse que está com medo de ser a dupla dela no paredão de escalada porque não quer cair na fenda do cofre da minha filha. Isso não faz nem sentido".

Estou prestes a dizer que Scottie talvez esteja dando a entender que o cofrinho de Lani é maior do que o normal, está mais para uma caixa-forte, por causa da escala ampliada do resto do corpo. É uma continuação lógica para as piadas de gorda, mas me seguro. "Isso é horrível", eu digo.

"Olha", diz a sra. Higgins. "Que tal se eu enviar para o senhor a última obra dela: *Todo mundo sabe que você ganhou pentelhos no verão.* É isso. Ela fica mandando mensagens como essa. Por motivo nenhum. Minha filha não faz nada para provocar a sua."

Penso em Scottie almoçando e me pergunto se estava enviando os torpedos para Lani ali mesmo no balcão da cozinha.

"Horrível", digo outra vez. "É muito estranho vindo dela. Ela é muito educada. Pelo jeito é porque a mãe não anda muito bem, talvez seja isso. Deve ser o modo como está lidando com a situação."

"Estou pouco me fodendo pros motivos dela, senhor King."

"Opa", eu digo.

"Só sei é que minha filha volta da escola chorando. E ela está mesmo se desenvolvendo um pouco cedo, e está muito sensível com o crescimento, e sei muito bem que eu não compro as roupas dela na Neiman's Kids ou sei lá onde vocês compram as roupas de Scottie."

"Claro, claro", eu digo. "Desculpe. Peço desculpas." Não li nenhum blog sobre xingamentos, e Esther não me preparou para tudo isso. Fui tapeado por Scottie. *Quem é você, na verdade?*, é o que quero perguntar.

"Scottie é quem deveria estar pedindo desculpas. Quero que venha aqui fazer exatamente isso, e quero que seja repreendida."

"Vou falar com ela", eu digo. "Vou esclarecer tudo isso. Pelo jeito estamos tendo um trabalhão essa semana com a, ãh, os motivos dela, mas peço mil desculpas, e vou falar com Scottie imediatamente."

"É um bom começo", ela diz. "Mas quero que venha se desculpar com Lani. E não quero Scottie escrevendo para ela nunca mais."

"Ela pode, se for de um jeito legal!", escuto uma voz dizendo no fundo.

"Para ser bem franca, quero que venha hoje mesmo, ou então vou levar isso à diretoria. O dinheiro não vai tirar vocês dessa."

"Como é? Do que a senhora está falando?"

"A escolha é sua, senhor King. Devo dizer para a Lani que estão vindo agora mesmo, ou o senhor e a sua filha vão querer tratar desse assunto com a escola?"

Pego o endereço. Faço promessas. A vida continua.

5

A caminho dos Higgins, que moram perto, em Kailua, dou instruções para Scottie. Precisamos entrar e sair rapidamente. "Você tem que pedir desculpa, e precisa ser pra valer. Estou cheio de trabalho, então nada de enrolação."

Ela fica em silêncio. Tirei o aparelhinho de mensagens dela, e está com as mãos abertas no colo, os dedos em concha no ar.

"Por que chamou ela dessas coisas? Por que está sendo tão cruel com outra pessoa? Como digitou todas aquelas palavras?"

"Sei lá", ela diz, a voz carregada de irritação.

"Você fez ela chorar. Por que ia querer deixar alguém triste?"

"Eu não sabia que ela era tão sensível. Ela responde *lol* às vezes, então achei que não ia ser uma total mongol com isso."

"O que é 'lol'?"

"Risada", murmura.

"Você digita todo esse texto sozinha?"

Ela não responde. Passamos pela loja de antiguidades e pelo revendedor de caminhões gigantes. Quando entramos na rua de comércio mais novo, ambos olhamos para a garotada andando de skate sob a grande figueira-de-bengala. Sempre olhamos para eles; provavelmente todo mundo faz o mesmo ao dobrar na rua Kailua.

"Você simplesmente fica ali escrevendo suas maldades, depois vai cuidar da vida?"

"Não."

"Então o quê?"

"Eu escrevo junto com a Reina. Ela acha engraçado, daí mostra o que eu escrevi para a Rachel, a Brooke e as outras."

"Eu sabia que ela tinha alguma coisa a ver com isso. Tinha certeza."

Reina Burke. Doze anos. Eu a vejo no clube usando biquínis mínimos e batom; tem esse ar confiante que nenhuma menina de doze anos de idade deveria ter. Ela me lembra Alexandra — linda e rápida, pronta para jogar a infância fora como se fosse um mau hábito.

"De agora em diante você não vai mais andar com ela", eu digo.

"Mas, pai, eu já combinei de sair com ela e a mãe dela na quinta!"

"Você tem um compromisso com a sua mãe."

"A mamãe não consegue nem abrir o olho!", ela diz. "Ela nunca vai abrir."

"Claro que vai. Você ficou louca?" Ela fita o vazio à sua frente. "Você precisa ficar com a sua mãe, não com a mãe de outra pessoa."

"A Reina pode ir no hospital? Eu não encontrei mais ninguém desde que eu parei de ir na escola."

Fico surpreso que possa querer uma amiga no hospital, mas fico pensando que, se Reina estiver lá, então talvez Scottie interaja com Joanie. Ela não vai simplesmente sentar e fitar o nada se a amiga estiver presente.

"Ótimo", eu digo. "Peça desculpa para essa garota. Seja boazinha com ela hoje e daqui pra frente, e a Reina pode ir junto na quinta."

"Bom, preciso do meu BlackBerry pra contar pra ela e pra dizer coisas boas pra Lani Moo."

"Pode pegar seu celular, pelo amor de Deus, e não chame a Lani disso."

Rodamos pela cidade de Kailua, que fora recentemente remodelada para parecer um centro comercial como o de qualquer agradável subúrbio americano. Os turistas estão por toda parte, e nunca vieram muito para nossa cidade, antes. Sei que quando eu vender as terras o comprador vai transformar em algo exatamente desse jeito, e mesmo assim gosto do aspecto desse centro comercial, e Joanie também gosta. Ela adora revitalizações urbanas.

"Podemos tomar um *smoothie*?", pergunta Scottie.

"Não."

"Podemos comer hambúrguer?"

Isso de fato soa gostoso. "Não."

"Ai, meu Deus, vai dizer que você não quer um Monster Double agora mesmo."

"Você acabou de comer, Scottie."

"Tá. Então um shake de manteiga de amendoim."

Fico com água na boca. "Para, Scottie. É não e não."

O trânsito fica pesado, e seguimos a passo de tartaruga até o semáforo. Uma família caminha paralelamente ao carro, no gramado, o pai carregando um caiaque de plástico amarelo acima da cabeça. Todo mundo na família, as duas crianças e seus pais e dois outros adultos, veste camisetas roxas dizendo REUNIÃO DA FAMÍLIA FISCHER.

"Mongos", diz Scottie.

Passamos por eles e paramos, e depois eles nos ultrapassam. A luz adiante fica verde, e o trânsito começa a se mexer outra vez. Quando passamos, Scottie põe a cabeça pela janela e grita, "Mongos!". O pai abre o braço para bloquear o avanço da mulher e das crianças, como que os impedindo de sair voando para a frente.

"Scottie!", eu digo. "O que foi isso?"

"Achei que você ia achar engraçado."

Olho para a família Fischer no retrovisor. O pai gesticula nervosamente com o filho mais velho, que está tirando a camiseta e jogando no chão. Minha cabeça lateja. "Levanta o seu vidro", eu digo.

"Não é de levantar. Não estamos nos anos vinte."

"Então aperta o botão, tanto faz, Jesus amado. E ainda existem carros com vidro de levantar. Modelos básicos. Não tem nada de errado nisso."

"Vira aqui à direita", diz Scottie.

"Você sabe onde ela mora?"

"Ela me convida pro aniversário dela, tipo assim, todo ano."

"Para de dizer tudo pra mim como se eu já devesse saber."

"É aquela ali", ela diz.

"Qual?"

"Bem ali."

Piso no freio e encosto no meio-fio em curva. Olho para a casa que parece com qualquer outra casa em Enchanted Lakes: uma porta da frente que ninguém usa, a porta de tela perto da garagem, aberta e com chinelos de borracha e sapatos em cima do capacho emborrachado. Descemos do carro e, enquanto subimos pelo caminho da entrada, pergunto a ela sobre Lani: "Então vocês eram amigas?"

"É, até a festa do ano passado, quando ela me trancou do lado de fora da casa e eu tive que ficar sentada ali o dia inteiro enquanto todo mundo ria lá dentro." Ela aponta uma mesa na garagem. Essa é outra coisa sobre Enchanted Lakes: ninguém usa suas garagens para guardar carros. Em vez disso, a garagem serve para jantar do lado de fora e pôr geladeiras extras. "Ela tava se sentindo, mas daí eu fiquei popular e ela ficou um estrupício e aí o mundo virou."

"Mesas", eu digo. "Mesas viram."

A sra. Higgins espera atrás da porta de tela. Ela abre e entramos. Aperto sua mão e digo olá, e como continua a segurar a porta aberta, fico tão próximo que parece que estamos prestes a nos beijar ou a brigar.

"Obrigada por vir", ela diz enfaticamente, como se me concedesse muito ao dizer isso.

"Claro." Fico tão inacreditavelmente tentado a lhe dizer que minha esposa está em coma, mas prometi desde o início jamais usar isso como uma justificativa ou um trunfo.

Ela olha para nossos sapatos, e eu olho para seus pés e percebo que espera que eu tire meus sapatos, algo que odeio fazer. Removo os sapatos e fico ali em minha meias pretas. Uma é de um matiz de preto mais escuro que a outra. Scottie corre alguns passos, depois escorrega pelo piso e estoura uma bola de chiclete. Quero dizer a ela que pare de mascar chiclete. Fica com ar de insolente. A sra. Higgins nos conduz à sala, e vejo uma garota que deve ser Lani sentada de pernas cruzadas no sofá. Ela usa o cabelo castanho espesso e macio num penteado afro de garota branca, e tem um nariz arrebitado que alude ao seu apelido de "porquinha", Lani Piggins. Dá para perceber que adora Scottie, porque seu rosto se ilumina, ela descruza as pernas e se inclina bruscamente para a frente.

Olho para a mãe dela, uma versão mais esbelta da pessoa que está no sofá, o que traz esperança, e vejo que os olhos de Lani são de um lindo azul, tem a pele branca e suave. Em alguns anos poderá ser muito bonita, ou não.

"Scottie", digo. "Tem alguma coisa a dizer para a Lani?"

"Desculpa", diz Scottie.

"Tudo bem", diz Lani.

"Maravilha", eu digo. "Bom, foi ótimo conhecer vocês duas."

"Scottie", diz a sra. Higgins. "As coisas que você disse foram simplesmente detestáveis."

Olho para minha filha, tentando transmitir um olhar que diga *Melhor deixar por isso mesmo.*

"Não sei o que acontece para fazer com que se torne uma jovenzinha tão nociva."

"Ei, tá bom", eu digo. "Ela já pediu desculpa. As crianças são más. Querem mostrar umas para as outras que com elas ninguém mexe, não é verdade?"

"Ela precisa aprender a tratar a pessoa on-line do mesmo jeito que trata em tempo real", disse a sra. Higgins.

"Concordo."

"Ela precisa aprender a não brigar on-line. É uma das regras da escola."

"Está entendendo isso, Scottie?", eu digo. Fico de joelhos para poder me nivelar com ela olho no olho, algo que Esther disse ter aprendido em um programa de tevê sobre babás guerrilheiras. "Você precisa conversar com as pessoas frente a frente."

Scottie balança a cabeça exageradamente, o queixo erguendo-se até o céu, depois baixando até seu peito.

"Ela não está entendendo." A sra. Higgins exibe um sorriso furioso que não me agrada. "Ela vai continuar a fazer. Dá para perceber."

"Não", eu digo. "Vai ficar tudo bem. É como daquela vez que Lani trancou Scottie do lado de fora da casa durante a festa de aniversário inteira. Foi uma coisa cruel de se fazer, e provavelmente você fez isso só para se mostrar, não foi?", eu digo para Lani.

Lani faz que sim, então cai em si e fica imóvel.

"Scottie ficou sentada lá fora o dia inteiro", eu digo.

"Eu não sabia disso", diz a sra. Higgins.

"Você trouxe bolo pra mim", diz Scottie.

"Você trouxe bolo pra ela", repito. "Talvez Lani é quem deveria se desculpar, já que, ao que parece, esse incidente foi o catalisador de todo esse comportamento... 'nocivo' foi a palavra que usou." *Está lidando com um advogado, madame. Posso continuar nisso infinitamente, mesmo usando uma meia de cada par.*

"Desculpa", diz Lani.

A sra. Higgins fica com os braços fortemente cruzados sobre o peito, frustrada pelo modo como o mundo virou, como diz Scottie.

Dou um tapa em minhas coxas. "Ótimo! Muito bom. Lani, vê se aparece em casa qualquer hora. A gente pode nadar ou sair para uma caminhada ou qualquer coisa assim. Ou fazer o álbum de recortes."

"Tá bom", diz Lani. Scottie olha para mim com a cara amarrada, mas sei que vai me agradecer por isso mais tarde. A pessoa precisa de amigos que a façam se sentir totalmente superior. "Mais uma vez, senhora Higgins e Lani, desculpe pelo sofrimento e as lágrimas. Espero ver as duas novamente em melhores termos."

A sra. Higgins vira e caminha na direção da porta.

"SYL", diz Scottie.

"SYL", diz Lani.

See you later, tchau. Saquei. Andamos até a porta de tela, e eu olho para Scottie, tentando solucionar um mistério, talvez. Bem quando eu achava que começava a entendê-la, ela me surpreende com outra. Embora tenhamos lidado com as tecnicalidades do problema, o problema continua lá. Scottie foi cruel e eu não compreendo isso perfeitamente. Não sei se é um sintoma de que está ficando mocinha ou um sintoma de algo muito maior.

"Preciso trabalhar numas coisas em casa", digo para Scottie enquanto calçamos nossos sapatos, "mas Esther disse que você tem uma aula para ir. Aula de canto ou qualquer coisa assim".

"Aula de canto é um saco", ela diz. "Ela pode me levar para a praia. Você disse."

Olho em torno à procura da sra. Higgins, para que possamos nos despedir. Ajoelho numa perna para amarrar os cadarços. Estou abaixado em um oceano de sapatos. A sra. Higgins tem um monte de sandálias com a sola gasta. Todas elas de salto baixo, na altura de meio polegar. Para que serve uma coisa dessas? Por algum motivo, seguro um desses saltinhos na mão. Alguns saltos de Joanie são da altura de uma mão.

Se Joanie morrer antes de mim, pergunto-me se algum dia terei outra mulher. Não consigo me imaginar passando por todos aqueles negócios preliminares — a conversa, o bate-papo, os jantares. Eu teria de levar alguém a lugares, explicar minha história, fazer piadas, distribuir elogios, segurar peidos. Teria de contar a ela que sou viúvo. Estou convencido de que Joanie jamais teria um caso. Simplesmente, parece dor de cabeça demais.

A sra. Higgins assoma ao meu lado. Largo seu sapato. Ela me fuzila com tal intensidade que tenho medo de que pense em me chutar.

"Boa sorte com a venda", ela diz, e fico de pé e balanço a cabeça. Percebo que não está com raiva de Scottie pelo que fez. Está com raiva de Scottie por saber a quem ela pertence.

"Então, e agora, o que acontece?", pergunta. "Por que todo esse dinheiro volta para você?"

"Quer mesmo saber?", eu paro para encará-la, e ela recua um passo.

"Claro", diz.

"Pai", choraminga Scottie. "Quero ir embora."

Eu limpo a garganta. "Bom", eu digo. "Meu bisavô foi Edward King. Os pais dele eram missionários, mas ele seguiu um caminho diferente. Ele se tornou banqueiro e depois o principal funcionário de finanças do rei Kalākaua. Ele gerenciou o espólio da princesa Kekipi, a última descendente direta do rei Kamehameha."

Paro de falar. Felizmente, ela não está mais prestando atenção, mas ergue as sobrancelhas e espera que eu continue.

"Quer que eu pegue meu álbum pra mostrar pra ela?", pergunta Scottie.

"Não", eu digo.

"Quero", diz a sra. Higgins.

Scottie abre a porta de tela e caminha para o carro.

"Certo, então o que aconteceu... Kekipi deveria se casar com o irmão dela, uma tradição bizarra da realeza havaiana. Yikes. Mas, bem quando iam juntar os trapos, ela teve um caso com seu planejador de espólio, Edward, e se casaram logo em seguida. A anexação aconteceu logo depois disso, também, então para casar com um homem de negócios *haole* tinha que ter muito peito. Continuando, eles tinham um bocado de coisa, juntando os dois, e quando outra princesa morreu, ela deixou trezentos mil acres de terra Kauai para Kekipi, além do seu espólio.

"Kekipi morreu primeiro. Edward ficou com tudo. Então Edward criou um *trust* em 1920, morreu, e tudo ficou pra gente."

Scottie volta e abre a primeira página do álbum. Ela rasgou algumas páginas de três livros de história local antes que eu a pegasse, e as colou, deixando o álbum com cheiro de cedro. Lá está Edward, de olhar encovado, sério. Está usando botas na altura dos joelhos, e sua cartola está sobre a mesa, atrás dele. Lá está Kekipi, que significa "rebelde", com seu rosto marrom e achatado, gorducho. Suas sobrancelhas grossas. Sempre que vejo sua foto penso que teríamos sido bons amigos. Não consigo deixar de sorrir para ela.

A sra. Higgins curva o corpo e olha as fotos. "E?", pergunta.

"Meu pai morreu no ano passado, e isso significou o término e a dissolução do *trust*. E agora, ricos em terras e pobres em dinheiro, nós, os beneficiários, estamos vendendo nosso portfólio para… alguém. Ainda não sei quem."

"E a decisão de vocês vai ter um impacto gigante no mercado imobiliário havaiano", ela diz, em um tom de importância fingida. Percebo que está citando alguma coisa que leu no jornal. Me incomoda saber que tudo que acabei de dizer ela provavelmente já sabia. Fecho o álbum de Scottie.

"Que sorte." A sra. Higgins abre a porta de tela. Dou uma olhada no banco vazio e na mesa de piquenique e imagino Scottie sentada ali sozinha.

"Será que a Esther pode me levar na praia, em vez do canto?", pergunta Scottie. "Você disse que a gente ia pra praia. Ela pode?"

Olho para a sra. Higgins por cima da cabeça de Scottie. "Eu herdei isso. Querendo ou não."

"Lamento pelo seu pai", diz ela.

"Obrigado", eu digo.

Espero para ver se me dá licença, e quando não diz mais nada, começo a andar com Scottie para o carro. Me sinto exausto, como se tivesse acabado de fazer um sermão, mas meu discurso me deixou no estado de espírito correto. Vou percorrer os portfólios dos compradores com as imagens de Edward e Kekipi na cabeça. E depois posso parar de pensar no assunto. Me sinto uma pessoa fria, tendo a mente preocupada com negócios enquanto Joanie está lá deitada numa espécie de voo noturno longo e desconfortável.

"Ela pode? Esther pode me levar no clube?"

"Claro", eu digo. "Boa ideia."

Entramos e eu ligo o carro. "Vai ser boazinha com Lani?", pergunto. Penso em Tommy Cook, um garoto branquinho com psoríase; a gente costumava amarrá-lo em uma cadeira com cordas elásticas e deixá-lo no meio da rua, e depois se escondia. Pouquíssimos carros passavam na Rainbow Drive, mas quando passavam, eu sempre me surpreendia em ver que os motoristas diminuíam a marcha e contornavam a cadeira. Nenhum deles nunca saiu do carro para ajudar o Tommy; era como se estivessem participando daquela brincadeira de mau gosto. Não sei como Tommy pôde permitir que o pegássemos mais do que uma vez. Talvez gostasse da atenção.

"Vou tentar", diz Scottie. "Mas é duro. Ela tem o tipo de cara que dá vontade de esmurrar."

"Sei o que quer dizer", eu digo, pensando em Tommy, mas me dou conta de que não deveria ser solidário. "O que você quer dizer com isso?", pergunto. "O tipo de cara que você tem vontade de esmurrar. De onde tirou isso?" Às vezes, fico imaginando se Scottie entende o que está falando ou se está apenas recitando, como essas crianças que memorizam a Declaração de Independência."

"É uma coisa que a mamãe disse sobre a Danielle."

"Sei." Joanie carregou a malevolência adolescente para a idade adulta. Ela manda fotos ruins de suas ex-amigas para o *Advertiser* publicar na página social. Sempre tem alguma espécie de drama ocorrendo em sua vida, alguém com quem não devo conversar mais, nem convidar para nossos churrascos, e depois eu a ouço no telefone fofocando sobre o último escândalo com uma voz ultrajada e empolgada. "Você vai cair morta", escuto-a dizer. "Ai, meu Deus, você não presta."

Será que foi daí que Scottie pegou isso? Assistindo a sua mãe usar crueldade como fonte de entretenimento? Chego quase a me sentir orgulhoso de ter feito essas deduções sem os blogs e sem Esther, e fico ansioso para contar a Joanie tudo isso, mostrar que fui capaz sem ela.

6

Estudo as propostas — projetos, ofertas, histórias, convicções. Estou em nossa cama, e a casa está silenciosa sem Scottie e Esther. Pensei que poderia simplesmente escolher um comprador, mas não é tão simples assim. Quero tomar a melhor decisão. Fiquei com aquelas fotos na cabeça e sinto que tenho de escolher também em nome daquelas pessoas. Os projetos para a terra são virtualmente iguais: condomínios, shopping centers, campos de golfe. Um quer um Target, o outro, um Wal-Mart. Um quer um Whole Foods, outro, um Nordstrom.

Michael Nasser, nosso advogado, quer que aceitemos uma oferta da Holitzer Properties. Sei que alguns primos ficaram putos da vida porque a Holitzer não fez a oferta mais alta, e a filha de Michael Nasser é casada com o chefe do setor financeiro da Holitzer. Alguns primos obstam ao que parece ser um negócio envolvendo informação privilegiada, mas acho que seria bom escolher um comprador com uma história local. Lembro que Joanie também achava isso. Ela me surpreendia ao tocar frequentemente no assunto. Sabia muita coisa sobre os compradores e os números, o que me deixava chocado. Ela nunca se interessava por nada em que eu estivesse trabalhando. Quando eu tentava conversar sobre algum processo de que me ocupasse, ela tapava os ouvidos e balançava a cabeça.

Muitas noites, quando ela me perguntava como ia a venda, tão atipicamente interessada, minha simpatia se transformava em paranoia, e isso antes mesmo de eu encontrar o bilhete. Eu imaginava se não estaria planejando se divorciar de mim depois que eu vendesse minha parte. Mas, se fosse esse o caso, provavelmente teria tentado me convencer a vender pela maior oferta, não Holitzer.

"Vende logo pro Holitzer e esquece", ela disse certa noite. Estávamos na cama, e ela folheava uma revista sobre cozinhas.

"Os outros podem dar pra trás. E Holitzer é local. A família dele é de Kauai, são de origem humilde, trabalhadores. Holitzer é o cara certo."

"Por que está me empurrando esse sujeito?", perguntei.

"Parece uma boa escolha, só isso. Sei lá."

"Acho que vou ficar com os nova-iorquinos", eu disse, só para ver sua reação.

"Acho interessante ver onde isso vai dar." Virou uma página de sua revista. "Adoro essa pia", disse. "Olha."

Olhei para a pia. "É só uma cuba. Não tem espaço pra pôr coisa nenhuma."

"Exato. Fica livre de amontoamento, é fácil de limpar. Às vezes, o menos prático é o mais lógico."

Vi o canto de sua boca se curvar para cima, e ri. Ela tinha um jeito de se referir a uma coisa por meio de outra sem relação. "Joanie", eu disse. "Você não é fácil."

Examino a proposta mais alta, uma firma de capital aberto de Nova York que ofereceu quase meio bilhão de dólares. Fico meio assim de dar tanta terra para nova-iorquinos. Não me parece direito, simplesmente, e talvez Joanie também achasse isso; ela queria nossa terra nas mãos certas.

Penso no funeral do meu pai, todo mundo brigando pelos bancos da frente, como se sua morte fosse o melhor espetáculo da cidade.

"As pessoas só estão esperando eu morrer", ele me disse certo dia. Estávamos sentados no quarto dos fundos; ele gostava de ficar mexendo em seus livros, onde guardava recortes de jornal

"Continue vivendo", eu disse.

Ele folheou um livro sobre Oliver Wendell Holmes, Jr., e tirou um recorte do meio das páginas para ler para mim: "Um pesado aguaceiro caiu e ganhou intensidade no momento em que a princesa Kekipi morria. Os havaianos dizem que, quando chove no momento da morte ou do enterro da pessoa, *Kulu ka waimaka, uwe 'opu*, ou seja, 'As lágrimas caem; as nuvens choram'. Os deuses misturam suas lágrimas de afeto com aqueles que choram em solidariedade e *aloha*."

"Chove o mês inteiro em novembro", ele disse, pondo o recorte de volta no livro. "As pessoas só estavam esperando para pôr as mãos naquela terra. Não conseguiram, e agora estão esperando por mim."

Deve ser estranho saber que as pessoas estão esperando você morrer, e agora os vinte e um beneficiários não precisam mais esperar porque meu pai faleceu. Quero escolher Holitzer, já que é daqui, mas optar por uma proposta mais elevada de alguém de fora talvez contribua para uma transação mais descomplicada, livre de processos. Não quero ter de lidar com isso outra vez, mais adiante.

Examino tudo. Tento até decifrar documentos e cartas de 1920, imaginando o que duas pessoas que nunca conheci iriam querer. A princesa, última na linhagem real. Meu bisavô, aquele jovial rapazinho branco. Que escândalo devem ter causado. Como devem ter se divertido. Quanto amor e ambição! O que vocês querem, pombinhos, seus rebeldes? O que querem agora?

Examino o portfólio de Holitzer e vejo pontos de exclamação cercando seu nome, e penso em Joanie revendo todo o meu trabalho. Passagens estão sublinhadas para mim, com anotações nas margens. Pressiono o dedo em uma carinha de smiley. Depois estico o braço para o seu lado da cama e abro uma caixa de koa que ela guarda no criado-mudo. A única coisa ali dentro é um colar, uma corrente de prata com o enfeite de um coração assimétrico. Dei para ela há anos. Ela nunca usa. Não sei o que estou procurando, mas me levanto e continuo a procurar entre suas coisas — bolsas, caixas de sapato, gavetas, bolsos. Então vou para o quarto de Alex. Alguma coisa dentro de mim precisa ser apaziguada.

Procuro entre as gavetas de minha filha mais velha, por documentos de divórcio, talvez. Procuro sob a pia de seu banheiro, atrás do vaso, entre pilhas de toalhas, dentro de livros, e acabo me distraindo com objetos da infância de Alex: antigos bichos de pelúcia (um macaco, uma minhoca, um Smurf) e velhos livros (*Ping*, *Ferdinand*, livros de que me lembro em minha própria infância, muitos deles sobre animais teimosos com profundos problemas psicológicos). Encontro fotos de Alex com suas amigas acampando nas San Juans, velejando no estreito Puget, em volta de fogueiras diante de tendas indígenas. Vejo uma pilha de anuários escolares e leio os intermináveis recados de *continue linda*. Alguns bilhetes ocupam uma página inteira e estão escritos em um estranho código: *Não esquece das calças quentes e da Christine suja! Erva venenosa e BYOBucket! Aquilo são formigas??? Se liga, a van, aquela é a rena favorita da minha mãe!*

Imagino Alex lendo essas palavras na velhice sem compreender o significado de nenhuma delas. Garotas passam um bocado de tempo organizando o passado. Há inúmeras colagens documentando os fins de semana de Alex com as amigas, embora as referências aos bons tempos pareçam cessar assim que ela chega no primeiro ano e entra no internato. Joanie entrava muito neste quarto, dizia que era para fazer uma nova arrumação, talvez transformá-lo num quarto de hóspedes. Olho no porta-joias onde Joanie encontrou as drogas. Ela me mostrou um saquinho de zip em miniatura com uma pedra branca cristalina dentro.

"O que é isso?", eu disse. Nunca usei drogas, então não fazia ideia. Heroína? Cocaína? Crack? Ice? "O que é isso?", gritei para Alex, que gritou de volta, "Eu nem experimentei!".

Uma bailarina de plástico fica de pé e rodopia lentamente ao som dissonante e distorcido da caixinha de música. O forro de seda cor-de-rosa está sujo, e além de um colar de pérolas negras, o porta-joias guarda apenas clipes de papel enferrujados e elásticos enroscados em fios do cabelo escuro de Alex. Vejo um bilhete preso no espelhinho, ergo o porta-joias e desloco a bailarina para o lado. Ela gira contra o meu dedo. O bilhete diz, *Eu não ia esconder no mesmo lugar duas vezes.*

Solto brevemente o ar pelo nariz. *Boa, Alex.* Fecho a caixa e balanço a cabeça, sentindo uma terrível falta dela. Queria que nunca tivesse ido para um internato, e não compreendo sua súbita mudança de planos. Por que brigaram? O que pode ter sido tão ruim?

Volto para o quarto, envergonhado de estar procurando o que quer que seja. Minha esposa se preocupava com a venda. Ela gostou de Holitzer. Achou que o negócio mudaria nossas vidas. Minha esposa tinha amigos com quem se encontrava no Indigo. Os gays e as modelos adoram aquele restaurante. Minha esposa guarda coisas do passado. Minha esposa tinha uma vida, fora a família. Simples assim.

7

Terça. Hoje é dia de falar com o médico, e não pretendo sair correndo. Informei a recepção de que já cheguei.

"Uma recuperação lenta mas gradual", eu o imagino dizer. "Quando ela voltar, vai precisar do senhor. Terá de ajudá-la com as coisas mais básicas, ações do dia a dia sobre as quais nem pensa a respeito. Ela vai precisar de você. Precisar de você."

Scottie e eu caminhamos pelo corredor. Sua camiseta diz MRS. CLOONEY, e está usando tamancos de madeira que ressoam a cada passo, *tip-tap*, *tip-tap*. O hospital está tão movimentado que mais parece dia de FAMÍLIA VENDE TUDO. Scottie tem um ar ansioso; sua boca se movimenta, e acho que está ensaiando o que vai dizer a Joanie. Hoje de manhã ela me disse que tinha uma grande história para contar para a mamãe, e fiquei empolgado ao saber disso. Acho que eu também vou precisar conversar com Joanie. Vou precisar passar adiante seja lá o que o dr. Johnston me disser.

Quando chegamos na sala, vejo que temos visita. Uma amiga de Joanie que não conheço muito bem. Já esteve aqui antes. Tia ou Tara. Uma colega modelo de minha esposa. Lembro de ver uma foto sua em um anúncio de jornal. Deve ter sido pouco antes do acidente. No anúncio ela bebia água mineral e segurava uma bolsa de palha com um luxuoso bracelete de diamante no pulso. Não li o texto, então não sabia se a publicidade era do bracelete, da água, da bolsa ou de alguma outra coisa completamente diferente, como um novo condomínio ou seguro de vida. Ela estava com um homem, e havia três crianças de três raças diferentes apontando alguma coisa no céu. Lembro disso porque comentei com Joanie, "Esses eram para ser os filhos dela? Eles não são nada parecidos. Esse anúncio aqui é do quê?".

Joanie olhou o jornal. "Hilo Hattie. Eles querem representar tanto asiáticos como *hapas* e filipinos."

"Mas os pais são brancos. Não estão compondo uma família verossímil."

"Vai ver são adotados."

"Que tremenda bobagem", eu disse. "Por que não puseram uma mãe asiática e um pai filipino?"

"Ninguém casa assim."

"Uma mãe *hapa* e um pai asiático."

"Eles gostam de modelos adultos e crianças étnicas."

"Bom, e sobre o negro? Quer dizer, por que não pôr uma criança negra?"

"Os poucos negros daqui são militares. Não são o público-alvo."

Fecho o jornal, irritado com a conversa toda. "Mas pra que droga eles estão olhando, afinal?"

"O seu glorioso futuro", disse Joanie, numa voz inexpressiva.

Comecei a rir, e ela também, e quando as meninas entraram na cozinha e perguntaram o que era tão engraçado, nós dois dissemos, "Nada".

Essa mulher do jornal está se acomodando no leito de Joanie, e não sei o que fazer. Sinto vontade de ir embora; em geral, não gosto de ter outras pessoas aqui, mas é tarde demais. Ela nos vê e sorri, depois acende uma luz com um controle remoto.

"Tudo bem?", eu digo.

"Oi", ela diz.

Vejo-a olhando para Scottie com uma expressão de simpatia que me lembra o modo como olhei para Lani. "Incomoda se eu ficar e ver?", pergunto.

"Claro. Não vai demorar." Ela está com uma bandeja no colo, e segura vários pincéis idênticos antes de escolher um para retocar o rosto de Joanie, contornando o tubo. Mergulha as cerdas numa paleta de brilho e pincela os lábios de minha esposa como se fosse algum tipo de pontilhista francês. Embora eu ache isso um absurdo, tenho de admitir que Joanie apreciaria. Ela gosta de parecer bonita. Gosta de parecer luminosa e deslumbrante — suas próprias palavras. Boa sorte, eu costumava lhe dizer. Boa sorte com suas metas.

Não nos tratamos muito bem, eu imagino. Desde o início. Era como se estivéssemos na crise dos sete anos desde o dia em que nos conhecemos. No dia em que ela entrou em coma, escutei-a dizendo para sua amiga Shelley que eu era um inútil, que deixava minhas meias penduradas em todas as maçanetas da casa. Nos casamentos, reviramos os olhos ante o espetáculo do amor brotando em volta de nós, os votos que sabemos irão se transformar em novos tipos de promessas: juro que não vou beijar você quando estiver tentando ler. Vou tolerar você na doença e ignorar na saúde. Prometo deixar que assista aos estúpidos programas de notícias sobre celebridades, já que você sofre de desilusão com sua própria vida.

Joanie e eu fomos incentivados por seu irmão, Barry, a nos submeter a uma análise, como um casal decente faria. Barry é um adepto do divã, um homem que acredita em terapias semanais, promessas solenes e pontos de pulsação arterial. Uma vez ele tentou nos mostrar exercícios que vinha fazendo em sessões com sua namorada. Fomos instruídos a apresentar argumentos, abstratos ou específicos, para estarmos um com o outro. Comecei dizendo que Joanie se embebedava e fingia que eu era outra pessoa e fazia aquele negócio incrível com a língua. Joanie disse isenção de impostos. Barry gemeu. Abertamente. Sua segunda esposa recentemente o trocara por alguém que compreendia que um homem não faz trabalho voluntário.

"Para com isso, Barry", disse Joanie. "Segura sua onda. É assim que a gente funciona, só isso."

Concordei. Quando ela afirmou a Shelley que eu era inútil, percebi a nota sorridente em sua voz e soube que estava fingindo ficar irritada. Na verdade, ela não saberia o que fazer sem minha inutilidade, assim como eu não sabia o que fazer sem suas queixas. Retiro o que disse. Não é que não tratássemos bem um ao outro; é só que nos sentíamos suficientemente à vontade para saber que o sarcasmo e o distanciamento nos mantinham de pé, e nunca tínhamos de olhar onde pisávamos.

"Vocês dois são tão frios", disse Barry nessa noite. Estávamos no Hoku's, no Kahala Resort, e Joanie se vestia impropriamente com jeans e uma camiseta regata branca decotada. Lembro de lançar olhares furtivos para seus peitos. Ela sempre exagerava nas roupas em restaurantes casuais e se trajava impropriamente nos restaurantes finos. Lembro que pediu o *onaga* e eu a costela de porco *kiawe*.

"Isso é maravilhoso", ela disse quando provou meu prato. "Tão bom."

Troquei de prato com ela e continuamos a comer, apreciando a refeição, a vista do oceano e a sensação de contentamento que alguém tem quando escolheu o restaurante perfeito. Ergui meu copo e ela tilintou comigo, um momento privado em que reconhecíamos que, fosse lá do que Barry quisesse nos chamar, éramos uma equipe.

Tia ou Tara parou de aplicar maquiagem em minha esposa e está observando Scottie com ar desaprovador. A luz bate no rosto dessa mulher, dando-me a oportunidade de ver que ela provavelmente deveria era estar cuidando da própria maquiagem. Seu colorido é algo similar a um envelope de papel manilha. Há manchas esbranquiçadas em suas sobrancelhas e seu corretivo não está corrigindo nada. Dá para perceber que minha filha não sabe o que fazer com o olhar crítico dessa mulher.

"O quê?", pergunta Scottie. "Não quero maquiagem nenhuma." Ela olha para mim em busca de proteção, e é comovente. Todas as modelos que trabalham com Joanie têm esse anseio fútil de reinventar minha filha, com a ideia de que a estão ajudando de algum modo. Ela não é tão bonita quanto sua irmã mais velha ou sua mãe, e essas outras modelos acham que empastelando sua cara com ruge de algum modo farão com que se sinta melhor em relação ao seu destino facial. São como missionárias. As xiitas do rímel.

"Eu só ia dizer que acho que sua mãe estava apreciando a vista", diz Tia ou Tara. "Está tão bonito lá fora. Você devia deixar a luz entrar."

Minha filha olha para a persiana. Sua boca está aberta. Ela leva a mão a um chumaço de cabelos em sua cabeça.

"Escuta, Tê. A mãe dela não está apreciando vista nenhuma. A mãe dela está em coma. E não é recomendável para ela ficar na luz forte."

"Meu nome não é Tê", ela diz. "Meu nome é Allison."

"Certo, então, Ali. Não confunda minha filha, por favor."

"Estou virando uma jovenzinha admirável", diz Scottie.

"Pode apostar." Meu coração parece um dos tamancos de Scottie trotando no corredor. Não sei por que fiquei tão nervoso.

"Desculpe", diz Allison. "Só achei que um pouco de luz cairia bem."

"Não, eu é que peço desculpa. Não tive intenção de gritar desse jeito."

Ela vasculha sua bolsa, e tira um pote redondo, avaliando o rosto de Joanie como se estivesse prestes a fazer uma cirurgia. Passa alguma coisa na bochecha de minha esposa, franze o rosto, depois guarda o pote de volta e tira um outro de aparência similar, repetindo a aplicação, dessa vez com um leve sorriso satisfeito. Não vejo a menor diferença. Maquiagem é uma das coisas mais misteriosas do mundo.

"Quer falar agora?", pergunto a Scottie. Faço um gesto na direção de sua mãe, no leito.

Ela olha para Allison. "Eu espero." Liga a televisão e me sinto mal. Estou ficando sem brinquedos, sem ideias para entretê-la. Geralmente sou capaz de achar um brinquedo em qualquer coisa. Uma colher, um sachê de açúcar, uma moeda. É meu trabalho distraí-la. É meu trabalho garantir que continue a ter a vida de uma menina de dez anos de idade.

Lembro de ter trazido uma banana comigo, para ter algo saudável a oferecer para ela na hora de comer. Pego sua mochila Roxy para procurar a banana e me lembro de uma brincadeira que inventei para Joanie, que também precisava de constante distração. Isso foi no período pré-filhos, e estávamos jantando, tomando vinho, e ela me lançando aquele olhar que dizia, *Olha só a vida chata que a gente leva. Olha só como você espremeu minha personalidade magnética. Eu costumava ser positivamente vulcânica; agora estou mais previsível e dois quilos mais gorda, e virei uma pessoa que fica sentada em casa nos sábados à noite mastigando bombons e assistindo ao namorado enfiar comida na boca e engolir seus arrotos.* Esse tipo de olhar.

Ela havia acabado de se mudar para minha casa, onde moramos hoje. Tinha vinte e dois anos e estava provando um gostinho da vida em Maunawili — a casa grande e linda, a propriedade imensa, luxuosa, e todo o trabalho que veio junto com isso. Temos fruta-pão, banana e manga, mas todas essas coisas apodrecem e atraem moscas. Temos uma piscina cintilante, mas, ao final do dia, ela se enche de folhas. O amplo passeio de entrada circular também fica entupido de folhas e está rachado pelas raízes da grande figueira-de-bengala. Temos folhas de chá que amarelam e precisam ser colhidas, grama-preta e gardênias *tiare*, plantas e jasmins *pikake* que precisam ser regados. Temos deslumbrantes assoalhos de madeira macia, mas também baratas voadoras, aranhas pernaltas, cupins e centopeias que adoram esses pisos de madeira, assim como as vigas escuras.

Disse a ela que tínhamos um jardineiro e uma mulher de limpeza que vinham semanalmente, mas durante a semana tínhamos de cuidar de tudo sozinhos. Se ela não me ajudasse, então eu faria o que desse no tempo que me sobrasse do trabalho em período integral, mas avisei que isso não seria o suficiente. Ela tinha de fazer sua parte, também. Ela não ficou feliz com isso, então me lançava aquele olhar. Levantei, peguei uma banana e servi mais vinho em sua taça. Concentrei-me na tarefa, tentando não deixar que seu olhar fatídico me penetrasse muito profundamente. Fatiei a banana, então pus um pedaço dentro de um guardanapo de linho. O objetivo era lançar a fatia no ar e fazer com que grudasse no teto. Minha mãe e eu brincávamos disso depois que ela havia tomado alguns coquetéis e havíamos terminado de arrumar a cozinha. Joguei. Grudou. Joanie olhou para mim, tentando disfarçar seu interesse, mas eu sabia que a havia fisgado. Sabia que teria de tentar me superar. Ela terminou de mastigar, deu um longo gole no vinho, depois pôs uma das fatias em seu guardanapo, entrou em posição de atirar e mandou ver. Não grudou.

"Um a zero pra você", ela disse, e o jogo começou. Ficamos fazendo aquilo por horas, até o vinho e as bananas acabarem.

Mostro a Scottie o jogo que costumava jogar com sua mãe.

Ela olha para a tevê, olha para mim e decide se aproximar. Observo-a jogar um pedaço de banana, a ponta da língua saindo da boca. Ela não consegue fazer com que grude, mas não tem importância. Está dando risada e usando o corpo todo para lançar a pequena fatia de banana. Quando consegue que uma fique presa, berra "Ponto!", e ganha uma olhada de desprezo de

Allison. Agora está com a casca, que a impeço de jogar, então ela pega o maior pedaço da banana. Está ficando um pouco empolgada demais para o meu gosto. Tem acontecido um bocado, ultimamente, esse entusiasmo espontâneo, enlouquecido. Ela faz um som de caratê — "Ii-iá!" — e arremessa a banana, mas sua estranha energia faz com que a fruta voe através do quarto, batendo no teto e depois caindo. Em cima de sua mãe. Allison rapidamente afasta o pincel de maquiagem do rosto de Joanie e curva o corpo para trás. O quarto está silencioso. Olho para o pedaço de banana sobre o lençol branco no centro do corpo de Joanie. Allison olha para mim, depois para a banana, arregalando um olho desse tamanho, como se aquilo fosse um cocô.

Scottie tem a expressão de alguém que fez algo horrivelmente errado. Dou outra fatia a ela. "Aqui, Scottie. Tenta mais uma vez. Um movimento do pulso é suficiente. Não precisa ser que nem... doida."

Ela não pega a banana. Dá um passo para trás e segura a ponta de minha camisa. Eu tiro sua mão de minha camisa. "Olha. Nada de mais."

"A gente não pode deixar ali na mamãe daquele jeito", diz.

Eu olho para a banana. "Tira dali, então."

Ela não se move.

"Você prefere que eu tire?"

Ela faz que sim.

Vou até a cama de minha esposa e pego a banana grudenta.

"Aqui. Sem problema. Toma", eu digo, oferecendo para Scottie. "Tenta outra vez." Mas ela não olha para mim. Agarra meu quadril; estou em seu caminho. Nossa brincadeira acabou. Ela volta para sua cadeira e a segurança da tevê. Eu jogo a banana no teto, onde gruda, e então me sento. Allison fica olhando para o teto.

"O que foi?", eu digo. Foda-se ela. Allison.

"Você tem um jeito estranho de lidar com criança", ela diz. "Todo esse negócio que estavam aprontando."

"O que a gente estava aprontando vai muito bem, obrigado."

Ela olha para Scottie, que assiste sem ver a um programa no qual uns homens realizam algum tipo de competição que envolve arremesso de pneus.

"Sei", diz Allison. Ela volta a se debruçar na tarefa de fazer minha esposa parecer vibrante.

"Ninguém devia obrigar os pais a comprometer suas personalidades", murmura Scottie.

É algo que escutei Joanie dizer para Alex depois que ela se queixou de que Joanie usava roupas muito jovens. Joanie disse, "Ninguém devia obrigar os pais a comprometer suas personalidades". Alex perguntou se a personalidade de Joanie era de uma prostituta, e minha esposa respondeu, "Ah, claro. É, isso mesmo".

"Tudo bem, Scottie. Vamos. Você tem alguma coisa para dizer. O médico vai estar aqui logo, logo, e vamos precisar conversar, só eu e ele, então vamos. Quero ouvir."

"Não", ela diz. "Fala você."

Olho para Joanie e paro, tentando pensar em algo interessante. "Joanie", eu digo. "Só queria dizer umas coisas." Tento pensar no que eu deveria dizer e percebo que é um bocado difícil. "A gente está sentindo sua falta. Não vê a hora de você voltar pra casa."

Scottie não parece impressionada.

"A gente vai no Buzz's quando você sair", eu digo. O Buzz's é um dos restaurantes favoritos de Joanie, e vamos lá com frequência. Infalivelmente, ela termina no bar entre uma turma com cara de férias de verão, para um ou dez drinques, e me deixa sozinho na mesa, mas sem crise. Gosto de observá-la no meio de outras pessoas. Gosto de seu magnetismo. Sua coragem e seu ego. Mas me pergunto se gosto dessas coisas só porque está em coma e talvez nunca mais se assemelhe ao seu antigo eu. É difícil dizer.

A gerente desse restaurante certa vez veio me agradecer. Disse que ela sempre animava o lugar e fazia as pessoas beberem.

Capto um relance do rosto de Joanie. É adorável. Não deslumbrante, mas simplesmente adorável. Suas sardas surgem através do blush, seus olhos fechados amarrados pelos cílios escuros, dramáticos. Os cílios são o único traço forte que sobrou em seu rosto. Tudo mais foi suavizado. Está linda, mas talvez divina demais, como que encerrada em uma caixa de vidro ou deitada em um caixão.

Mesmo assim, fico grato pelo que Allison fez. Percebo que minha única missão agora é tornar Joanie feliz. Dar a ela tudo que quer, e ela quer parecer bonita.

"Allison", eu digo. "Obrigado. Tenho certeza de que Joanie está feliz."

"Ela não está feliz", diz Allison. "Está em coma."

Olho para ela, chocado e levemente emocionado.

"Ai, meu Deus", diz Allison, e começa a chorar. "Não acredito que eu disse isso. Eu só estava tentando falar como você. Dar o troco. Ai, Deus."

Ela junta suas coisas de beleza, derrubando alguns pincéis. Vou até lá e pego do chão os que caíram, e ela os tira da minha mão e sai, fungando.

"Ai, Cristo", digo. "Que anta eu sou."

"Anta", diz Scottie.

"Isso", eu digo. "O próprio."

"Você é o pai dos antas. O antacristo."

"Ai, Cristo", eu digo.

Olho para minha esposa. *Preciso de você*, penso. *Preciso de você aqui para ajudar minhas filhas e eu. Não sei conversar com as pessoas. Não sei viver corretamente.*

Escuto uma voz no interfone: "Senhor King, o médico irá aí conversar com o senhor daqui a uns vinte minutos."

Scottie olha para o interfone, depois para mim. "Tudo bem", eu digo. "Vai ficar tudo bem."

8

Deixo que Scottie continue a assistir à tevê. Tento permanecer calmo e em silêncio, mas estou ansioso demais. Fico esperando que diga alguma coisa para Joanie. Finalmente falo.

"Você disse que tinha algo para contar pra mamãe. Quero que faça isso, agora. Consegue fazer? Agora que a Allison foi embora? Isso ajuda, você sabe. Vai ajudar a mamãe."

Ela olha na direção do leito. "Deixa eu tentar com você primeiro."

"Tudo bem. Vamos lá. Estou escutando."

"Não *aqui*", diz, fixando os olhos em Joanie. Ela inclina a cabeça, apontando o corredor.

Fico de pé e tento não parecer desapontado. Ela parecia bem na primeira semana em que Joanie ficou aqui, e me pergunto o que mudou ou o que se passa em sua cabeça. O médico diz que é normal — é complicado conversar com alguém que não responde, sobretudo um pai ou uma mãe —, mas, no caso de Scottie, é diferente. É como se ela estivesse constrangida com sua vida. Acha que, se falar com a mãe dela, deve ter algo incrível para contar. Sempre insisto com ela para que fale da escola, mas Scottie diz que isso seria chato, e que não quer que sua mãe pense nela como sendo um tédio mortal.

Saímos para o corredor. "Certo. Hoje é o dia. Você vai conversar com a mamãe."

"Acho que tenho uma história legal." Ela fica na ponta dos pés e ergue os braços no ar formando um O. Balança uma perna para trás e para a frente. Tem aulas de balé porque isso era o que a irmã dela fazia, mas não mostra a mesma graça ou estilo. Seu tamanco atinge o chão com força. *Slap!* Ela olha para o chão e depois para mim.

"Fica parada. Conta sua história pra mim."

"Tá", ela diz. "Finge que você é a mamãe. Fecha os olhos e não se mexe."

Eu fecho os olhos.

"Oi, mãe", começa ela.

Eu quase digo oi, mas me seguro. Fico imóvel.

"Ontem eu explorei o recife na frente da praia pública sozinha. Tenho um montão de amigas. Minha melhor amiga é a Reina Burke, mas eu me sinto meio sozinha."

Abro os olhos quando escuto "Reina Burke", depois fecho rapidamente outra vez e volto a me antenar na história.

"E tem esse cara muito, muito gatinho que trabalha na barraca da praia. A Reina também gosta dele. Os olhos dele parecem olhos de girafa. Daí eu fui explorar o recife na frente da barraca dele. A maré tava baixa. Dava pra ver todo tipo de coisa. Num lugar, o coral era de uma cor escura superlinda, mas daí eu olhei mais de perto e não era coral. Era uma enguia. Uma moreia. Eu quase morri. Tinha um milhão de ouriços e uns pepinos-do-mar. Eu até peguei um e espremi, como você me mostrou uma vez."

"Muito bom, Scottie. Vamos voltar lá. Sua mãe vai adorar."

"Não acabou."

Fecho os olhos. Quem dera eu pudesse deitar. Isso até que é gostoso.

"Daí eu estava agachada em cima do recife e perdi o equilíbrio e caí em cima das mãos. Uma das minhas mãos caiu em cima de um ouriço, e ficou cheia de espinhos. Minha mão parecia uma almofada de alfinete. Doeu pra caramba, mas não morri. Continuei viva. Eu fiquei de pé outra vez."

Estou agarrando suas mãos com força, segurando-as perto do meu rosto. As raízes de espinhos de ouriço estão presas e expandidas sob a pele de sua palma esquerda. Elas parecem uma minúscula estrela-do-mar negra que planeja fixar moradia em sua mão para sempre. Noto mais estrelas na ponta de seus dedos. "Por que não me contou que tinha se machucado? Por que não falou alguma coisa? Esther sabe disso?"

"Tá tudo bem", ela sussurra, como se sua mãe estivesse aqui e não quisesse que escutasse. "Eu aguento. Não caí de verdade."

"Como assim? Você fez isso com a caneta?"

"Como?"

Olho mais de perto. Pressiono as marcas.

"Ai", ela diz, e retira a mão. "Não é de caneta. É de verdade."

"Então por que você acabou de mentir pra mim nesse minuto?"

"Sei lá", ela diz. "Eu não menti muito. Não caí de verdade."

"Então o ouriço pulou e atacou você?"

"Não", ela diz.

"Então o quê?"

"Eu bati a mão nele. Mas não vou contar essa parte pra mamãe."

"O quê? O que você quer dizer com bateu a mão nele? Scottie. Responde. A Reina teve alguma coisa a ver com isso?"

Ela parece surpresa e com medo de minha raiva. "Eu queria ter uma boa história." Ela apoia um pé na frente do corpo e inclina a cabeça para o lado.

"Não me venha com esse charminho agora", eu digo. "Isso não vai funcionar."

Ela retrai o pé.

"Não doeu?" Imagino os espinhos se expandindo, o sangue, o sal nas feridas. *Isso é doente,* fico tentado a dizer. *Isso é coisa de gente maluca.*

"Não doeu tanto assim."

"Droga, Scottie. Essa foi demais. Estou passado. Completamente passado. Onde a Esther estava?"

"Quer ouvir o resto?", ela pergunta.

Pressiono minhas unhas curtas contra a palma de minha mão, só para tentar sentir um gostinho das picadas que ela sofreu. Balanço a cabeça. "Acho que quero."

"Certo. Finge que você é a mamãe. Não pode interromper."

"Não acredito que fez isso com você mesma. O que você..."

"Você não pode falar! Fica quieto senão não conto o resto."

Scottie prossegue com sua narração, que tem todos os elementos de uma boa história: recursos visuais, crise, mistério, violência. Ela me conta sobre as agulhas espetadas em sua mão e de como escalou o píer de pedras parecendo um caranguejo sem uma pata. Antes de voltar para a praia, Scottie observou o oceano e viu os nadadores dando voltas em torno dos catamarãs. Ela diz que os que usavam toucas de natação brancas pareciam boias à deriva.

Não acredito nela. Tenho certeza de que não parou para olhar o mar. Provavelmente, voltou correndo para Esther ou o médico do clube. Está inventando os detalhes, compondo o cenário, embelezando a história para sua mãe. Alexandra tinha de fazer a mesma coisa — se desdobrar para conseguir chamar a atenção de Joanie. Ou talvez para desviar as atenções de Joanie. Acho que Scottie está começando a perceber o que precisa ser feito.

"Por causa dos sermões chatos do papai sobre o mar, eu sabia que não eram agulhas na minha mão, eram mais como ossos afiados — placas de calcita que o vinagre podia ajudar a dissolver."

Sorri. Boa menina.

"Pai, isso não tá chato, tá?"

"'Chato' não é a palavra que eu usaria. 'Chato' é a última coisa que me vem à mente."

"Certo. Você é a mamãe de novo, então fica quieto. Daí, mãe, pensei em procurar os primeiros socorros do clube."

"Boa menina."

"Shhh", ela diz. "Mas em vez disso fui procurar o carinha bonito e pedi pra ele mijar na minha mão."

"Ei!"

"Isso, mãe. Foi isso mesmo que eu falei pra ele. 'Ei', eu disse. 'Dá licença?' Contei pra ele que eu tinha me machucado. Ele disse, 'Oh-ou. Cê tá bem?', como se eu tivesse oito anos."

"Espera um pouco", eu disse. "Tempo. Eu não sou sua mãe."

"Ele não entendeu", continua Scottie, "então eu pus minha mão em cima do balcão".

"Scottie. Eu disse tempo. O que está acontecendo? Você está mentindo? Me diz que inventou isso tudo. Me diz que você é só uma jovenzinha muito criativa, imaginativa e fora do comum, e que inventou tudo isso."

Já li sobre crianças que começam a mentir bastante perto dessa idade. Espera-se que o adulto diga à criança que mentir pode magoar as pessoas. "Escuta", eu digo. "Essa história está ótima. A gente vai contar pra mamãe, mas me explica uma coisa, vai ser segredo nosso, você está falando a verdade?"

"Estou", ela diz e, infelizmente, eu acredito. Não digo nada. Apenas balanço a cabeça.

Scottie continua, cautelosamente no começo, mas depois volta a imergir plenamente em seu acidente. "Ele xingou que nem louco. Não vou repetir o que ele disse, e daí ele me falou pra ir pro hospital. 'Ou você faz parte daquele clube?', ele perguntou. Ele falou que ia me levar lá, e eu achei uma gracinha ele dizer isso. Ele saiu pela parte de trás da barraca, e eu dei a volta para ficar perto dele. Falei pra ele o que eu precisava que ele fizesse, como os espinhos iam sair, e ele piscou mil vezes e disse mais palavrões com todo tipo de combinações. Tinha um fiapo de algodão ou de alguma coisa no cílio dele, e eu quase tirei. Ele ficava olhando em volta pra ver se alguém ajudava, mas a gente estava sozinho, e eu repeti o que ele precisava fazer — você sabe. Mijar. Mas daí ele disse que viu uma coisa no *SOS Malibu* em que um salva-vidas chupou a virilha da mulher pra tirar o veneno. 'Mas daí ela teve um ataque', ele disse. 'O corpo da mulher ficou se debatendo na areia!'"

O modo como Scottie imita sua voz faz com que pareça analfabeto.

"'Não fui treinado pra isso', ele fica dizendo. 'Sou só um vendedor de protetor solar, e não vou mijar na sua mão nem morto', mas daí eu contei pra ele o que você, mãe, sempre diz pro papai quando quer que ele faça alguma coisa que ele não quer fazer. Eu disse, 'Deixa de ser veadinho', e isso funcionou. Ele me falou para não olhar, e me pediu para ficar falando qualquer coisa ou assobiar."

"Não posso mais ouvir isso", eu digo.

"Já estou quase acabando", choraminga Scottie. "Então. Para distrair ele enquanto fazia xixi, eu contei sobre suas corridas de barco, mas que vocês não eram todas sapatões, e eu falei pra ele que você era modelo, mas que vocês não eram todas afetadas, e que todos os caras do clube estavam apaixonados por você, mas que você só amava o papai."

"Scottie", eu digo. "Preciso ir ao banheiro."

"Tá", ela diz. "Já acabei. Não foi hilário? Demorou muito?"

Me sinto mal. Preciso ficar sozinho.

"Ótimo. Demais. Vai contar pra mamãe o que você acabou de me contar. Vai conversar com ela." *Ela não pode escutar, de qualquer jeito*, eu penso. *Assim espero.*

Ando pelo corredor, desejando que apareça alguém que me dê alguma orientação. Scottie não deveria precisar criar esses dramas. Ela não deveria precisar se machucar. Não deveria precisar que urinassem nela, e o negócio é que Joanie *acharia* mesmo a história hilária. Penso nela em nossos antigos encontros. Adorava criar dramas envolvendo dor, homens, sexo.

"Acabou", dizia incontáveis vezes. "Não posso ficar aqui dentro toda noite brincando de casinha. Acho que a gente devia ir cada um pro seu lado." Ela nunca foi. Continuou firme, e podia estar nas nuvens num minuto e sendo crítica e infeliz no seguinte, mas nunca foi. Me pergunto por que não foi, de uma vez por todas.

9

Scottie está sentada na cama quando entro no quarto. A visão dela tão perto de sua mãe quase me assusta. Há uma Polaroid de Joanie em cima da cama. Joanie com maquiagem. Seu vigésimo quarto dia. Não gosto da foto. Ela parece embalsamada.

"Não gosto disso", digo, apontando a foto.

"Já sei", diz Scottie. Ela dobra no meio, depois amassa na mão.

"Você conversou?", eu pergunto.

"Eu ia mexer um pouquinho mais na história", diz Scottie. "Porque se a mamãe achar que é muito engraçada, o que ela vai fazer? E se a risada ficar circulando nos pulmões ou no cérebro dela, já que não consegue sair? E se a risada matar ela?"

"Não é assim que funciona", eu digo, embora não faça ideia de como funcione.

"Só achei que eu podia deixar mais triste. Desse jeito ela vai sentir que precisa voltar."

"Já é triste."

Ela me olha sem compreender.

"Não deveria ser tão complicado assim, Scottie." Digo isso rispidamente.

"Por que tá gritando comigo?"

"Você precisa conversar."

"Eu vou conversar quando ela acordar", diz Scottie. "Por que você ficou tão nervoso?"

Não posso dizer a ela que estou furioso porque sinto que estou perdendo o controle. Não posso dizer a Scottie que quero mostrar para a mãe dela como lido bem com minha filha, que a estou devolvendo em melhores condições. Não posso lhe dizer que não sei por que sinto essa necessidade desesperada de que converse com Joanie, como se o tempo estivesse quase se esgotando.

Sento na cama e fito minha esposa: a Bela Adormecida. Seu cabelo parece escorrido. Está com a mesma aparência de quando deu à luz. Encosto o ouvido no lugar de seu coração. Enterro meu rosto em sua camisola. É a maior intimidade que compartilhamos em muito tempo. O que motiva você, Joanie. Minha esposa corredora, modelo, amante do copo. Penso no bilhete, no papelzinho azul.

"Você me ama", eu digo. "Temos nosso jeito, e funciona. Você vai sair dessa. Certo?"

"O que cê tá fazendo?", diz Scottie.

Ergo a cabeça e vou até a janela. "Nada."

"A gente precisa ir", ela diz. "Preciso de uma história nova."

Digo-lhe que ainda não podemos ir embora. Temos de esperar o dr. Johnston. No exato momento em que digo isso, ele entra no quarto, olhando suas anotações.

"Ei, Scottie", diz. "Ei, Matthew." Ergue o rosto, mas sem contato visual. "Eu chamei você ontem. Não me viu?"

"Não", eu digo.

"Oi, doutor John", diz Scottie. "Acabei de contar uma história incrível pra minha mãe."

Mentirosa. Por que está mentindo? "Scottie, por que não dá um pulo na lojinha e compra um pouco de protetor solar pra ir na praia?"

"Já tenho um na mochila", ela diz.

A maldita mochila tem de tudo dentro. Está suficientemente abastecida para sobrevivermos pelos próximos dez anos.

"Aposto que tem alguns doces bem gostosos", diz o dr. Johnston. Ele pega um cartão do hospital em seu casaco. "Aqui. Pode usar." Seu ânimo parece para cima, positivamente otimista.

"Estou cheia", ela diz, sentando. "Vou ficar aqui. Quero saber da minha mãe."

O dr. Johnston me encara. Subitamente, parece atônito e exausto. Seus ombros estão curvados, e sua prancheta pende do lado — parece quase a ponto de deixá-la cair.

Olho para ele e lentamente balanço a cabeça. Scottie está sentada na cadeira com as pernas cruzadas e as mãos no colo, esperando.

"Bom, então." Ele endireita o corpo. "Como você sabe, a pontuação dela tem andado bem, mas recebeu uma mais baixa esta semana. Alguns indivíduos com baixa pontuação obtêm recuperações excelentes, assim como pacientes com pontuação elevada às vezes não apresentam qualquer melhoria, mas nesse caso, nós... nós—"

"Scottie. Preciso conversar com o doutor Johnston a sós."

"Não, obrigada", ela diz.

"Bom, devemos esperar um indicativo maior posteriormente quanto a... sobre quanto tempo mais... ela vai permanecer nesta unidade a essa altura", ele diz.

"Então é uma coisa boa?", diz Scottie.

"O que é bom de saber é que se um paciente em coma sobrevive os primeiros sete a dez dias seguindo-se aos danos cerebrais, então a sobrevivência a longo prazo pode ser esperada, embora—"

"Minha mãe tá aqui faz mais tempo que isso! Muito mais que sete dias."

"Não, Scottie", eu digo.

"Ela pode sobreviver, mas a qualidade da sobrevivência será pobre", diz o médico.

"Ela não vai conseguir fazer as coisas que fazia antes", eu digo. Olho para o dr. Johnston para ver se é isso mesmo. "Nada de motocicletas. Nada de barcos."

"Então ela não vai se machucar", diz Scottie.

"Vamos indo, mocinha. Vamos para a praia."

Olho para o dr. Johnston, suas sobrancelhas rebeldes, suas mãos cheias de sulcos e manchas. Lembro-me dele em nossas inúmeras celebrações em Hanalei, as famílias se reunindo para o feriado de Natal nas antigas casas de fazenda, com seus assoalhos rangentes e luz insuficiente, telas de mosquito e fantasmas. O rosto do dr. John ficava escondido a maior parte do tempo atrás de um chapéu de caubói, e ele passava os dias pescando ou tocando violão, algo que meu pai não fazia; isso fascinava todos nós, crianças, e nos apaziguava. Meu pai sempre saía para pescar em alto-mar, certa vez trazendo um marlim, o nariz de espada apontando como um dedo acusatório. Na maioria das vezes ele chegava com atuns e, numa inversão de papéis, os homens abarrotavam a cozinha, lidando com molhos e deixando o churrasco na temperatura perfeita.

Fico me perguntando se ele se lembra desses tempos tão bem quanto eu, do jovem menino que eu era, assistindo boquiaberto enquanto ele dedilhava o violão. A situação deve ser dura para ele, e estranha. Ele me conhece desde que eu tinha uma hora de idade, nu e escorregadio. Ele escreve alguma coisa em sua prancheta. Sinto um anseio de pôr meus braços em torno dele e lhe dizer que não sei como lidar com tudo isso e que quero que me ajude. Diga-me exatamente o que vai acontecer. Toque uma canção. Tire-me daqui.

"Então a mamãe está bem", diz Scottie. O dr. Johnston não diz nada, e continuo sem saber o que está acontecendo, exceto que é algo desfavorável. Scottie pega suas coisas, e quando ela se vira para ir, ele põe a mão em minhas costas. Sua expressão estoica me assusta.

"Pode voltar aqui mais tarde?", pergunta. "Precisamos conversar em particular."

"Claro."

Ele sai do quarto, e quando se vira para seguir pelo corredor, posso ver seu perfil, que parece determinado e quase raivoso.

"Praia!", diz Scottie, saindo do quarto, sem nem sequer relancear sua mãe. Peço desculpas silenciosas a minha esposa por deixá-la ali, por suas baixas pontuações, por não saber o que significam, por ir à praia e possivelmente passar momentos agradáveis. Será que vai ficar paralítica? Não vai mais saber ler e escrever? Dou um beijo em sua testa e lhe digo que vou cuidar dela. Seja lá o que acontecer, estarei presente. Digo a ela que a amo, porque é verdade.

10

No clube, os arbustos estão cobertos pelas pranchas de surfe. Uma vaga de mar se elevou vinda do sul, mas as ondas estão se desfazendo sob o vento forte. Caminhamos pela calçada cheia de areia junto ao salão de jantar, um terraço aberto com colunas de coral e ventiladores no teto. O avô do meu primo, um amante de esportes aquáticos, fundou esse clube há cem anos. Ele arrendou o terreno de frente para o mar, do espólio da rainha, por dez dólares anuais. No lobby, junto a um retrato de Duke Kahanamoku, uma placa diz, QUE AQUI SEJA UM LUGAR ONDE O HOMEM COMUNGUE COM O SOL, A AREIA E O MAR, ONDE A CAMARADAGEM E O *ALOHA* PREVALEÇAM E ONDE OS ESPORTES DO ANTIGO HAVAÍ ENCONTREM SEMPRE UM LAR. Hoje em dia, qualquer um pode comungar com o sol, a areia e o mar por uma joia de quinze mil dólares, taxa de manutenção mensal e um processo inicial de avaliação que tende a excluir qualquer um com linhagem desfavorecida. Tentei explicar isso para Scottie quando o pai de sua amiga não foi admitido. Os membros da diretoria acharam que ele tinha ligação com a Yakuza. Ela não entendeu.

"Linhagem desfavorecida?", ela perguntou. "Como um pequinês?"

Todos nós odiamos esses cãezinhos.

"Mais ou menos. Bom. Não. Não é um processo agradável, querida." Gostei do pai da amiga dela. Um sujeito calado. Conheço uma infinidade de pessoas que alugam o ouvido da gente, mas sempre que acontecia de eu cruzar com ele, nunca enveredávamos pela terra da conversa fiada, e nossas breves interlocuções sempre acabavam sendo relaxadas. Os rumores de que estava ligado à máfia japonesa fizeram-me gostar ainda mais do sujeito. Quer dizer, todo mundo quer um amigo na máfia.

Sigo atrás de Scottie ao passarmos pelas enormes janelas abertas com gelosias de madeira. Ela caminha pelo terraço externo e sobe a escada para o salão de jantar, que está relativamente vazio. Todo mundo está ao ar livre, envolvido nos esportes do antigo Havaí e nos esportes do novo Havaí — o clube também é considerado inventor do vôlei de praia, e bolas são constantemente atiradas das quadras nas cabeças dos banhistas incautos.

"Não podemos ir embora enquanto alguma coisa engraçada, triste ou horrível não acontecer comigo", diz Scottie.

"Não vou perder você de vista."

"Ah, nããão!"

"Um-hum. Vou ficar fora do caminho, mas não vou deixar você sozinha."

"Isso não é justo. Vou morrer de vergonha." Ela olha em torno.

"É só fingir que não estou aqui", eu digo. "Não quero nem discutir. Todas as suas amigas estão assistindo à aula, de qualquer jeito." Eu devia simplesmente tê-la levado de volta à escola. Podia estar trabalhando, e ela, aprendendo alguma coisa. Não sei por que preciso mantê-la sempre à vista de uma hora para outra.

Scottie aponta as mesas mais do canto do salão de jantar e me diz para sentar por lá. Há algumas senhoras jogando baralho numa dessas mesas. Gosto dessas senhoras. Têm cerca de oitenta anos de idade, e usam saias de tenista, embora eu não consiga imaginar que ainda joguem tênis.

Scottie se dirige ao balcão. O barman, Jerry, acena para mim. Vejo Scottie escalando um banquinho, e Jerry lhe prepara um daiquiri sem álcool, depois deixa que experimente algumas de suas próprias criações. "O de goiaba é bom", ouço-a dizer, "mas o de lima-da-pérsia me deixa queimando".

Leio o jornal que tomei emprestado de uma das senhoras. Passei para uma mesa mais próxima do balcão, de modo que possa escutar e observar.

"Como está sua mãe?", pergunta Jerry.

"Continua dormindo." Scottie contorce o corpo no alto do banco. Suas pernas não alcançam o apoio de metal, então ela as mantém cruzadas no assento e se equilibra.

"Bom, diz pra ela que eu mandei um oi. Fala que tá todo mundo aqui esperando por ela."

Observo Scottie conforme reflete sobre isso. "Eu não converso com ela", diz para Jerry, e sua honestidade me surpreende.

Jerry deposita com o spray uma espiral de creme batido no copo dela. Ela toma um gole de seu daiquiri e esfrega a cabeça. Faz isso de novo. Gira no banquinho. Tira uma foto de Jerry e então começa a cantar: "Todo mundo me ama, mas meu marido me ignora, acho que vou ter que comer o verme. Me dá uma dose de Cuervo Gold, Jerry querido."

Jerry limpa as garrafas de licor, tentando fazer ruído.

Me pergunto com que frequência Joanie canta essa pequena canção. Se é sempre assim que pede uma tequila.

"Me dê dois de tudo", berra Scottie, cativada pela fantasia de ser sua mãe. Sinto vontade de livrar a cara de Jerry, mas fico na minha. Deixo que lide com o constrangimento, porque eu mesmo não consigo, nesse momento.

"De que outras músicas você gosta?", ele pergunta. "Por que não canta outra?"

Observo os ventiladores de teto fazendo o ar circular. O sol bate no lado direito do meu corpo e me faz afundar um pouco mais na cadeira. Concentro-me no jornal que vinha fingindo ler e olho a coluna semanal intitulada "Creighton Koshiro's Kidz". O artigo destaca a vida das crianças na ilha — as que personificam o espírito do *aloha* e têm boa média escolar, as que realizaram alguma coisa notável, como correr uma maratona sem a perna esquerda, ou que fizeram alguma caridade, como doar todas suas Bratz para meninas do Zimbábue. Não gosto dessa coluna, assim como não gosto dos adesivos de carro se gabando de que um aluno destacado vai a bordo. Nenhuma filha minha será uma dessas Kidz, nunca.

Ouço a voz de Scottie, abaixo o jornal e a vejo olhando por sobre o ombro para seu traseiro, que ela balança de um lado para o outro. Está cantando, "Assim que eu gosto. Continua malhando esse pneu".

Agora chega. Começo a me levantar, mas então vejo Troy andando na direção do balcão. O grande, magnânimo, dourado Troy. Pego rapidamente o jornal outra vez e me escondo atrás. Minha filha fica em silêncio de repente. Troy cortou seu barato. Tenho certeza de que ele hesitou quando a viu, mas é tarde demais para fazer meia-volta.

"Ei, Scottie", ouço-o dizer. "Olha você aí."

"Olha você aí", ela diz, e sua voz soa estranha. Quase irreconhecível. "Você parece com saúde. Sorria." Ouço o som da câmera.

"Âh, obrigado, Scottie."

Âh, obrigado, Scottie. Troy é tão lento. Seu bisavô inventou o carrinho de compras e isso deixou Troy com pouca coisa a fazer além de dormir com um monte de mulheres e pôr minha esposa em coma. Não é sua culpa, mas com ele não aconteceu nada. Era uma corrida anual da qual Joanie participava junto com Troy. Eles pilotavam um catamarã Skater de quarenta pés e Joanie era a única mulher do circuito. Troy me contou que na volta número oito estavam bem na cola de outra lancha, e ele tentou ultrapassar. Ficou sem espaço e teve de desviar rapidamente para a esquerda, para não sair do curso.

"Como assim, *você* tentou ultrapassar?", perguntei a Troy.

"Eu estava dirigindo", ele disse. "Joanie cuidava dos controles, dessa vez. Mas eu queria que ela dirigisse."

Perto da marca de uma milha, quando Troy tentava ultrapassar o outro barco mais uma vez, eles decolaram numa onda, giraram, e Joanie foi ejetada. Não estava respirando quando os mergulhadores do resgate a tiraram da água. Quando Troy deixou a corrida e se aproximou, não parava de dizer, "Muita marola e buraco. Muita marola e buraco". Foi a primeira vez que dirigiu. Joanie sempre dirige.

"Você visitou ela?", pergunta Scottie.

"Já. Seu pai tava lá."

"O que você disse pra ela?"

"Disse que o barco não estragou. Disse que estava pronto para ela usar. Disse que ela é corajosa."

Que neandertal. Odeio quando dizem como a pessoa é corajosa, quando tudo que está fazendo é sobreviver. Joanie teria odiado, também.

"A mão dela se mexeu, Scottie. Acho que ela me ouviu, sério."

Troy está sem camisa. Ele nunca usa camisa. O sujeito tem músculos que eu nem sabia que existiam. É atlético, rico e estúpido, com olhos da cor de uma piscina de hotel. O tipo exato de pessoa com quem Joanie faz amizade.

Estou prestes a baixar o jornal quando escuto minha filha dizer, "O corpo tem essas reações naturais. Quando você corta a cabeça de uma galinha, o corpo sai correndo, mas a galinha está morta do mesmo jeito".

Escuto Jerry tossir e então Troy dizer qualquer coisa sobre a vida e limões e conseguir as coisas sozinho.

Quando saio do meu esconderijo, Troy está se afastando, e Scottie sai correndo do salão de jantar. Me levanto para ir atrás. Ela corre na direção do muro da praia; alcanço-a antes que pule. Seus olhos estão marejados. Ela ergue o rosto para tentar não desmoronar, mas desmorona assim mesmo. Quero me juntar a ela. Quero ajoelhar e chorar.

"Eu não queria dizer galinha morta", choraminga. "É só que a mamãe sempre se mexe. Não quer dizer nada!"

"Vamos pra casa", eu digo.

"Por que todo mundo só fala em esporte aqui? Você, a mamãe e o Troy acham tão legal. Todo mundo acha. Por que vocês não entram num clube do livro? Por que a mamãe não pode ficar descansando em casa?"

Eu a abraço e ela se deixa abraçar.

"Não quero que a mamãe morra", diz Scottie.

"Claro que não." Afasto-a de mim e me inclino para olhar dentro de seus olhos castanhos. "Claro."

"Não quero que ela morra desse jeito", diz Scottie. "Disputando corrida ou competindo. Já ouvi ela dizer, 'Quero morrer em grande estilo'. Espero que quando ela morrer seja engasgada com um grão de milho ou escorregando num pedaço de papel higiênico, quando for bem velha."

"Meu Deus, Scottie. De onde você tira essas coisas? Vamos pra casa. Você não quis dizer nada disso. Não gosto de ouvir você falando desse jeito. E a mamãe não vai morrer."

Está com o rosto esbaforido. O cabelo grudado, como o da Medusa. Há uma expressão de desgosto em seu semblante. É uma expressão muito adulta.

"Olha. Sua mãe acha você demais. Ela acha que você é a menina mais bonita, inteligente e bobinha da cidade."

"Ela me acha uma medrosa."

"Não, não acha. Por que você acha isso?"

"Eu não quis ir no barco com ela, e ela me chamou de gatinha assustada."

"Ela só tava brincando. Ela acha você a garota mais corajosa da cidade. Me contou que ficava até com medo de ver como você era corajosa."

"Sério?"

"Pode apostar." Joanie vivia dizendo que a gente estava criando duas gatinhas assustadas, mas de todas as mentiras que conto essa é necessária. Não quero que Scottie odeie sua mãe, como Alexandra costumava odiar e talvez ainda odeie.

"Vou nadar", diz Scottie.

"Não", eu digo. "Por hoje chega."

"Pai, por favor." Ela segura em meu pescoço para me forçar a abaixar e sussurra, "Não quero que vejam que eu estava chorando. Só deixa eu entrar na água".

"Certo. Vou ficar aqui." Ela guarda sua câmera na mochila, tira a roupa e joga para mim, me dá duas fotos, então pula do muro para a areia mais abaixo e corre na direção da água. Mergulha e reaparece depois do que parece ser um minuto. Fico sentado no muro de coral, observando ela, as outras crianças e suas mães. As mães estão superequipadas: comes, brinquedos, guarda-sóis, toalhas. Eu não trouxe nada, nem mesmo uma toalha para Scottie se secar quando sair. À minha esquerda há um pequeno recife. Posso ver os ouriços escuros entre as fendas. Continuo sem acreditar que Scottie bateu num deles com a mão.

Olho a foto de Jerry e depois a de Troy. Seu sorriso é tão genuíno, seus músculos tão reluzentes, é como se passasse óleo neles. O terraço exterior começa a se encher de pessoas com seus drinques gelados cor-de-rosa, vermelhos e brancos. Um velho sai da água com um caiaque no ombro, um sorriso cansado tiritando em seu rosto, como se acabasse de voltar de algum tipo de refrega em alto-mar.

As tochas estão sendo acesas no terraço e no píer de pedras. Ainda dá para ver os iates turísticos deslizando além da biruta e rumando de volta à costa. O sol descendo se transformou numa bolha trêmula acima do horizonte. Está quase na hora do brilho verde. Ainda não já, mas logo. Quando o sol desaparece atrás do horizonte, às vezes há um brilho verde de luz que parece refulgir a partir do mar. Uma atividade comunal ocorre por aqui, esperando por esse brilho verde, na esperança de conseguir vê-lo. Me dou conta de que ainda preciso levar Scottie para casa e depois voltar ao hospital.

As crianças estão saindo da água, correndo para as toalhas que suas mães seguram abertas. Escuto uma voz materna vinda com o vento, acima do mar. Distante, mas nítida. "Sai daí, menina. Tá cheio delas."

Scottie é a única criança ainda nadando. Pego suas coisas e pulo do muro para a areia. "Scottie!", eu grito. "Scottie, vem já pra cá!"

"Tem caravelas-portuguesas lá", a mulher diz para mim. Um menininho pequeno se agarra a sua perna; ela está tentando se desvencilhar dele. "Devem ter vindo com a maré. Ela é sua?" A mulher aponta para Scottie, que se aproxima nadando, afastando-se dos catamarãs.

"É", eu digo. É minha, mas não sei o que fazer com ela, onde enfiá-la.

Scottie finalmente sai da água. Está segurando uma minúscula caravela — o emaranhado do corpo da criatura e a bolha azul translúcida em sua mão, a cauda azul-escura enrolada em torno de seu pulso.

Pego um graveto e tiro dela. "O que você fez? Por que está fazendo isso?" Estouro a bolha para que não machuque o filho de mais ninguém.

As outras crianças estão olhando para seu braço, que está marcado com uma linha vermelha. Elas dão alguns passos para trás. O menorzinho vai na direção da caravela. "Bolhas?" Faz menção de pegar, e a mãe agarra sua mão. Ele se joga na areia e choraminga.

"Quer que eu chame o salva-vidas?", pergunta a mulher.

"Eu cuido disso", digo. "Scottie. Vai lavar esse braço." Ela vira para o terraço. "Não. Na água salgada."

"Não foi só o braço", ela murmura. "Eu estava nadando, tipo, com um bando inteiro."

"Tudo bem com você?", pergunta a mulher. As outras crianças começam a voltar para a água, e ela grita, "Fora!" tão alto que parece um juiz.

"Tudo bem", eu digo, querendo que a mulher vá embora. O filho dela ainda não parou com a manha, e é irritante. Por que não dá uma mamadeira a ele, um doce, qualquer coisa?

Eu lhe dou as costas e ando na direção do mar. "Por que você tinha que continuar ali, Scottie? Como pôde aguentar isso?"

Já fui picado por elas centenas de vezes; não dói tanto assim, mas espera-se que uma criança chore, quando picada. É algo com que sempre se pode contar.

"Achei que ia ser divertido contar pra mamãe que eu fui atacada por um bando de caravelas mirins."

"Não são caravelas mirins. Você sabe disso, não sabe?" Quando ela era pequena, eu ficava na beira da praia, diante do recife, tomando cerveja e vendo o pôr do sol, quando Joanie estava fora a trabalho. Ela apontava as criaturas marinhas para mim, e eu dizia nomes errados. Eu as chamava de caravelas mirins porque eram como uma frota em miniatura com armas imponentes — a bolha gasosa, a cauda de chicote, os tentáculos tóxicos — avançando para uma batalha marinha. Eu chamava baiacus de chiclete de bola; ouriços de carrapicho gigante; tartarugas de capacete do mar. Eu achava graça, mas agora ando preocupado de Scottie não saber a verdade sobre as coisas. Estou preocupado de que meus ensinamentos possam estar trazendo problemas para todos nós.

"Claro que eu sei, dã", diz Scottie. "É alga viva, mas a gente brinca assim. A mamãe vai gostar."

"Não é alga viva, também", eu digo.

Ela enfia o corpo no mar.

"É água-viva", eu digo. "Medusa. Caravela-portuguesa. Esse é o nome certo."

"Ah." Ela sai da água e começa a se coçar. Mais linhas se formam em seu peito e suas pernas.

"Não gosto disso", eu digo. "Você só precisa dizer para a mamãe que sente falta dela. Não precisa contar uma história."

"Ótimo. Então vamos voltar. Eu conto o que acabou de acontecer."

"A gente precisa ir pra casa e passar pomada e gelo nas picadas. Vinagre só ia piorar, então se você achava que o Girafa Boy podia mijar em você, errou feio."

Ela concorda como se estivesse preparada para isso — a punição, os cuidados, o inchaço, a dor que sente agora e que sentirá mais tarde. Parece achar normal minha desaprovação. Conseguiu sua história, afinal de contas, e está começando a ver o quanto a dor física é mais tolerável do que a dor emocional. Não estou gostando que aprenda isso tão cedo na vida.

"No hospital vai ter pomada e gelo", diz.

Subimos a inclinação arenosa da praia em direção ao terraço de jantar. Vejo Troy sentado em uma mesa com um pessoal que conheço. Olho para Scottie para ver se está olhando para ele, e ela está mostrando o dedo do meio. As pessoas no terraço estão pasmas, mas me dou conta de que é por causa do pôr do sol e do brilho verde. Perdemos. O brilho brilhou. O sol se foi, e o céu está cor-de-rosa. Estico o braço para segurar a mão beligerante, mas, em vez disso, corrijo o gesto.

"Aqui, Scottie. Não deixe o dedo do meio ficar assim sozinho, desse jeito. Levanta um pouco os outros, só um pouquinho. Agora sim. Esse é o jeito mais legal de fazer."

Troy fica olhando para nós e sorri um pouco. Está totalmente confuso.

"Tudo bem, agora chega." De repente, fico com pena de Troy. Deve estar se sentindo horrível.

Toco nas costas de Scottie para guiá-la. Ela se encolhe, e tiro a mão, lembrando os ferimentos por todo o seu corpo.

"A gente pode ir para o hospital?", ela pergunta. Estamos passando pelos armários no vestiário, a caminho do estacionamento coberto.

"Você vai pra casa", eu digo.

"Eu tenho uma história e quero contar para a mamãe."

Sua voz reverbera alto na garagem. Ela para de andar.

Eu paro e olho para trás. "Vamos."

Ela faz que não com a cabeça. Vou até ela e seguro sua mão, mas ela a puxa e se afasta. "Quero ver a mamãe! Senão, eu vou esquecer o que preciso falar pra ela."

Agarro seu pulso, com mais força, dessa vez, e ela grita. Olho em volta e começo a andar e ela continua a gritar e então eu grito e estamos ambos gritando na garagem, nossos gritos furiosos ecoando pelas paredes.

Scottie está amuada no carro. Decido ligar para o dr. Johnston. Não quero voltar para o hospital. Tenho muita coisa para fazer.

Peço a uma enfermeira para bipá-lo, e ele liga instantes depois. Scottie aperta a buzina. Eu a ignoro.

"Matthew", ele diz.

"Pode falar agora?", pergunto. "Quero que me explique tudo logo." Estou de pé no estacionamento, olhando para Scottie dentro do carro.

"Houve um aumento de pressão no cérebro", diz. "Drenamos o fluido, e podemos tentar uma cirurgia, mas com a escala de Glasgow dela, acho que não vai ajudar muita coisa. Você talvez tenha notado que ultimamente ela não apresenta nenhum movimento ocular, nem qualquer movimento. O dano cerebral é muito grave. Lamento", ele diz. "Já falamos disso, da possibilidade disso..."

Quero ajudá-lo. Não quero obrigá-lo a dizer cada palavra que tem a dizer para um menino que conhece desde sempre.

"Plano B?", eu digo. Esse foi o termo que eu usei.

"Isso, receio que sim. Plano B."

"Certo", eu digo. "Certo. Até mais, então. A gente se vê amanhã. Vai começar tudo agora? Você vai começar a tirar tudo agora mesmo?"

"Vou esperar até você aparecer amanhã, Matthew."

"Certo, Sam." Fecho o telefone, com medo de ir para o carro. Há uma garota ali dentro esperando que eu dê um jeito nas coisas, uma garota que acha que sua mãe vai melhorar, de modo que seu pai possa bater em retirada mais uma vez, aparecendo à noite para distraí-las e jantar, e pela manhã tomar o café na ilha da cozinha, andando com cuidado para não pisar em livros, mochilas, gadgets, roupas, para então se mandar pela porta. Fico imóvel na garagem do estacionamento e penso no Plano B. Esse plano significa que minha esposa está em estado vegetativo permanente. Apresenta graves incapacitações neurológicas. Serei questionado sobre doação de órgãos. O Plano B significa que vamos parar de alimentá-la, cuidar dela, ajudá-la a respirar. O soro intravenoso vai ser retirado, os medicamentos deixarão de ser ministrados. Significa que vou deixá-la morrer.

Ouço pneus fazendo curva. Vejo o carro descendo para o piso em que estamos. As lágrimas correm, e enxugo o rosto. O motorista para quando me vê. É uma senhora de idade que mal consegue enxergar por cima do volante de seu Cadillac. Vejo seus dedos agarrando o volante e penso, *Por que você tinha de viver tanto?*. Vejo seu vidro abaixando e fico ali parado, curioso em descobrir como vai fazer com que eu saia da frente.

"Dá licença pra eu passar?", pergunta.

"Desculpe", eu digo, e saio do caminho.

11

Rodamos pela H1 e estamos presos no trânsito atrás de uma picape de rodas gigantes, em cujo vidro traseiro está aerografada a imagem de uma mulher de seios redondos como pratos de jantar. Não consigo enxergar além do veículo para descobrir o motivo do engarrafamento, mas provavelmente não tem motivo algum. O trânsito é tão misterioso quanto o cérebro, a maquiagem ou as garotas de dez anos de idade. As picadas de Scottie agora são lesões vermelhas protuberantes, e seguro sua mão toda vez que tenta se coçar. Há manchas esbranquiçadas de areia em sua pele, já que não deixei que se lavasse na ducha. A água salgada deve permanecer nas feridas.

"Está sentindo tontura?", pergunto. "Enjoo?"

Ela funga. "Acho que estou com gripe." Ela não vai admitir que isso é de nadar com invertebrados venenosos. Está sofrendo, e acho que não vai mais insistir para irmos ao hospital, porque já percebeu que não é uma boa história, afinal.

Para animá-la, digo, "Amanhã, quando a gente estiver em casa, você vai ter que raspar as pernas para tirar qualquer nematocisto que possa ter ficado".

Ela olha para suas pernas, cobertas de delicados pelos castanhos, e sorri. "A Reina vai querer morrer. E daí eu vou precisar fazer sempre. Vai ser muito chato."

"Não", eu digo. "Você vai fazer isso só dessa vez."

"Você acha que eu machuco o ouriço igual ele me machuca?", pergunta Scottie.

"Não sei." Dá para escutar a música vindo da picape, ou não a música, mas uma palpitação que faz nossos vidros vibrarem. Penso no ouriço. Nunca pensei na criatura se machucando.

"Por que todo mundo chama de caravela?"

"Para abreviar, e a gente esquece a origem das coisas."

"Ou porque o papai mente", ela diz, "sobre os nomes certos".

"Também por isso."

O trânsito começa a andar magicamente, e eu passo direto pela saída que sempre tomamos para chegar em casa. Scottie não nota.

Na semana passada, quando o dr. Johnston e eu discutimos a alternativa impensável, ele disse que o protocolo típico para uma pessoa na situação de Joanie, cuja *living will* proibia sonda alimentar e aparelho de respiração, era reunir os amigos e familiares e deixar que se despedissem.

"Deixe que lidem com todos os arranjos e digam o que precisam dizer. Quando chegar a hora do último momento, vão se sentir prontos. Ou até onde a pessoa pode se sentir pronta para algo assim."

Escutei isso do mesmo jeito que escuto uma comissária de bordo me dizendo o que fazer em caso de pouso na água.

Plano B.

Um oceano de luzes vermelhas, e diminuo. Meu trabalho agora é reunir todo mundo e contar a eles que precisamos deixá-la ir. Não vou informar ninguém pelo telefone, porque não gostei de receber a notícia do médico desse jeito. Tenho talvez uma semana para cuidar dos arranjos, como disse o médico, mas os arranjos são um peso insuportável. Como vou aprender a cuidar de uma família? Como vou dizer adeus para alguém que amo tanto que esqueci exatamente como a amo tanto?

"Por que será que chama água-viva?", pergunta Scottie. "Não parece água e não parece viva."

"Caravela-portuguesa e água-viva não é bem a mesma coisa", digo, sem responder de fato. "Você faz boas perguntas. Está ficando sabida demais pra mim, Scottie."

Não tenho certeza se é a melhor escolha trazê-la junto comigo, mas estou pensando que não posso mais ficar na dependência de Esther. Não posso depender de mais ninguém. Preciso assumir o controle das minhas filhas, e decidi que as duas vão dormir em casa hoje à noite.

Vejo a saída para o aeroporto e olho o relógio no painel.

"O que a gente tá fazendo?", pergunta Scottie finalmente. Um avião passa rugindo acima de nós. Ergo o rosto por causa do ruído muito elevado e para ver sua enorme barriga cinza e pesada no céu.

Tomo a saída. "A gente vai pegar sua irmã."

Parte II

A Trilha do Rei

12

Sempre que aterrisso aqui, sinto como se houvesse voltado no tempo. Há uma atmosfera de abandono no Havaí, como se a Grande Ilha acabasse de ser atingida por um tsunami.

Rodo pela estrada familiar, passando pelas espinhentas árvores *kiawe* e praias de areia-preta, pelos coqueiros com seus papagaios selvagens. O ar fica cada vez mais frio, e um ligeiro *vog* — uma mistura de *fog* e cinza vulcânica, que cheira a pólvora — paira sobre todas as coisas, contribuindo ainda mais para a sensação de abandono e destruição. Rodo através do terreno de lava negra que brilha com a rocha calcária branca que os adolescentes usam para se declarar uns para os outros. Nossa pichação insular: *Keoni ama Kayla, Orgulho Havaiano*, e a declaração mais extensa de todas, *Se você está lendo isto é porque você é gay*. No terreno de pedras pontiagudas, vejo *heiaus* e rochas empilhadas sobre folhas de chá, oferendas aos deuses.

"O que é aquilo?", pergunta Scottie. Ela está virada no banco, de modo que não consigo ver seu rosto.

"Aquilo o quê?" Olho para o vazio.

"Uma estradinha", ela diz.

Olho outra vez e vejo o corredor de seixos rolados em meio aos leitos de lava. "É a King's Trail, a Trilha do Rei."

"Chama assim por causa da gente?"

"Não. Você nunca aprendeu sobre a Trilha do Rei na escola?"

"Talvez", ela diz.

"Que tipo de havaiana é você?"

"O seu tipo", ela diz.

Olhamos para o caminho amplo e sem fim que contorna toda a ilha.

"O rei Kalākaua mandou construir. Ele mandou consertar. Era assim que seus ancestrais viajavam por aí." Rodamos ao longo da trilha, como se fosse uma estrada antiga, o que é de fato, imagino, construída com trabalho forçado de criminosos, depois alisada pelo tráfego de gado e humanos. Nunca me esqueci disso quanto à trilha — os que não pagavam seus impostos foram os que a construíram.

"Ela é muito velha?", pergunta.

"Muito", eu digo. "De mil e oitocentos e alguma coisa."

"Que velha." Ela fica olhando para a trilha e seu interminável meio-fio rochoso, e, quando chegamos às colinas e fazendas de Waimea, percebo que pegou no sono. Durante o dia, as verdes colinas ficam pontilhadas de vacas e cavalos, mas não estou vendo nenhum animal agora. Passo por cercas de madeira acinzentadas e arqueadas e abaixo o vidro para cheirar o ar frio, os pastos, o estrume e as selas de couro, a fragrância de Kamuela. Meus avós tinham uma fazenda aqui, e eu costumava visitá-los quando criança, para colher morango, andar a cavalo, dirigir trator. Era um estranho mundo de sol, frio, caubóis, praias, vulcões e neve. Mauna Kea estava sempre visível, e eu acenava para lá, achando que os cientistas estavam me observando, em vez dos planetas silenciosos.

Pego a estradinha de terra e passo o estábulo de baixo, os prédios escolares, depois subo para os dormitórios.

Estou ansioso por ver minha filha. E um pouco nervoso. Na semana passada, conversei com ela e sua voz estava estranha. Quando perguntei qual era o problema, ela disse, "O preço da cocaína".

Perguntei, "Falando sério, o que mais?".

"O que mais poderia ser?", ela disse.

Alegou que estava brincando. Uma brincadeira de mau gosto, pensando bem.

Não sei onde foi que errei. Parece haver alguma coisa comigo que faz a pessoa querer se autodestruir. Joanie e suas lanchas, motocicletas, alcoolismo. Scottie e seu ouriço-do-mar, Alex e suas drogas, sua carreira de modelo. Alex me contou que experimentou drogas pela primeira ver para deixar sua mãe apavorada, mas talvez tenha feito isso para vez como era ser sua mãe. Alexandra parece amar e desprezar sua mãe com igual intensidade, mas esses problemas certamente já não existem mais, ou pelo menos deixarão de existir. Não dá para continuar sentindo raiva de alguém que está morrendo.

Penso no Buzz's, onde a gerente me disse que Joanie animava o lugar. Tenho certeza de que, se ela morrer — quando ela morrer —, a mulher vai pendurar uma foto sua, porque é desse tipo de restaurante que se trata: fotos de lendas locais e fregueses mortos assombrando as paredes. Fico triste que tenha de morrer para que sua foto enfeite a parede, ou para que eu realmente mostre meu amor por tudo que ela foi, ou para que Alex a perdoe por seja lá o que for que ela fez de errado.

Dirijo devagar porque há buracos e calombos na estrada. Olho Scottie, que continua dormindo. Gosto do fato de que o internato ainda não pavimentou a pista.

Paro o carro no pátio e desligo o motor, e Scottie abre os olhos.

"Onde a gente tá?", pergunta.

13

São dez da noite. A supervisora do dormitório me olha como se eu fosse o maior irresponsável do mundo. Faz frio lá fora, e Scottie está vestindo shorts, suas pernas manchadas pelas picadas. Estou em um dormitório, pegando minha filha, quando poderia tê-lo feito em um horário normal. Paramos na porta da supervisora, e vejo uma tevê ligada no fundo. Ela usa uma camisola de flanela horrorosa, e, pelo que percebo, estava assistindo a *American Idol.* Fico terrivelmente constrangido por todos nós.

Ela nos conduz até uma escada, e Scottie sai correndo na frente, pulando os degraus de dois em dois. Escuto a respiração da supervisora e diminuo o passo.

É agradável saber que todo mundo dorme e que ali não é nenhum alojamento de faculdade, onde dez da noite é a hora que as coisas mal começaram a esquentar. Digo à mulher que estou impressionado. Sei que essa é uma das melhores escolas particulares do Havaí, mas, mesmo assim, é bom ver crianças longe de casa se comportando.

"Tentamos copiar suas casas", ela diz. "A maioria das crianças que moram na escola já foi para a cama ou está lendo, sossegada. Nos fins de semana é um pouco diferente, mas o currículo é tão difícil que os estudos e os esportes as mantêm ocupadas durante a semana, e estão bastante exaustas, a essa hora. O de Alexandra fica no fim." Ela para no topo da escada, segurando a balaustrada, e aponta o fim do corredor.

Scottie corre. "Qual porta?", ela grita.

"Fala baixo", eu grito de volta, e a mulher faz cara feia para nossos gritos.

Ela me diz que vai bater e entrar primeiro, para ver se Alex e sua colega de quarto estão apropriadamente vestidas. Aguardamos enquanto recupera o fôlego e anda pelo corredor.

Olho o relógio. Quando finalmente se aproxima do fim, Scottie bate na porta, e juro que a mulher quase dá um cascudo nela.

"Porta errada!", ela diz.

Uma cabeça de garota aparece e olho para outro lado, só para o caso de não estar vestida apropriadamente.

"Desculpe incomodá-la, Yuki", diz a supervisora do dormitório. "Batemos na porta errada."

"Posso voltar pra cama, então? Eu tava dormindo."

"Claro. Volte pra cama."

"Boa noite", eu digo, surpreso de ver como a instituição funciona suavemente. Imagino fileiras de garotas enfiadas sob as cobertas, sonhando. "Vou acordá-la", ela diz, mergulhando nas trevas.

Scottie estica o pescoço, tentando enxergar alguma coisa no quarto da irmã mais velha. Penso no que vou dizer para Alex. Como vou contar a ela que vai perder sua mãe? As palavras são estranhas: perder uma mãe. Nós estamos perdendo uma mãe. Minha esposa em breve estará morta.

A supervisora sai e fecha a porta atrás de si.

"Ela está dormindo?"

"Não", ela diz.

Espero que responda. "Está se vestindo?"

"Não", ela diz. Sua mão ainda não largou a maçaneta. "Alexandra não está aqui."

Damos uma busca no banheiro, na sala de estudos, na sala de tevê. Procuramos nos quartos de suas amigas.

A supervisora do dormitório está em pânico, preocupada não tanto com a segurança de minha filha, mas antes em como a ausência de Alexandra pode se refletir sobre ela. Fala sem parar. Sinto como se alguém estivesse tentando me vender alguma coisa.

"As garotas vêm para o dormitório às sete", diz. Estamos descendo ao andar de baixo, para acordar outra amiga. "Depois ficam na sala de estudos até as nove. Nada de jogos, filmes, nem muita conversa."

Scottie parece empolgada com a situação. Seus ferimentos vermelhos brilham sob a iluminação fluorescente do corredor.

Sua camiseta diz VOTE EM PEDRO, seja lá o que isso signifique, e seu cabelo está grudando em alguns lugares e todo embaraçado em outros. Em uma parte junto da orelha, o cabelo colou com alguma substância desconhecida. Ela pediu uma salada de frutas no avião, e seus lábios e o queixo estão manchados, cor de carne crua. Parece um pouco com um animal atropelado, o que me aflige e faz com que eu também por minha vez busque vender minha imagem para a supervisora, de modo que parecemos dois vendedores no mercado apregoando nossas habilidades em cuidar dos nossos jovens.

"Tenho certeza de que está com alguma amiga", eu digo, "fazendo coisas de meninas".

"Elas estão conversando sobre meninos", diz Scottie.

"Bom, temos uma política rígida quanto à hora de dormir, então isso seria inaceitável."

"O que vai acontecer com ela?", pergunta Scottie. "Vai perder privilégios? Isso é o que acontece comigo. Eu perco privilégios de tevê, mas uso meu TiVo pra gravar, de qualquer jeito. Esther não sabe o que é um TiVo."

"Eu também uso o TiVo", diz a supervisora.

"Esther era a mulher que trabalhava para nós", eu explico.

"Ainda trabalha", diz Scottie. "Ela cozinha, limpa, coça minhas costas."

Eu rio. "Scottie, deixa de ser boba."

"Não estou sendo boba."

"Onde fica essa amiga dela?", pergunto. Parece que estamos andando por um corredor sem fim. A supervisora finalmente para diante de um quarto. Ela bate e entra, depois fecha a porta atrás de si. Ficamos ali olhando para dois nomes, HANNAH e EMILY, escritos com hidrocor roxo em um papelão rústico colorido e cercados por flores amarelas recortadas. Reconheço o cheiro da caneta Crayola roxa. Alguém deve ter empenhado um bocado de tempo nesses cartazes com nome, e fico contente de que Alexandra ande com esse tipo de garotas. Garotas que desenham em papel-cartão e fazem elaboradas flores de cartolina.

A supervisora sai do quarto e sua expressão me diz que as notícias não são boas. "Emily não está aqui, também. Vamos voltar para o quarto de Alexandra. Talvez ela já tenha voltado."

"Ou talvez aquela colega de quarto dela nos explique o que está acontecendo", eu digo.

A colega de quarto dá o serviço. Leva algum tempo. Diz que Alex vai matá-la se contar, e eu asseguro à menina que minha filha não vai fazer nada disso. Pobre colega de quarto. Não consigo imaginar uma dupla menos condizente. Uma criatura que respira pela boca, com cabelo ralo e coriza. Na sua metade do quarto há bichinhos de pelúcia sobre o acolchoado azul-marinho e nada de pôsteres, fotos nem nada, de fato, para ilustrar seu gosto, popularidade ou padrão de vida dos pais. Sua metade é um testemunho de sua solidão, ao passo que o lado de Alexandra está coberto com tributos a si mesma e sua identidade. Consigo ver o brilho de fotografias e pôsteres de caras montados em motocross pulando montes de terra. Vejo CDs, maquiagem, roupas, sapatos e mais bolsas do que qualquer garota poderia possivelmente precisar.

Seguimos os três para o campo de futebol. Não sei o que vamos encontrar, e acho que tanto a supervisora como eu estamos com medo. Ela vestiu um casaco por cima da camisola, e eu esfrego os braços para me aquecer um pouco. Scottie segura minha mão no escuro. O campo está esburacado em alguns pontos e Scottie tropeça de vez em quando. A grama está úmida. A barra de minha calça está úmida. Olho para os tornozelos nus de Scottie. Ela respira ruidosamente, porque o ar é muito frio e porque está fascinada com a aparência de sua respiração.

Finalmente, à distância, vejo duas pessoas segurando o que parecem ser tacos de golfe na mão. Depois vejo uma bola branca viajando pelo céu, seguida de gritos entusiasmados. Minha filha está jogando golfe à luz do luar em um campo de futebol com sua amiga. Sinto nostalgia por uma vida que nunca tive: o internato, a camaradagem entre as moças.

"Meninas!", grita a supervisora.

Vejo o rosto das meninas virando para nós.

"Alex", eu chamo. Seu cabelo cresceu, está abaixo dos ombros, e mesmo dessa distância posso perceber a beleza de seu rosto, o modo como seus traços parecem ser construídos uns a partir dos outros, em cooperação.

"Pai?"

“Alex”, grita Scottie. “Sou eu.”

A outra garota sai em disparada e não vai muito longe antes de cair com o taco de golfe na mão. Corro até lá para ver se não se machucou, e quando me aproximo ela está de bruços no chão, o corpo esparramado como se tomasse banho de sol. Abaixo e ponho a mão em suas costas. Ela rola para cima, a boca escancarada, os olhos fechados. Percebo que está rindo, e então me dou conta de que está completamente bêbada. Quando consegue falar, diz, “Bate esse handicap, seus veados!”.

Agora Alexandra está do meu lado, apoiada em mim e se dobrando de rir. “O que cê tá fazendo aqui, pai?”

“Senhora Murphy”, diz a voz pastosa da outra garota. “Veio dar umas tacadas com a gente? Dezoito buracos?”

O ciclo reinicia. As garotas seguram a risada por um segundo até uma nova explosão. Alexandra cai de joelhos. “Ai, Deus”, ela diz. “Ai, meu Deus.”

Scottie começa a rir também, emulando a alegria ébria da irmã.

“Dezoito buracos”, ofega a amiga de Alex entre gargalhadas. “De. Zoito. Buracos.”

“Meninas!”, continua a berrar a sra. Murphy. Não tenho a menor ideia do que fazer para pôr um ponto final nisso tudo e nos levar de volta ao aeroporto para tomar o último voo de volta a Oahu a fim de reunir todos os entes queridos e contar-lhes que é isso aí. Joanie, nossa lutadora, se foi.

É Scottie que consegue fazê-las se calar. “Alex”, ela diz. “A mamãe vai voltar pra casa.”

Alex olha para mim para ver se é verdade, e eu olho para o alto. A noite está linda. Sem as luzes urbanas de Oahu, as estrelas invadem o céu. “Não”, eu digo. “Não é verdade.”

“Então o que está acontecendo? Ela tá melhor ou o quê?” Alex se apoia no taco de golfe e sorri.

“Vim buscar você para a gente ir pra casa”, eu digo. “Ela não está bem.”

“A mamãe que se foda”, diz Alex. Ela dá alguns passos determinados, depois arremessa seu taco de golfe no meio da noite. Todo mundo olha, mas ninguém vê onde vai parar.

* * *

Quando chegamos em casa, Scottie vai da garagem para seu quarto sem dizer uma palavra. Eu carrego Alex. Está tão pesada, seu braços e pernas parecem encharcados. Sofro para levá-la até seu quarto. Eu poderia parar na sala e deixá-la dormindo no sofá da alcova, mas quero que durma em sua própria cama, que antes era minha cama, e parte de mim gosta de carregá-la, o modo como está enrodilhada junto ao meu peito, como um bebê.

Tiro seus sapatos e puxo as cobertas sobre seu corpo. Ela se parece com Joanie. Observo-a dormir por algum tempo. *O que aconteceu?* Essa frase parece ir e vir em minha cabeça. Saio de seu quarto sem fechar as venezianas. Amanhã o sol vai surgir acima do Ko'olaus, e a luz virá beijar seu rosto.

14

Tento dar a Alex espaço e tempo para tomar a iniciativa de se desculpar por seu comportamento. Estamos na cozinha, e ela está bebendo uma Coca e comendo um cereal que parece uma ração de coelho tamanho extragrande.

"Como está se sentindo?", pergunto.

Ela dá de ombros, mastiga e depois leva a tigela à boca.

"Sua mãe deixa você tomar Coca no café da manhã?"

"Ela nunca me viu tomando café."

"Onde está Scottie?", pergunto.

Ela dá de ombros outra vez.

"Bom, ótimo rever você, Alex. Seja bem-vinda."

Ela ergue a colher e faz um círculo no ar, depois se levanta e põe o pote que usou dentro da pia.

"Põe na máquina", eu digo.

Ela sai da cozinha, e eu vou até a pia para enxaguar sua tigela e pôr na lava-louças. Ela reaparece, conversando com alguém no celular. Vem carregando óculos escuros, um livro, uma toalha e outra Coca.

"Alex", eu digo. "Quero conversar com você."

"Vou nadar", ela diz.

"Ótimo, então eu vou nadar também."

"Ótimo", ela diz.

Na piscina, ela fica pulando de pé em pé para se manter à tona. Joga a cabeça para trás, depois torce os cabelos. Eu mergulho, planejando espalhar muita água, e quando volto à superfície, ela olha para a água com ar de nojo. A água está fria, e nuvens bloqueiam o sol. A caminho do outro lado, nado entre folhas mortas da mangueira e corpos cor de canela dos cupins.

"Sid tá vindo pra cá", ela diz.

"Quem é Sid?"

"Meu amigo. Você vai conhecer. Acabei de ligar, e ele já tá vindo."

"Que amigo? Da HPA?"

"Não, ele é daqui. Da minha classe na Punahou. Eu conheço ele faz um tempão."

"Ah", eu digo. "Sei."

"Ele tá com uns problemas. Provavelmente vai dormir aqui, e vai aparecer bastante pra me fazer companhia, com toda essa merda acontecendo."

"Bom", eu digo. "Você já tem tudo planejado. Onde ele mora?"

"Kailua", ela diz.

"E eu conheço os pais dele?"

"Não." Ela me encara.

"Não vejo a hora de conhecer seu amigo", eu digo.

Escutamos bater a porta de correr que dá para a piscina. Scottie aparece correndo no pátio de tijolos usando um négligé preto. Está lambuzada de creme branco em vários lugares de seu corpo magrelo. Tira uma foto de Alex.

"Puta que pariu", grita Alex. "Tira já isso!"

"Não grita assim com ela", eu digo.

"Ela tá usando a porra do meu penhoar."

"E daí, Alex? Na atual conjuntura, isso parece mesmo grande coisa?" Olho para Scottie. Meio que é grande coisa. O négligé pende de seu peito e entre suas pernas. "Scottie, entra lá e vai trocar isso por um maiô de verdade."

"Por quê?"

"Vai já, Scottie."

Ela me mostra o dedo do meio, do jeito certo que eu ensinei, e entra correndo.

"Você está fazendo um ótimo trabalho", diz Alex.

"Acho que a grande coisa não é Scottie usar sua roupa de baixo, ou minhas habilidades como pai, mas encontrar você bêbada no internato, onde devia estar pondo sua vida nos eixos."

"Eu só tava bebendo, pai! Eu já pus minha vida nos eixos. Estava me saindo muito bem, mas essa parte vocês nunca perceberam. Ninguém disse droga nenhuma sobre como estou me saindo melhor nem como eu estava naquela peça idiota que vocês nem foram ver. Então, e daí se eu tava bêbada justo na noite que você apareceu pra me pegar. Que se dane!"

"Calma", eu digo. "Tenta se controlar um pouco, fica calma."

"Cai na real, pai", ela diz.

"Sobre o quê?"

"Você não tem a menor noção de nada. Eu quero voltar pra escola."

Ela ergue a cabeça para o céu a fim de imergir os longos cabelos castanhos na água. Quando volta a abaixar o queixo, seu cabelo está molhado e lustroso. Senta na escada da piscina, pega alguns cupins na água e faz uma fileira deles na beirada. "O que é esse creme todo na Scottie?", pergunta.

Conto a história: o ouriço-do-mar, as caravelas-portuguesas, Lani Moo.

"Isso é piração", ela diz.

"Você precisa me ajudar com a sua irmã." Apoio os braços no piso de tijolos aquecido e fico batendo pernas na água.

Ela desce do degrau e afunda na água, subindo com uma pequena folha em forma de diamante presa na lateral do cabelo. Eu tiro e jogo de volta na água.

"Eu posso conversar com ela", diz Alex. Ela inclina a cabeça na direção do sol e fecha os olhos. "Acho que vou. Sei lá. Alguém tem que fazer."

"Eu ia gostar. Você não pode mais gritar com ela, sabe. Ela idolatra você, e você não tem o menor motivo pra gritar, mesmo com ela usando seu négligé. E por falar nisso, o que esse tipo de roupa faz no meio das suas coisas?"

"Foi a mamãe que me deu", ela diz. "Eu nem uso."

"Ótimo", eu digo. "Continuando. Seja boazinha com ela."

"Talvez eu seja. Talvez não. Ninguém nunca foi bonzinho comigo, e eu me virei bem. Forte como um touro." Ela tira o braço da água e flexiona o bíceps.

Esse gesto me anima, depois me entristece, porque não é hora de fazer piada. A vida não tem graça, nesse momento. Talvez nunca tenha. Preciso lhe contar.

Alex se vira e impulsiona o corpo contra a beira da piscina, boiando com o tronco dobrado. Penso em seus cartões-postais. Como Joanie foi deixar que posasse para aquilo?

"Sua mãe não está bem, Alex."

"Óbvio", ela diz.

"Cuidado com o que você fala. Não quero que diga coisas de que pode se arrepender mais tarde, como ontem à noite. Ela não vai acordar. Os médicos vão parar de cuidar dela. Está entendendo o que eu estou dizendo? A gente vai desistir."

Ela fica imóvel.

"Escutou o que eu disse? Vem aqui."

"O que é? O que você quer?"

"Nada. Só estou tentando consolar você."

"Ah, sei. É, tá."

"Por que você está gritando?"

"Eu preciso sair daqui!" Ela bate com as mãos na água e se encolhe quando a água espirra em seu rosto. "Para!", ela grita. Seu rosto está vermelho e molhado.

"Para com o quê?", eu digo. "Eu não disse nada."

Ela cobre o rosto com as mãos.

"Alex." Eu tento trazê-la para perto de mim, mas ela me empurra.

"Eu não entendo o que tá acontecendo", ela diz.

"A gente precisa se despedir dela. É isso que está acontecendo."

"Não consigo." Ela inala profundamente o ar duas vezes, e então seus ombros começam a tremer.

"Eu sei", eu digo. "A gente vai se ajudar de alguma forma durante essa coisa toda. Não sei mais o que fazer."

"E se ela acordar?"

"Vou pedir para o doutor Johnston conversar com você. Você vai entender. A mamãe queria desse jeito. Ela deixou um documento, viu, que obriga a gente a fazer assim."

"Isso é tão esquisito." Lágrimas correm por seu rosto, e sua respiração está entrecortada. "Por que você tinha que me contar isso nessa droga de piscina?"

"Eu sei. Eu sei. Aconteceu e pronto, tá?"

"Não dá nem pra fazer alguma coisa agora mesmo", ela grita.

"Eu sei. A gente vai ver ela. Que tal ir agora? A gente pode ver ela agora mesmo."

"Não", diz Alex. "Preciso de um tempo."

"Por mim tudo bem", eu digo. "Eu estava pensando nos nossos amigos ontem à noite. As pessoas precisam saber o que está acontecendo. E achei que devia contar para os nossos amigos, mas achei que tinha de ser pessoalmente. Sabe, em sinal de respeito a eles. A sua mãe. Quem sabe você pode vir comigo?"

Fomos nos deslocando para o centro da piscina por algum motivo e nos mantemos à tona num nado cachorrinho, sem sair do lugar. Dá para perceber que está ficando cansada.

"A gente pode conversar sobre sua mãe com nossos amigos. Um consolar o outro, e honrar a memória dela."

Alex ri.

"Sei, parece brega. A gente só ia fazer isso com os amigos mais próximos, e Barry e seus avós. Mesmo que a gente só explique o que está acontecendo. A gente não precisa ficar, mas eu queria contar pessoalmente."

"Não era disso que eu tava rindo", diz ela.

"Então você vem comigo? Podemos ir no Racer primeiro e depois nos seus avós." Eu pensei um bocado nisso — quem deveria receber a notícia — e estreitei as opções para nossa família e as pessoas que mais a amavam e a conheciam melhor.

Na noite anterior eu repassei a lista de nomes e olhei para o outro lado da cama, os dois travesseiros de Joanie um sobre o outro, do jeito que ela gostava que ficassem. Não estou acostumado a dormir sozinho, e, mesmo com espaço de sobra, permaneço do meu lado e nunca invado o dela. Ali era onde assistíamos à tevê e conversávamos sobre nosso dia, e era também o momento da noite em que nos dávamos conta de como conhecíamos bem um ao outro, como parecia que ninguém era capaz de ficar junto de nós e nos entender. "E se tivesse alguém gravando essa conversa?" Ela ria. "Ia achar que a gente era louco."

Mas também me lembrei de todas aquelas noites em que ela saía até tarde com as garotas. Terminava desabando na cama, cheirando a tequila ou vinho. Chegava tão tarde, e nem sempre estava bêbada. Se esgueirava para dentro dos lençóis em silêncio, graciosamente, seu perfume de gardênia na pele. Me pergunto se parte de mim não ficava contente por ela estar se mantendo entretida, permitindo que eu me concentrasse em meu trabalho, tão absorto em criar meu próprio legado, em vez de tomar de empréstimo os legados daqueles que vieram antes de mim. Sim. Parte de mim devia gostar de ficar sozinho.

Alex está pálida e sem fôlego. Ela olha para mim com tal sofrimento no rosto, como que suplicando alguma coisa. *Não posso ajudar você*, fico com vontade de dizer. *Não sei como ajudar você.*

"Segura", eu digo.

Ela hesita, depois segura em meus ombros como costumava fazer. Eu nado para a parte rasa, rebocando-a de volta comigo. Vamos para a beirada, e ponho minha mão em suas costas. O sol aparece, depois se esconde rapidamente outra vez. A água da piscina está escura, como o mar profundo.

"Que acha de irmos todos no Racer, já que é bem perto, depois nos seus avós, e depois no hospital? É um bom percurso."

"Não vejo sentido nisso", diz Alex. "Liga de uma vez e pronto. Não quero conversar sobre a mamãe com todo mundo. É ridículo."

"Alex, seja lá qual for o motivo da briga de vocês no Natal, você precisa deixar pra lá. Não é nada. Você amava sua mãe. Sua mãe amava você. Esquece."

"Não posso deixar pra lá", ela diz.

"Por que não? O que podia ser tão ruim?"

"Você", ela diz. "Você foi o motivo de eu ter brigado com ela."

O sol aparece outra vez. Uma sensação agradável em meus ombros. "Vocês estavam brigando por minha causa?"

"Não", diz Alex. "Eu só fiquei com raiva dela por uma coisa que ela tava fazendo com você. E você continua aí, todo voltado pra ela." Ela olha para mim e depois para a água. "Ela tava traindo você, pai."

Observo seu rosto. Continua imóvel e impassível, a não ser pelo nariz. As narinas se abrem ligeiramente, de raiva. Então escuto um ruído, como alguém numa máquina de escrever batendo rapidamente na mesma tecla, e olho para cima e vejo um helicóptero ascendendo acima do Olomana. Ele paira sobre o aclive diante do pico.

Aparentemente eu deveria sentir alguma coisa nesse momento, como um calafrio agudo, ou um calor forte, ou uma sensação de água gelada correndo por minhas veias, mas a única coisa que sinto é que estão me contando algo que já sei. É como se um pânico houvesse se estabelecido dentro de mim. Penso no bilhete de papel azul e solto o ar ruidosamente.

"Ela contou para você?", eu pergunto. "Você pegou eles?"

"Não. Bom, mais ou menos. Eu meio que peguei."

"Me conta", eu digo. "Conta de uma vez. É inacreditável."

Tomo impulso para sair da água e sento na beira da piscina. Ela faz a mesma coisa, e ficamos com as pernas balançando na água.

"Eu vim pra casa pra passar o Natal, claro", ela diz, "e estava no carro, indo pra casa da Brandy, e daí eu vi os dois".

"No carro onde? Onde você estava?"

"Na avenida Kahala. Indo pra Brandy."

"E daí você simplesmente viu ela andando com outro cara e concluiu que tinha alguma coisa acontecendo?"

"Não, eu tava entrando em Black Point, e vi os dois na entrada de uma casa. A casa dele."

"Ele mora em Black Point?"

"Acho que sim", ela diz.

"E depois o quê?"

"Ele tava com a mão nas costas dela, levando para entrar na casa. Ou no quintal da frente, depois do portão."

"E aí?"

"Aí nada. Ela entrou. A mão dele tava nas costas dela."

"O que você fez?"

"Continuei indo pra Brandy e contei pra ela o que tinha acontecido, e, resumindo, a gente só falou nisso o dia inteiro."

"Você falou alguma coisa para sua mãe? Por que não me contou?"

"Sei lá. Eu só queria ir embora. Me dava nojo ver ela perto de você. Fiquei puta da vida com ela e com pena de você. Na verdade voltei pra escola pensando, agora chega. Pra mim ela já era. Ela sabia que eu sabia. Foi por isso que ela me mandou pra longe outra vez. Ela não me queria de volta." Alex recolhe os joelhos junto do peito. "Daí eu ia ligar e contar tudo pra você, mas aconteceu o acidente e daí eu não queria mais contar pra você. Eu ia esperar até ela voltar, eu acho."

"Desculpa, Alex. Você não devia ser obrigada a lidar com esse tipo de problema."

"Não brinca", ela diz.

"Não posso... a gente não pode ficar com raiva dela agora."

Alex não diz nada. Ficamos observando o helicóptero circular em torno do mesmo ponto.

"Como ele era?", pergunto.

Alex dá de ombros. "Sei lá."

"Como ela sabia que você sabia?"

"Eu falei pra ela que não aguentava ficar olhando pra cara dela e que eu sabia o que ela andava fazendo. Mas eu nunca consegui contar. A gente brigou. E daí eu fui embora. E todo mundo comemorou que eu tinha ido embora outra vez."

"Alex", eu digo. "A gente precisa parar de brigar."

Ela olha para outro lado, o que em geral significa que está concordando.

"Quero saber quem ele é", eu digo.

Alex escorrega de volta para a água. Eu faço o mesmo, deixando o corpo afundar até o chão. Ambos nos agitamos para nos afastar da superfície, pernas e braços fazendo pequenos círculos. Seu cabelo se move lentamente acima de sua cabeça. A água da piscina cintila ao longo de seu corpo. Meu dedão toca o fundo da piscina. Ficamos olhando um para o outro até que uma linha de bolhas se projeta de sua boca. Ela impele o corpo para cima, e eu a sigo até a superfície para respirar.

"Estou indo nos Mitchell", eu digo. "Quer vir comigo?"

"Pra fazer o quê?", ela pergunta.

"Para contar sobre a mamãe e perguntar para eles quem ele é."

"Preciso esperar o Sid", ela diz.

Saímos da piscina, e devo estar com péssima aparência, porque minha filha não para de me perguntar se está tudo bem comigo. Andamos de volta até a cozinha e paro no balcão, a água pingando dos meus shorts para o piso. Scottie usa uma colher para misturar sorvete com uma rosquinha, e olho para a ponta de sua língua saindo pelo canto da boca, conforme cavouca dentro da embalagem. Sinto vontade de chorar. Alex toca em meu pulso, e eu me encolho, então olho para ela e sorrio, mas meus lábios estão tremendo.

"Estou indo nos Mitchell", digo outra vez.

Esther entra com uma pilha de panos de prato. Ela olha para as meninas, depois olha para mim. Devo estar pálido. Devo parecer completamente perdido, porque ela balança a cabeça e estala a língua. Guarda os panos em uma gaveta. Sussurra alguma coisa no ouvido de Alex e então caminha direto na minha direção. Dou um passo para trás, mas ela agarra minha cabeça e me puxa contra os seios. Fito seu peito, horrorizado, mas depois me entrego, e pela primeira vez choro de verdade, como se só agora percebesse o que está acontecendo com minha esposa, comigo e com essa família. Minha esposa não vai voltar, minha esposa não me amava, e tenho de cuidar das coisas daqui pra frente.

15

Paro o carro na entrada circular da casa dos Mitchell. O jardim deles é uma selva luxuriante de samambaias e chás. Até as colunas da cobertura para os carros são férteis, os postes brancos cobertos de nodosas trepadeiras. Alex disse que eu deveria passar na padaria e levar alguns doces e tortas, mas acho que está é de olho no que vai sobrar. Ela consegue comer uma caixa de sonhos numa sentada.

Subo os degraus da escada com minha caixa de guloseimas, o que parece degradar meu direito de estar ali. Não liguei para avisar que estava a caminho, assim eles não teriam como ensaiar o que iriam dizer.

"Oi?" Olho pela porta de tela. Entro e chamo ao pé da escada. "Sou eu, Matt."

Ambos descem ao mesmo tempo, o rosto ruborizado. Mark e Kai Mitchell são nossos amigos, mas os dois são mais próximos de Joanie do que de mim. Mark está com calças de pijama e aparenta se sentir constrangido por isso. Parece que acabaram de fazer sexo, mas duvido que seja o caso. Gente casada não faz sexo de manhã — tenho certeza absoluta disso.

"Vocês ainda estavam dormindo? Desculpe."

Kai faz um gesto com a mão de que não devo me preocupar. "Não, a gente só estava brigando. Vamos. Senta aí. Quer um pouco de café?"

"Claro", eu digo. "Trouxe uns pãezinhos."

Deposito minha contribuição na mesa da cozinha, mas Mark sacode uma caixa de cereal.

"Grão integral", ele diz.

"Ah."

Ambos sentam com seus cafés, grãos integrais e uma caixa de vitaminas. Uma vaca de porcelana está cheia de creme de leite e sirvo um pouco em minha xícara.

"Sobre o que estavam brigando?", pergunto.

"Uma coisa idiota", diz Mark.

"Não é idiota. Ele quer dar festas e convidar pessoas, e quem tem todo o trabalho? Eu."

"Mas o que estou dizendo é que você não precisa cuidar de tudo. Não precisa limpar a casa, fazer compras, comprar uma roupa nova, pensar em algum tipo de coquetel temático. Eu convidava as pessoas, a gente bebia e dava umas risadas."

"Não é assim tão simples."

"É sim! É isso que estou dizendo."

"Ai, meu Deus", diz Kai. "É a Joanie... Está tudo bem com a Joanie? E a gente aqui discutindo sobre—"

"Certo", eu digo. "Quer dizer, tudo bem com ela agora." Eu me detenho antes de continuar, visualizando o rosto deles quando der a notícia. Espero que possam seguir comendo seu cereal. Não quero ter de lidar com condolências, em dar ou receber, e perceber que nunca mais serei capaz de fazer isso por ninguém de minha lista.

"Estou tentando chegar a uma conclusão sobre algumas coisas", digo. Olho para Kai. "Pôr um ponto final", acrescento.

"Certo", ela diz.

Mark está calado. Ele pode passar horas sem dizer uma palavra. Parece alguém permanentemente perplexo com a vida.

"Quem é ele?", pergunto.

Eles seguram suas canecas perto dos lábios por uma enormidade de tempo. Mark leva a mão a uma tortinha de creme e enfia grande parte na boca.

"Ela está apaixonada por ele? Quem é ele?"

Kai desliza a mão pela mesa, quase tocando na minha. "Matt", ela diz.

"Sei que isso é desagradável para ambos, e lamento deixar os dois nessa posição, mas preciso saber. Gostaria muito de saber quem anda comendo minha esposa." E do nada, percebo que, se antes estava com calor, agora estou morrendo de frio.

A mão de Kai desliza de volta sobre a mesa. "Você está com raiva", ela diz.

"Não brinca." Enfio um doce qualquer na boca para me forçar a ficar calado, mas mesmo assim acrescento, "Não brinca que estou com raiva".

"É por isso", diz Kai, suavemente.

Mark arregala os olhos.

Mastigo o donut cremoso. É tão bom que quase comento a respeito. "É por isso o quê? O que é o quê?"

Ninguém diz uma palavra. Sorrio porque Kai está encrencada agora. "É por isso que ela me traía? Porque eu falava de boca cheia? Ou porque dizia palavrão? Porque sou um boca-suja com uma educação de merda?"

"Puxa vida", diz Kai, balançando a cabeça. "Acho que a gente devia conversar outra hora. Acho que você precisa esfriar a cabeça."

Olho para Mark. "Daqui eu não saio."

"Você não conhece ele", diz Mark.

"Ai, não se atreve, Mark", diz Kai. "Você é amigo dela. Que vergonha."

"Sou amigo do Matt também", ele diz. "E essa é uma situação fora do normal."

Kai se levanta. "Isso é traição."

"Ei, com licença", eu digo. "Traição? E eu, onde fico? Foi ela quem andou pulando a cerca, esqueceu?"

"Escuta", diz Kai. Ela apoia um cotovelo na mesa e aponta o dedo para mim. "Não é culpa dela. Ela tem necessidades. Estava sozinha."

"Esse negócio continuava acontecendo quando teve o acidente?"

Mark faz que sim.

"Quem é ele?", pergunto outra vez.

"Eu fiquei fora disso", diz Mark. "Toda vez que Kai vinha falar sobre o assunto, eu caía fora."

"E você se esbaldou, aposto", digo para Kai. Minha vez de apontar o dedo. "Provavelmente jogou ainda mais lenha na fogueira, conseguindo um pouco de drama pra sua própria vida sem ter que assumir nenhum risco."

"Você está sendo horrível." Kai acrescenta um choramingo a sua acusação, mas não embarco nessa.

"Quem exatamente vocês estão protegendo?", eu digo. "Joanie não precisa da sua proteção." Uma dor se instala em minha garganta. "Ela vai morrer."

"Não diga isso", diz Kai.

"Ela não vai se recuperar. Está piorando. Estamos desligando os aparelhos."

Kai começa a chorar, e fico aliviado. Passo a confortá-la, assim como Mark.

"Desculpe", eu digo. "É óbvio que estou angustiado. Não queria descontar em vocês."

Kai faz que sim com a cabeça, concordando comigo, acho.

"Ela está apaixonada por ele?", pergunto.

Mark olha para mim sem qualquer expressão. Posso perceber que não faz a menor ideia. Isso é território feminino.

"Como tem coragem de perguntar sobre ele quando ela está morrendo?", diz Kai. "Quem liga? É, ama sim. Era louca por ele. Ia pedir o divórcio."

"Chega, Kai", diz Mark. "Droga. Será que dá pra calar a boca?"

"Ela ia se divorciar de mim? Está falando sério?" Olho de um para o outro.

Kai enfia o rosto nas mãos e chora. "Eu não devia ter falado nada. Ainda mais agora. Que diferença faz?"

"Mas é verdade?"

"Desculpe, Matt", ela diz. "Desculpe. Não sei o que eu estava pensando."

Mark fecha os olhos, respira fundo e se afasta ligeiramente de sua esposa.

"Então Joanie tinha um caso", eu digo. "Ela tinha um caso, está apaixonada por esse outro homem e não por mim. Minha esposa está morrendo agora, eu estou arrasado, e vocês ainda não me contaram quem é o sujeito."

"Brian", diz Mark. "Brian Speer."

Fico de pé. "Obrigado."

Kai continua a chorar. Seu rosto em lágrimas me lembra o do filho deles, Luke, de como ficava quando chorava. Lembro de quando tinha um pouco menos idade do que Scottie tem agora, e só respondia se o chamassem de Homem-Aranha. Até os professores cediam a esse capricho, e quando ele levantava a mão na classe diziam, "Pois não, Homem-Aranha?". Fui o responsável por ele finalmente largar essa fase e atender pelo nome verdadeiro. Meu método foi, e continua a ser, segredo nosso. Não tenho certeza nem se Luke se lembra.

Deixo a cozinha, levando meus confeitos comigo, e penso em quantas vezes encontrei os Mitchell no ano passado, e como nunca deram mostras de saber de um problema entre Joanie e eu. É constrangedor. Mark me acompanha até a porta da frente. Ele abre e abaixa a cabeça, e saio sem dizer nada. Acho que vou ficar sem ter o que conversar com eles por um bom tempo.

Caminho até o carro e penso na noite em que pus um fim ao mau hábito de Luke. Joanie e eu fomos lá jantar, e eu estava do lado de fora, olhando o jardim dos Mitchell. Luke tentava pegar sapos. Segurava a rede de piscina em uma mão, o boneco de Homem-Aranha na outra, e começava a desanimar.

"Olha, Luke", eu disse. "Tem um bem ali."

Luke virou para procurar, mas perdeu a vontade e ficou olhando para o vazio.

"Luke", eu disse outra vez. Seus pais e Joanie conversavam perto do balcão. Haviam acabado de fumar um baseado, os três, e começavam a falar alto e parecer estúpidos. Ajoelhei perto de Luke. "Deixa eu dizer uma coisa pra você", falei. "O Homem-Aranha tem vagina."

Luke olhou para mim e depois para o bonequinho em sua mão. "Olha", eu disse, apontando a virilha do Homem-Aranha. "Não tem volume. Não tem nada aqui, viu?"

Ele passou o dedo pela virilha de plástico.

"O Homem-Aranha é um otário. Os outros super-heróis chamam ele de goiaba. Falam assim 'Cai fora daqui, seu goiaba escalador vermelho'." Eu não sabia por que estava dizendo essas coisas para ele, mas então escutei as risadas chapadas, excludentes, de seus pais, e percebi por quê.

Luke olhou para o boneco.

"Quer que eu continue chamando você de Homem-Aranha?"

Ele balançou a cabeça.

Deixei o bairro de Nu'uanu, e, enquanto voltava pela Pali Highway, dois únicos pensamentos me passavam pela cabeça: *Minha esposa vai morrer, o nome de seu amante é Brian Speer.*

16

Sid está aqui. É magrelo e alto. Quando Alex nos apresentou, ele disse, "Fala", e pegou minha mão, puxou-me para perto, bateu nas minhas costas e me soltou bruscamente.

"Nunca mais faz um negócio desses comigo", eu disse, e ele engoliu uma pequena risada. Por algum motivo, estávamos todos no gramado, e quando chegou, ofereci-lhe uma bebida, por força do hábito de receber visitas. Servi sua 7-Up em um copo, e a visão dele com um copo e um guardanapo de papel me pareceu ridiculamente formal, como se eu estivesse encontrando meu futuro genro, o que, espero, não é o caso.

Alex fica em silêncio perto dele, tranquila, e me sinto constrangido por ela.

"Alex, você ainda vai querer ir comigo no Racer, depois no vovô? Vou sair daqui a pouco, então..."

"Você conhece um cara chamado Racer?", pergunta Sid.

"Eu disse que eu ia", ela diz. "Nós dois vamos junto com você." Ela se inclina na direção de Sid, e ele dá uma examinada em nossa casa, depois tira alguma coisa do ombro dela.

Olho para os calçados de Sid. Estão surpreendentemente limpos e brancos. "Ele não precisa vir", eu digo. "Não é uma coisa que ele precisa fazer."

"Eu faço qualquer coisa que Alex me pedir", ele diz. "Estou de boa."

"Ele tem ideia do que a gente vai fazer?"

"Tem", diz Alex. "Ele tá sabendo de tudo."

Uma inesperada onda de ciúme percorre meu corpo.

"Acho que é assunto familiar", digo. "Essa semana que a gente tem pela frente, que pode ser um pouco mais longa ou um pouco mais curta, é um assunto familiar."

"Pai. Eu falei que ele ia ficar aqui. Então deixa disso, tá? Vou ficar mais relax com ele por perto, pode crer."

Sid abre bem os braços e dá de ombros. "O que eu posso fazer?"

Olho para Alex, esperando que perceba minha decepção.

"Você não tem aula?", pergunto a Sid.

"Só quando quero", ele diz.

"Certo. Chama a Scottie. Vamos indo."

Scottie senta no banco da frente, Alex e Sid sentam atrás. Scottie nunca ficou tão quieta. Percebo que deixou a câmera e o álbum de recortes em casa.

"Sabe o E.T.?", diz Sid. "Lembra do E.T.?"

Olho no retrovisor porque não tenho ideia de com quem ele está falando. Ele tem pelos no rosto, e olhos azul-escuros. Está olhando pela janela, sem se dirigir a ninguém.

"O que eles querem?", pergunta. "Por que os E.T.s vêm pra Terra, pra começo de conversa?"

"Ignora", diz Alex. "Ele fica assim quando anda de carro. Seinfeld chapado."

"Quem é o E.T.?", pergunta Scottie.

"Sei lá", eu digo. Não quero ter de explicar. Chego no Lanikai, e vejo a casa de Racer. Racer é um bom amigo nosso, principalmente meu, embora já não seja mais tanto. Tenho de fazer o contorno no quarteirão, já que a rua é de mão única. Fico tentado a entrar na contramão mesmo, mas não faço isso. Gosto da rua silenciosa, da areia branca espalhada pela calçada. O ar de abandono me dá a sensação de que sobrevivi a alguma coisa.

"E se o E.T. fosse o mongol do planeta dele?", diz Sid. "E se os terráqueos fossem pra um planeta e, sei lá, esquecessem o Screech da *Galera do barulho* e o Don Johnson lá? Os caras iam ficar com uma impressão totalmente errada da gente."

"Isso é fascinante." Estaciono na entrada da casa. "Vocês filósofos esperem no carro. Já volto."

Dou a volta na casa até a porta dos fundos e levo um susto ao ver Racer sentado no pequeno terraço de concreto. Está de roupão, com as mãos em volta de uma caneca de café fumegante, e olhando para a praia, para a maré baixa e as pequenas ondulações da água.

Quando me vê, dá um sorriso cansado, nem um pouco surpreso com minha visita.

"Racer", eu digo. Vou até a mesa e puxo uma cadeira, mas está molhada.

"Ei, Matt", ele diz. Ele olha para o assento molhado. "A gente pode entrar." Ele fica de pé, e vejo que os fundilhos de seu roupão estão molhados da cadeira.

Vamos para a cozinha, onde ele me serve uma xícara de café. "Obrigado", eu digo. "Tem um pouco de creme?"

"Não", ele diz.

"Tudo bem", eu digo.

Ele começa a vasculhar os armários. "A gente deve ter um pouco daquele negócio em pó. Nunca sei onde estão as coisas. Noe. Ela que arrumava tudo. Estou sem leite."

"Como vai a Noe?"

Ele senta na mesa da cozinha. "Cancelei o casamento. Ela saiu de casa."

"Como? Você tá falando sério? Por quê?"

Ele tamborila com os dedos na mesa. Mangas manchadas de marrom repousam em um pedaço de jornal. "Não estava legal, só isso." Ele põe a mão na cabeça. "Meus pais não gostavam dela. Nunca disseram nada, mas eu simplesmente sabia que não gostavam, e eu não conseguia deixar isso passar. Ela é uma babá, sabe? E dançarina. Vem de um lugar diferente, só isso, sabe?"

Penso em sua família, mais uma família de donos de terras, herdeiros dos canaviais. Mesmo assim, seus pais são tão calorosos, parece improvável que pudessem não se dar com Noe. Esse é o problema da sociedade havaiana. Não tem muito esnobe.

"Não devia fazer diferença, mas faz, sabe?"

"Claro, claro", eu digo.

"Minha sensação era de estar fazendo a escolha errada." Ele senta. "Mas tudo bem. Vou ficar bem. Não era pra ser." Seus olhos ficam desfocados, depois voltam a focar em mim. "Você só passou pra dizer oi?"

Olho para as mangas e tomo um gole de café preto. "É, faz tempo que a gente não se vê. Achei que podia dar uma passada antes de ir p..." Faço um meneio de mão na direção de Kailua. A casa dele, percebo, não fica no caminho de nada. É um beco sem saída.

"Como ela está?", ele pergunta.

"Tudo bem", digo. Nunca vi Racer demonstrar muito qualquer tipo de emoção, e é como se não quisesse invadir seu espaço; perder a noiva é uma coisa que não acontece todo dia. Não quero interromper sua dor com mais dor. Penso em seus pais desaprovando Noe, eu desaprovando Sid, o pai de Joanie me desaprovando.

"A princesa Kekipi", eu digo. "Você sabe que ela se casou contra a vontade dos pais. Acho que todo mundo faz isso. Você devia fazer o que estivesse a fim de fazer."

Racer balança a cabeça. "Ainda dá tempo", diz.

"Dá", eu digo.

Seus ombros afundam. Pergunto-me o que irá fazer.

"Bom, meus filhos estão esperando no carro." Me levanto para ir, mesmo que só tenha tomado uns goles do café. Ele não parece notar quão absurdamente rápida é a visita, a falta de propósito dela. Me acompanha até a porta da frente. Há um acolchoado no sofá, uma garrafa de vinho na mesinha de centro e um guia de programação aberto com itens circulados em caneta vermelha. Ele segura a porta aberta e protege os olhos do sol. Acena para minha família. "Vai dar tudo certo", eu digo, e ele faz que sim e fecha a porta. Caminho até o carro me sentindo um pouco atordoado, desejando muito que se case com aquela garota. Não sei que diferença isso faz para mim, mas faz.

"Não consegui", eu digo ao sentar.

"Conseguiu o quê?", pergunta Scottie.

"Bom, o próximo você vai ter que conseguir", diz Alex.

Racer foi só para aquecer. O endereço seguinte é o show principal. Agora estou preparado para encarar pessoas que não vão com a minha cara. Ligo o carro, dou ré para sair da entrada e parto para a próxima parada.

17

Sentamos no deque que contorna a casa, porque é onde Scott estava quando chegamos, sentado em uma cadeira de vime com uma bebida equilibrada nos joelhos. Estou vendo Scottie no quintal abaixo com sua avó, apontando para as diversas coisas que elas veem. "Pedra", imagino-a dizer. "Lagoa." A mãe de Joanie tem Alzheimer, e Scott vem tocando o barco com a esposa alterada e a enfermeira, cuidando do jardim, dando suas braçadas na piscina. Já o vi nadando antes, e, quando põe a cabeça para fora para respirar, a visão dele em seus óculos é de chorar, o rosto molhado, a boca escancarada para o alto como a criatura do *Grito*, de Munch. Beber é outro de seus passatempos. É de família. Dava para sentir o uísque em seu hálito quando ele viu Scottie e disse, "Bingo!", coisa que sempre diz quando a vê.

Dei a notícia a ele e lhe entreguei a *living will*, e ele está dando uma lida. Sid não abriu a boca, pelo que lhe sou grato, mas então olho de fato para ele, esparramado na espreguiçadeira, os óculos escuros no rosto, o boné preto puxado para a frente, imóvel, e me dou conta de que pegou no sono. Alex senta na beirada da espreguiçadeira, perto de suas pernas. É irritante vê-la tão perto dele o tempo todo.

"Isso parece outra língua", diz Scott, folheando as páginas.

"Eu sei", digo.

"O que é isso?"

"Uma *living will*. Você tem uma, também."

"Sei, mas não é esse monte de asneira. Isso aqui é como ler coreano." Ele sacode as páginas para Alex e eu.

"Tenho certeza de que a sua é igual. Quer que eu explique os pontos principais?"

Ele me ignora e se concentra nas páginas, provavelmente relutante em permitir que logo eu explique o que quer que seja para ele. Nunca gostou de mim. No começo de meu casamento com Joanie, tentou me empurrar suas ideias de negócios, mas eu sempre lhe disse que não fazia negócios com amigos ou família. Era apenas uma desculpa para me ver fora de seus projetos grandiosos, a maioria deles restaurantes temáticos. Tive de aguentar inúmeros discursos de vendedor do meu sogro, muitos deles dando a entender que tal ou tal cidade tinha potencial para ser a nova Waikiki. Quase aceitei, certa vez, só para tirá-lo do meu pé, mas nunca cedi, graças a Deus.

"Asneira", resmunga.

"Vou explicar para você, Scott. Sei que é um linguajar difícil. É complicado, mas é esse o meu trabalho. Posso ajudar." Penso no teor do documento, quase que promessas do eu saudável da pessoa para o eu moribundo: *Se eu entrar em coma permanente, não quero que minha vida seja prolongada por meios artificiais e não quero a utilização de procedimentos de sustentação de vida. Autorizo a proibição ou retirada de procedimentos de sustentação de vida, de alimentação e hidratação artificial, de alívio da dor.* O fraseado na parte de alívio da dor sempre mexe comigo. *Não quero procedimentos de alívio da dor que prolonguem minha vida.* Falando assim soa como se Joanie não quisesse ser confortada ou protegida. É a parte da *living will* que Scott consegue entender, a parte que declara sem meias palavras que ela não quer viver.

"Quer que eu leia com você?", pergunto outra vez. "É uma determinação mais complicada — basicamente, na qual ela nos informa quais procedimentos médicos deseja, ou, nesse caso, não deseja. Nada de respiração artificial, nada de—"

"Não quero ouvir isso. Sei exatamente o que diz. Diz que não quer ninguém por perto enquanto azeda como leite. Diz que os médicos não podem ficar zanzando em volta como moscas, e que prefere seguir em frente e ir para outro lugar."

"Vô", diz Alex. "Você tá bem?"

"Estou ótimo. Eu me preparei para isso, e fico feliz por Joanie ter tido o bom-senso de escrever esta coisa aqui e por não ser uma pessoa egoísta. Ela é uma garota corajosa", ele grita, a voz trêmula. "Sempre foi mais forte do que seu irmão. Barry passa a vida choramingando. Com dezesseis anos ele parecia que tinha trinta. Pelo que sei pode até ser homossexual."

"Barry não é homossexual", eu digo. "Gosta perfeitamente de mulheres." Penso em Barry. Costumava ser gorducho e afetuoso. Agora faz uma coisa chamada hot yoga e um outro negócio chamado Budokon e ficou ágil e fibroso, como carne de caça.

"Ela é mais forte do que você, Matt", continua Scott. "Vivia mais em um ano do que você numa década, sentado lá no seu escritório, amontoando seu dinheiro. Quem sabe se você tivesse deixado ela ter seu próprio barco ou comprado equipamento de segurança ou deixado que ela saísse por aí fazendo compras como as mulheres gostam, talvez ela não tivesse se metido nesses esportes de maluco. Quem sabe se você providenciasse um pouco mais de emoção em casa."

"Vô", diz Alex.

"Você também, Alexandra. Você brigou com a sua mãe quando tudo que ela estava tentando fazer era imbuir um pouco de vontade de viver em você. Joanie tinha paixão! Era uma boa garota", diz, como que discutindo com alguém. "Nunca disse nada disso para ela. Mas estou dizendo agora!"

Scott se levanta e vai até a balaustrada da varanda, ficando de costas para nós. Seus ombros começam a sacudir. Olha para o alto com as mãos no quadril, como se verificasse o tempo. Levanta a camisa de flanela para limpar o rosto e tosse, cospe, depois olha para nós. "Vocês querem uns pãezinhos? Eu fiz pão. Querem beber alguma coisa?"

Seus olhos estão inexpressivos e suas mãos tamborilam nos bolsos. Gosto do jeito como os homens choram. É eficiente.

"Claro, Scott. Uns pãezinhos e uma bebida vão cair muito bem."

Quando entra na casa, olho para Alex. "Tudo bem com você? Ele está angustiado, é só isso."

"Sei. Tudo bem."

Ela não parece bem. Seu cenho está franzido, o maxilar, travado.

"Então o que acontece quando vocês fizerem isso?", pergunta.

"Isso o quê?"

"Remover tudo? Quer dizer, quanto tempo leva?"

Conversei com o médico hoje de manhã, e pelo que ele me falou Joanie podia respirar perfeitamente por conta própria e talvez sobreviver mais uma semana sem ajuda. "Mais ou menos uma semana, acho."

"Quando vão fazer isso?"

"Estão esperando a gente aparecer", eu digo.

"Ah", diz Alex. Ela toca na perna de Sid, mas ele não se mexe.

Scottie e sua avó caminham em nossa direção com um ramalhete de lírios-do-brejo nas mãos.

"Deve ser duro para o vovô lidar com isso sem a vovó", eu digo.

Scottie segura a mão de sua avó e a conduz ao subir a escada. Nunca sei o que dizer para Alice. Nossos momentos são parecidos a quando alguém me apresenta uma criança e sinto que sou eu que está na berlinda, todo mundo observando para ver como vou interagir com ela.

"Oi, vovó", cantarolamos Alex e eu.

Ela arregala os olhos para nós. Scott aparece com seus pães e uma bandeja de bebidas. Uísque com gelo. Nem me dou ao trabalho de tirar o copo que trouxe para Alex. Sei que não vai beber na minha frente. Sid senta ereto de repente e olha em volta como um cachorro que farejou bacon. Estica o braço e se serve e eu encaro sua mão em torno do copo. Ele bebe e recosta na espreguiçadeira. Scott o fuzila e Sid faz uma saudação.

"Quem é você?", pergunta Scott. "Por que está aqui?"

"Ele é meu amigo", diz Alex. "Está aqui por minha causa."

Scott continua a olhar feio para Sid, depois vira para Alice e lhe serve um copo. "Vamos ver Joanie hoje", diz.

Alice sorri. "E Chachi?", pergunta.

Sid começa a rir e Scott vira de volta em sua direção e põe a mão em seu ombro, o que me faz temer pela vida do rapaz. "Melhor ficar quieto, filho", diz Scott. "Eu posso matar você com essa mão. Essa mão já fez muita coisa."

Balanço a cabeça e olho para Sid e Alex.

Scott tira a mão do ombro de Sid e vira outra vez para a esposa. "Não, Alice. Nossa Joanie. Nossa filha. Vamos cuidar para que tenha tudo que deseja." Ele me olha feio. "Pense no que ela poderia querer, Alice. Vamos providenciar para que tenha isso, e levar para ela. Levar para ela, na cama onde está."

"Joanie e Chachi", canta Alice. "Joanie e Chachi!"

"Cala a boca, Alice!", berra Scott.

Alice olha para Scott como se ele houvesse acabado de pedir, "Diga xis!". Ela junta as mãos e abre um grande sorriso, parando nessa pose por alguns segundos. Ele fita seu rosto e entrecerra os olhos. "Desculpe, minha garota", diz. "Não se preocupe, pode falar o que quiser."

"Isso foi gozado", diz Sid. "Ela só tava rindo. Ela tem um bom senso de humor. Só isso. Vai ver ela sabe que tá sendo engraçada. Eu acho que sabe."

"Você vai levar uma porrada", diz Scott. Seus braços pendem na lateral do corpo, os músculos flexionados, as veias parecendo canudos de milk-shake. Sei que vai bater em Sid, porque ele é assim mesmo. Já o vi dando um soco em Barry. Eu também já levei um soco de Scott, depois de acabar com ele e seus amigos em um jogo de pôquer. Ele cerra os punhos, e vejo os nós dos dedos do velho, as inúmeras manchas de pele quase se juntando para formar uma única grande descoloração, como uma queimadura. Então seu punho se ergue no alto, na direção de Sid, num movimento parecido com o de uma serpente erguendo a cabeça para dar o bote. Vejo Sid fazendo menção de levantar o braço para bloquear o rosto, mas em seguida ele o abaixa e agarra sua coxa. É quase como se decidisse não se proteger. O resultado final é um soco em seu olho direito, uma filha mais velha gritando, uma filha mais nova assustada, um pai tentando acalmar um monte de gente ao mesmo tempo e uma sogra aplaudindo loucamente, como se todo mundo ali houvesse acabado de fazer algo realmente incrível.

18

Estou na avenida Kahala, indo para a casa de Shelley e Lloyd. Não quero contar a Shelley que minha esposa vai morrer em breve, não porque hesito em transmitir esse tipo de notícia, mas porque a mulher é um pitbull, uma esposa de senador, e acha que pode fazer o que bem entender se ligar para a pessoa certa.

Sid está no banco de trás, atônito.

"Meu pai me ensinou a sempre avisar a pessoa antes de bater." Isso foi tudo que Scott teve a dizer após acertar um soco na cara de Sid.

Ficaram olhando um para o outro, e então Sid foi para o carro e Scott para dentro de casa. Ele chamou Alice, dizendo que precisavam juntar as coisas para ver a filha. Não chamava Joanie pelo nome, muito provavelmente para evitar qualquer menção a Chachi.

"E o olho?", pergunto. "Meu Deus, Alex, será que dá pra sentar na frente, por favor? Eu me sinto como um motorista, com vocês dois aí atrás."

"Isso ia ser bom", diz Sid. "Se a gente tivesse um motorista. Meu olho está ótimo." Ele tira do rosto o bloco de espinafre congelado que compramos no 7-Eleven. "Que tal?"

Olho no retrovisor. A perna de minha filha está sobre a dele, e me pergunto, *Como é que eu fui herdar esse cara? Onde fica o setor de devolução?*. A cor de sua pálpebra está azul-clara. A pele sob o olho está inchada, e, em vez de um homem com uma boa história para contar, ele parece mais uma criança com uma forte alergia.

"Parece bom", eu digo.

"Não dá pra acreditar no que me aconteceu", diz Sid. "Quer dizer, quantas vezes a gente vê um velho socando alguém na cara? Foi surreal."

Ele aperta a coxa de Alex.

"Alex", eu digo. "Passa pra cá."

Ela se movimenta por cima do console central para sentar no banco da frente, e escuto o som de uma palmada em sua bunda.

Eu suspiro audivelmente.

"Por que você foi deixar a Scottie ir pro hospital com o vovô?", pergunta Alex.

"Como assim, por quê? Ela precisa ver a mãe. Você precisa ver."

"Mas talvez não seja bom pra ela ver a mamãe o tempo todo. Principalmente agora. A aparência dela não vai começar a mudar?"

"Não sei", eu digo.

"E se ela estiver sofrendo e a gente não souber perceber?"

"Então é melhor você estar do lado dela", diz Sid. "E põe tudo pra fora pra isso não ficar dentro de você e deixar você pirada. Não acredito que seu vô me deu uma porrada no olho." Ele olha para o pacote de espinafre.

"Ele é assim mesmo", eu digo. "Pra falar a verdade, sempre foi. Aquilo foi inacreditável."

"Você precisa visitar sua mãe", diz Sid.

Alex não discute com ele. Se eu tivesse dito a mesma coisa, ela teria resistido, e não tenho certeza se fico grato a Sid ou se muito pelo contrário.

Entro na Pueo e diminuo a velocidade. Sinto como se estivesse na Trilha do Rei, viajando por um terreno irregular e tortuoso para vender minhas mercadorias a pessoas que talvez não as queiram. Penso nos outros motivos pelos quais as pessoas usavam a trilha — fugir. Quando transgrediam a lei, usavam a trilha para salvar suas vidas.

"Por que será que no *AFV* eles sempre escolhem o vídeo menos engraçado?", pergunta Sid.

"Do que você tá falando?", diz Alex.

"*America's Funniest Home Videos.* Eles sempre pegam o vídeo mais tosco."

"*AFV?* Você chama o programa de *AFV*?", eu pergunto.

"É pra ser tudo tosco, Sid", diz Alex. "Se liga."

"Eu não acho", ele diz. "Você tá por fora. Eu me cago de dar risada."

"Calem a boca, os dois, ok?" Abaixo o rádio e encosto no meio-fio. A casa fica sob a sombra de uma bougainvíllea e um elevado muro de pedra.

Vejo uma garota na janela do segundo andar olhando para nós. Então ela desaparece.

"Aquela é a K", diz Alex.

"K? Por que K?"

"As pessoas fazem isso. David Chang quer que todo mundo chame ele de Alika, agora, o nome havaiano dele. Ela tá fazendo, sei lá, uma abreviação. Não vai usar o sobrenome, também. Só o nome do meio. Acho que encheu de ficar ouvindo Lloyd."

"Ela tá na minha classe de redação criativa", diz Sid. "Lembra aquela festa, quando ela contratou as dançarinas de *pole dancing*? Aquilo foi irado."

"Vocês dois querem entrar pra dizer um oi enquanto eu converso com a Shelley?"

Alex olha para trás, para Sid. "Claro."

Descemos do carro e abrimos a porta externa de madeira, então seguimos pelo caminho pavimentado até a porta de entrada. Toco a campainha e escuto passos.

A filha deles abre, e eu aceno, e Alex se encarrega da conversa. Ela abraça K.

"Você tá de volta?", pergunta K. Ela olha para Sid. "E aí?"

Ela se inclina para a frente e ele se inclina para a frente e dão uma beijoca nos lábios. Os rapazes é que são felizes. Eles não sabem que todo esse carinho casual logo vai terminar.

"Oi, senhor King", diz K. "Lloyd não está."

"Está no gabinete?", eu digo. "Melhorando a sociedade havaiana?"

"No mar", ela diz. "Pegando onda, no sul."

"Ele não acabou de sair de uma cirurgia?"

"Pode crer, e continua com pique. Dá pra acreditar?"

"E ele não perdeu alguns dedos do pé? Consegue surfar desse jeito?"

"Ele é decidido." Seu rosto se ilumina de orgulho, e então ela se afasta da porta para nos deixar entrar.

"Seu velho domina", diz Sid, e esses são meus pensamentos, exatamente. Ele domina. Penso nos amigos de Alex, e seus pais são enormes, seus passados, objetivos e realizações imensos, dominantes. Pergunto-me se nossos filhos não resolveram todos desistir. Nunca serão senadores ou donos de um time de futebol; nunca serão o presidente da NBC na Costa Oeste, o fundador dos Vigilantes do Peso, o inventor de carrinhos de supermercado, um prisioneiro de guerra, o fornecedor número um no mundo de nozes de macadâmia. Não, o negócio deles vai ser cheirar pó, queimar um fumo, frequentar aulas de redação criativa e rir da nossa cara. Pode ser que venham a escrever sobre nosso dinamismo, mas nunca irão endossá-lo. Olho para essas duas garotas e vejo isso em seus olhos, a pena que sentem de nós, e contudo sua determinação de nos derrotar a seu próprio modo, um modo que ainda estão por descobrir. Nunca descobri um modo de derrotar meus dominadores.

"Sua mãe tá por aqui?", pergunto a K.

"Na varanda do fundo", ela diz.

"Acho que todo mundo nessa ilha está na varanda. Vou até lá dar um oi."

Os adolescentes ficam bem juntinhos. Caminho alguns passos, depois olho para trás para vê-los. Estão amontoados perto da escada. Escuto K dizer, "Quer ver meu vestido de formatura? É tão piranha", e então escuto Alex começando a contar a K sobre sua mãe e me pergunto se ela — se todas as crianças — sabe do amante de minha mulher.

Vejo Shelley sob um guarda-sol bege de lona. Está com um cinzeiro e umas palavras cruzadas sobre a mesa, e usa um biquíni preto debaixo de um cafetã preto transparente. Quando me vê, dá um tapa no próprio peito. "Você me mata de susto", diz, e me bate com seu jornal. Seu rosto é de um marrom muito vivo. Ela fuma e não usa protetor solar nem se exercita, o que faz com que seja meio que reverenciada em nosso círculo.

"K parece ótima", eu digo. "Por que atende pelo nome de K, agora?"

"Vai saber", diz Shelley. "Está tentando anular seu sangue havaiano ou sei lá o quê. E agora escreve uns poemas simplesmente horrorosos. Senta um pouco." Ela tira o jornal da cadeira e eu me sento. Olho para sua piscina, cintilante e turquesa, como uma piscina deve ser.

"Tenho novidades sobre a Joanie", eu digo. "As coisas deram uma guinada para pior, como dizem. Vamos deixar que descanse. Vamos deixar que se vá. Meu Deus, preciso encontrar um jeito melhor de dizer isso."

Shelley empurra os óculos escuros para o alto da cabeça. "Quem é o médico dela?"

"Sam Johnston."

"Ele é bom", ela diz, e parece decepcionada. Inclina-se para a frente, juntando as mãos — é sua pose de ação, pronta para curar o incurável —, e por um momento acredito existir alguém que pode chamar, uma carta que pode escrever. Angariar fundos para sair desse poço sem fundo.

"É o que é", eu digo. "Só queria comunicar a você, para que pudesse vê-la."

"Ai, merda, Matt. Não sei o que dizer."

"Acabou de dizer."

Ela reclina o corpo e dou um tapinha em sua perna quente.

"Você está fazendo isso com todo mundo? Visitando casa por casa?"

"Estou tentando. Só os amigos mais chegados."

Ela olha para seu maço de cigarros e abaixa os óculos escuros. "Não precisa fazer isso. Eu faço. Posso ligar ou ir pessoalmente, como você. Meu Deus, não consigo acreditar no que está acontecendo." Ela geme, e vejo lágrimas descendo atrás de seus óculos.

"Não me incomodo de contar para as pessoas. Preciso ter alguma coisa para fazer." Penso em minha rota pelas casas; sou como lava, aproximando-me vagarosamente e alterando as fundações permanentemente. "Tem alguma coisa sobre a Joanie que você gostaria de me contar?", pergunto. "Sabe de alguma coisa?"

"O quê?" Ela esfrega os dedos no rosto úmido. "Como assim? Está me pedindo para dizer alguma coisa no..."

Shelley não quer mencionar a palavra, e eu não quero ouvir. "Não", eu digo. "Você sabe como é. É bom ouvir o que as outras pessoas sabem sobre ela, mas deixa pra lá. Não agora." Fico de pé. "Não tenho me demorado nessas visitas. Desculpe por isso. Minha sensação é de que estou deixando tudo de pernas pro ar e indo embora sem arrumar."

Ela não se levanta para me abraçar. Não é do tipo que dá abraços, ou que acompanha a pessoa até a porta, e fico feliz por passar sem essas coisas nesse momento. Não tive intenção de perguntar sobre Joanie, sobre seu amante; não deveria estar pensando sobre isso.

"Vou falar com Lloyd", ela diz. "Vamos visitá-la hoje. Por favor, não deixe de dizer se houver alguma coisa que a gente possa fazer. Por favor."

"Obrigado, Shelley."

"Olha, esquece. Não precisa pedir. Vou entrar em contato, você querendo ou não. Eu junto as mulheres. A gente vai cuidar de tudo, dos detalhes. Só me diz o que você prefere."

"Obrigado", eu digo, lembrando dos arranjos funerários, da comida e das flores, da cerimônia. Ela ergue o cafetã para o rosto e então leva a mão aos cigarros.

"Shelley?", pergunto. "Pode ligar para o Racer? Será que pode contar por mim? Eu ia contar, mas não contei."

"Claro!", ela diz, e percebo como deixa as pessoas felizes ter uma tarefa definida.

Os adolescentes estão de pé na cozinha, comendo frango *lo mein* em uma panela de alumínio.

"Vai aí?", pergunta K. Sua expressão é cheia de pesar e simpatia. "Sobrou da angariação de fundos do Lloyd. Tem sushi, também, se quiser."

Pego um par de hashis e como uns bocados, depois digo a Alex e Sid que precisamos pôr o pé na estrada outra vez.

Eles se beijam e se abraçam e prometem ligar uns para os outros. K vai até a porta, depois sobe a escada. Entramos no carro e me afasto lentamente.

"Ela vai escrever sobre isso", diz Alex. "Tenho certeza."

"É bom me fazer parecer bonito", diz Sid.

"O que tem para escrever?", pergunto. Uma mulher vive. Uma mulher morre.

No carro, fico pensando em quem devemos visitar em seguida, qual casa arrasar. Russel Clove fica logo ali no fim do quarteirão, mas não quero ter de lidar com ele no momento, então escolho Bobbie e Art, em vez disso.

Olho para Alex, mas finjo estar interessado na sinalização da rua além dela. Seu rosto parece muito cansado. Parece um caco, a ruína de algo que foi grandioso muito tempo antes.

Quando chegamos perto da casa de Bobbie, ela diz, "Eu sei onde ele mora, viu, se quiser ver ele".

19

Alex me instrui a parar. "É aqui", diz.

Tento ver a casa, mas fica atrás de um muro feito de coral. Dá para ver a crista das ondas além dos telhados das casas. Sua casa não é muito recuada, o que significa que é rico, relativamente, mas não podre de rico. Em princípio o pensamento me agrada, mas depois parece pior. Se tivéssemos estacionado diante de uma casa com leões de pedra guardando a entrada, então eu entenderia, mas essa casa é mediana, o que faz o amor deles parecer mais real. Paro junto ao meio-fio e desligo o carro diante da casa do amante de minha mulher.

"Gostei do muro", diz Alex.

Olho o muro de coral. "Normal."

"A gente vai simplesmente ficar aqui parado até ele sair?", pergunta Sid.

"Não", eu digo. "Já viemos, já vimos." Ameaço ligar o carro, mas não ligo.

"Será que ele tá em casa?", pergunta Alex. "Vamos tocar a campainha?"

"Vai lá", diz Sid.

"Vai você", ela retruca. Ele chuta o encosto do banco, e ela vira para pegar sua perna. Ele segura o braço dela e ela ri.

"Chega", eu grito. "Vamos parar com esse agarra-agarra, os dois."

"Uau", diz Sid. "Talvez foi por isso que sua esposa te traiu, por ser contra agarra-agarra."

Viro bruscamente a cabeça para encará-lo. "Ainda não levou bastante porrada?"

Ele dá de ombros. "Já esgotei minha cota."

Encaro minha filha. "Você sabe que está namorando um completo retardado. Sabe disso, não sabe?"

"Meu irmão é retardado, cara", diz Sid. "Não fala isso como xingamento."

"Ah." Não digo mais nada, esperando que interprete meu silêncio como um pedido de desculpa.

"Porra nenhuma", ele diz, e dessa vez chuta o encosto do meu banco. "Eu não tenho nenhum irmão retardado!" Está achando uma tremenda graça em sua pegadinha. "Falando em retardado", ele diz, "vocês já se sentiram mal por querer que uma pessoa retardada ou velha ou deficiente físico vá mais rápido? Às vezes eu fico esperando eles atravessarem a rua e fico, tipo, 'Anda logo!', mas daí eu me sinto mal".

"Cala a boca, Sid", diz Alex. "Lembra do que a gente conversou. E a gente não é namorado, pai."

Isso parece funcionar. Ele fica quieto. Observo enquanto tenta se lembrar do que conversaram, seja lá o que for.

"Isso é um completo absurdo", eu digo. "Ficar aqui sentado. Espreitando."

"Ninguém tá espreitando ninguém", diz Alex. "Ele tá trabalhando, claro. Um cara precisa trabalhar pra ter um muro desses." Ela leva a mão à ignição, dá partida e liga o rádio. "Pra que você precisa ver ele? Vai falar alguma coisa pro cara?" Ela liga o ar-condicionado, que sopra direto em meu rosto.

"Isso é desperdício de gás", eu digo.

"Ah, sai fora", ela diz.

"Você acha que esse carro funciona com o metano dado por Deus?", grita Sid. Alex e eu olhamos para trás ao mesmo tempo.

Sid está sentado no meio do banco traseiro agora, as pernas abertas, demarcando como seu território cada centímetro do carro. "O que foi? É de um filme."

"Só quero ver o cara", eu digo. Ouço a música, mas Alex muda de estação, espera, muda outra vez, e outra e depois mais outra.

"Escolhe logo uma."

"Só tem esse hip-hop de merda." Ela continua a ir de estação em estação.

"Põe na 101,7", diz Sid. Ele se inclina para a frente, o rosto bem perto do meu. Sinto o cheiro de cigarro, colônia vagabunda e Twizzlers.

"101,7." Alex continua a apertar o dial, e a cada toque um bipe oco é emitido do estéreo.

"Põe logo na 101,7", eu digo.

Um rosnado invade o carro. É reconfortante, de certo modo, ser lembrado de que outras pessoas pelo mundo afora também estão furiosas. Não sou só eu. Uma brisa entra por meu vidro aberto, trazendo o cheiro da maresia e um leve aroma de casca de coco. A estação de rádio abafa palavra sim, palavra não do cantor, o que me faz pensar com mais força nos palavrões. *Fuck*, ressoa na minha cabeça. Que palavra linda. Se eu fosse dizer só mais uma coisa pelo resto da vida, seria isso. Sid agita a cabeça, ora para a direita, ora para a esquerda, sem parar. Parece um pombo.

"Você sabe o que ele faz?", pergunta Alex. "Ele é casado?"

"Não sei. Não sei nada sobre ele." Digo isso mais para mim mesmo do que para ela. Em nenhum momento me ocorreu que pudesse ser casado, embora duvide que seja. A casa parece de solteiro, e até o nome, Brian Speer, soa independente e disponível, uma arma em voo solo. É um nome muito familiar. Talvez seja por isso que eu queira vê-lo. Porque sinto que o conheço. Todo mundo conhece todo mundo por aqui. É provável que o conheça.

"Quer dizer que não perguntou para a Kai e o Mark?"

"Não cheguei a entrar em detalhes com eles."

"Por que não?"

"Porque não, sei lá."

Um carro vem se aproximando pela rua e todos nós abaixamos nos bancos, o que faz com que me sinta um tolo. O carro passa reto, então desaparece atrás da colina que leva às propriedades à beira-mar. Olho para Alex toda encolhida, e uma sensação de total incompetência desce sobre mim. Estou mergulhado no desleixo parental. Afogado. Imagino como tudo isso deve parecer aos seus olhos. Sua mãe, que traía seu pai, está em coma, e ela vai junto com o pai dar uma olhada no amante da mãe. Sua irmã anda por aí usando sua lingerie, com ferimentos autoinfligidos de criaturas marinhas. Por que permiti que me trouxesse aqui? Por que fui expor minhas carências?

"Isso é ridículo." Giro a partida, esquecendo que o carro já está ligado, e escuto o som de trituração do motor.

"Se alguém mexesse com a minha mina, ia sobrar porrada pra todo lado", diz Sid.

"Sei, Sid", diz Alex. "Mulher não precisa de nenhum cavaleiro de armadura."

É como se Joanie estivesse sentada ao meu lado. É exatamente o tipo de coisa que ela diria. Quero perguntar a minha filha, *Por que não? Seria tão fácil. Eu adoraria ter um cavaleiro. Qual o problema de ser salva?*.

Volto para a avenida.

"Ele tem cabelo escuro", diz Alex. "Se é que você quer saber como ele é."

Nós nos afastamos das casas e seguimos pela rua ampla em direção aos mirantes sob Diamond Head. Diminuo para deixar que os rapazes com pranchas de surfe debaixo do braço atravessem na nossa frente. Um garoto com longos cachos cor de ferrugem anda como se fizesse o passo do pato. Ele segura a long board em uma mão e tenta manter o tronco ereto com a outra.

"Eu costumava deixar você por aqui, lembra?", digo em voz baixa, para que possamos ter nossa própria conversa.

"Um-hum", ela diz. E dá uma risada curta, quase raivosa.

"Por que você parou de surfar?"

"Aconteceu, só isso. Por que a gente para de brincar com LEGO? Acontece, só isso."

"É um pouco diferente. Você dava pra coisa."

"Você nunca me viu."

"Mas fiquei sabendo que sim."

Ela me olha e lhe devolvo um sorriso amplo, aprovador, de bom pai.

"Você pegava onda?", pergunta Sid. "Era uma surfistinha gatinha?"

"Por que resolveu parar?", pergunto outra vez.

"No começo eu parei porque fiquei menstruada e não sabia usar o tampão, então ficava sem ir, tipo, por uns cinco dias ou mais, e depois simplesmente fui largando."

"Como você podia não saber usar tampão?", pergunta Sid.

"Sua mãe não podia... mostrar como... ou ensinar você, ou sei lá?", pergunto.

"Eu fiquei sem contar pra mamãe sobre minha menstruação durante um ano."

"Até eu sei como usa um tampão", diz Sid.

Aumento o volume do rádio.

"Da primeira vez que me veio, achei que tinha cagado na calça", diz Alex. Posso sentir seu olhar sobre mim, à espera de uma reação.

"Iuuc, Alex", diz Sid. "Talvez tivesse mesmo."

"Bom", eu digo. "Isso é assunto íntimo seu."

"Eu escondia os absorventes usados debaixo do colchão porque não sabia onde jogar fora. A mamãe ia ver, se eu jogasse no lixo. O sangue encharcou o colchão. Foi assim que ela descobriu. Quando foi virar o colchão."

Alex me olha cheia de expectativa, mas eu não a encaro de volta. Sinto que uma boa resposta é crucial, como se isso fosse uma espécie de teste.

"Por que manteve isso em segredo? Pelo jeito, dava um trabalhão." E vergonha, sinto vontade de acrescentar. Dava muita vergonha.

"Sei lá", diz Alex. "Vai ver é porque ela vivia me pressionando pra parecer mais velha e bancar a mais velha, e isso ia ter servido de confirmação. Eu virar mulher e coisa e tal. Vai ver eu ainda não queria ser uma. Eu tinha treze anos."

Ao que parece ela andou dedicando um bocado de reflexão ao assunto. Me pergunto no que mais tem pensado, o que mais a preocupa. Estamos contornando o vulcão adormecido.

"Ei, Alex?", diz Sid. "Cê já teve alguma vez 'aquela sensação não tão refrescante'?"

"Sid, cala a boca."

"Você tem certeza que ele sabe o que tá acontecendo?", eu pergunto. "Porque com certeza ele não age como se soubesse que nossa família está passando por um momento difícil."

"Pai", diz Alex, e diz isso tão abruptamente e tão alto que piso no freio e presto atenção na rua.

"Volta", ela diz.

"Volta pra onde?" Estamos ao lado do parque Kapiolani. Tem gente praticando corrida por toda parte. Um deles atravessa a rua na minha frente. Seus shorts são abertos nas laterais das pernas. Vejo os pelos escuros de sua perna colados de suor. Leva um iPod preso no bíceps.

Ouço a janela de trás sendo aberta. "Cuidado aí, pau no cu", berra Sid.

"Vira na fonte e volta", Alex diz.

"Por quê?"

"Acho que vi alguma coisa. Não tenho certeza. Faz a volta logo."

Viro o carro na direção do mar, depois contorno a fonte na Kalakaua e começo a retornar. "Aqui tá bom?"

"Acho que tá", ela diz. "Vai devagar, agora."

"Foi o que ela disse", diz Sid.

"Cala a boca!", grita Alex. "Para ali naquela placa."

Faço como diz.

"Olha." Ela aponta a casa do outro lado da rua.

É uma espécie de chalé azul-claro com venezianas brancas, de fazenda. O imóvel está à venda. Joanie vivia insistindo com a gente para que nos mudássemos para esse lado da ilha, onde seus amigos moram, longe de Maunawili, onde chove. Nunca quis viver desse lado, com as pessoas que gostam de correr e as mansões ostentosas na avenida Kahala. Alex também gosta desse lado, ou pelo menos costumava gostar. O chalé fica do lado de lá da rua, diante do mar, mas por ser um imóvel de Diamond Head é reformado para parecer antigo.

"Muito bonito", digo. "Mas a avenida." Aponto os automóveis em alta velocidade. "Seria difícil até sair com o carro pelo portão."

"Não", ela diz. "Olha a placa."

Estreito os olhos para ler a placa de vende-se e vejo seu nome e compreendo por que soa tão familiar. Eu passo todos os dias por esse nome, gravado em branco e azul: BRIAN SPEER. CORRETOR IMOBILIÁRIO. 978-7878.

Na foto, vejo seu cabelo escuro. Posso perceber sua confiança. Ele parece um anúncio de clareamento dentário. Parece alguém apaixonado.

"Essa não", diz Sid.

"Agora você sabe como ele é", diz Alex.

Permaneço junto à placa de pare e olhamos para a foto, sem falar nada por algum tempo.

"Feliz, agora?", ela pergunta.

"Não", eu digo.

20

Memorizei o número, mas não liguei. Não sei o que dizer. O número não sai da minha cabeça. Sei que mais cedo ou mais tarde vou ter de ligar.

Estou sentado sozinho na mesa do jantar, olhando para o nosso quintal e a montanha. Estou bebendo uísque e me sentindo velho. Não consegui visitar mais ninguém depois de ver aquela foto. Só queria voltar para casa. O telefone está na minha mão. Se eu discar o número, quem vai atender será o correio de voz, já que são nove da noite. Vou ligar, ouvir sua voz e depois desligar. Acho que estou enrolando porque, assim que teclar o número, será como se estivesse me comprometendo com alguma coisa, me prendendo a um contrato.

Ligo para escutar sua voz. No terceiro toque, a gravação entra: "Oi, aqui é Brian. Desculpe não poder atender. Se deixar uma mensagem, retorno assim que possível."

Que tipo de homem de negócios atende dizendo "oi"? Lembro de ser repreendido por minha mãe sempre que eu dizia "oi" em vez de "alô". A voz dele é forte, quase impaciente, o que é bom. Você quer fazer com que os clientes sintam que está lhes fazendo um favor em tomar seu dinheiro. No bipe, desligo e ando pelo corredor em direção ao quarto de Scottie. Escuto Esther lendo e passo reto, mas, quando chego perto do meu quarto, ouço minhas duas filhas rindo histericamente. Lembro de Esther dizer que as rimas infantis faziam Scottie morrer de rir. Volto pelo corredor e escuto a leitura.

"'O Pequeno Jack Jingle costumava morar sozinho.'"

"Lê aquela sobre o galo outra vez", escuto Alex dizer.

"Já li essa três vezes."

"Lê de novo", diz Scottie.

Escuto as páginas virando, e então: "'Oh, meu belo galo. Oh, meu galo lindo, suplico que não cante antes que seja dia. E sua crista...'"

Não posso ouvir o resto por causa das risadas. Balanço a cabeça e continuo a andar até meu quarto vazio. Fico surpreendentemente contente por Scottie saber que "*cock*" tem outro significado e que não está genuinamente encantada com as riminhas. Também fico contente por ver minhas filhas rindo juntas — é uma cena que não presencio há um bom tempo. Se é que algum dia presenciei. Alex dificilmente saía de seu quarto quando morava em casa. Mas ao mesmo tempo a risada delas me exclui e entristece. Sinto que estou chegando tarde demais para que esse negócio de bancar o pai funcione de verdade. E por que elas não podem rir de outras coisas, coisas normais?

"Ei, chefe."

Viro e vejo Sid saindo do quarto de Alex usando apenas suas cuecas boxers, sem camisa.

"Você ligou pro cara?", ele pergunta.

"Não é da sua conta", eu digo. "E você não vai dormir nesse quarto. E me faz um favor e vai vestir uma roupa."

"Por quê?", ele pergunta.

"Acho que você devia ir pra sua casa", eu digo.

"A Alex não ia gostar nem um pouco", ele diz.

É verdade, e sei que, se eu insistir nisso, terei de lidar com a ira de minha filha.

"Pode dormir no quarto extra", eu digo. "É pegar ou largar. E acho que vai querer que eu confie em você."

Ele passa a mão na barriga. Tem músculos demais ali. Não parece natural. Sinto minha própria barriga e a encolho.

"Se a gente tiver a fim de fazer alguma coisa, a gente vai fazer", ele diz.

"Sei, mas não comigo facilitando", eu digo. Lembro de minha adolescência. Claro, adolescentes sempre fazem o que estão a fim de fazer, mas lembro que encontrar um lugar para transar era uma das coisas mais difíceis do mundo. Uma garota não transava em qualquer lugar. Uma mulher talvez, mas não uma garota.

Meu quarto é contíguo ao de Alex. Dou um passo para o lado. "O assoalho range", digo.

Ele ri. "Não esquenta. Eu só tava brincando. A gente não é desse jeito. Não tem nada a ver. Eu não ia dormir no quarto dela, mesmo."

O azul-claro em seu rosto ficou preto, com um vestígio de vermelho profundo, como uma mancha de amora em volta do olho.

"O cara não é ninguém", diz Sid. "Liga duma vez. Chuta o pau."

Viro e ando em direção ao meu quarto. Penso na mão de Sid ameaçando bloquear o soco e depois descendo para agarrar a coxa. Ele deve ter decidido levar o soco. Eu poderia perguntar, mas não quero um motivo para gostar dele.

Quando chego em meu quarto, ligo para Brian outra vez e escuto a mensagem, mas dessa vez acho que sua voz, suas palavras, seu tom me relaxam. Percebo que não me intimida, como um competidor de verdade intimidaria. Imagino-o numa daquelas casas, passando pano em balcões de cozinha, assando pão para dar um ar aconchegante ao ambiente planejado. Imagino-o tirando pó dos móveis. Um ninguém. Na verdade, poderia ser meu empregado.

Após o bipe, digo, "Alô, Brian". Espero. "Estou interessado na casa de Kalakaua. A azul, com venezianas de fazenda."

Ouço as garotas rindo outra vez. Deixo meu número, desligo e fico imóvel, como se algum movimento pudesse arruinar tudo. O que estou querendo? Apenas ver o sujeito? Humilhá-lo? Medir forças com ele? Talvez apenas lhe perguntar se ela algum dia me amou.

21

No dia seguinte vamos para o hospital. É a segunda vez que Alexandra vê sua mãe desde o acidente. Ela esteve aqui quando sua mãe deu entrada e não voltou mais desde então. Está parada ao pé da cama, a mão na perna de Joanie, que está sob as cobertas. Olha para sua mãe como se fosse dizer alguma coisa, mas eu espero e ela não diz.

Noto todas as latas de nozes de macadâmia no quarto e vejo que Scott estava falando ao pé da letra. Ia levar a Joanie as coisas de que ela sempre gostou e que mais adorava.

"Diz alguma coisa", sussurra Scottie.

Alex olha para Scottie, depois volta a olhar para sua mãe, que continua conectada aos aparelhos.

"Oi, mãe", ela diz.

"Fala pra ela que você tava bêbada", diz Scottie. "Conta pra ela que você é alcoólatra."

"Acho que é genético", diz Alex.

"Meninas", eu digo, mas não consigo pensar num bom motivo para uma reprimenda. "Sem gracinhas."

Joanie parece ter acabado de ser lavada. Está sem maquiagem e seu cabelo escuro parece úmido. De repente, sinto vontade de tirar as garotas dali. Sei que não têm ideia sobre o que dizer, e isso está me fazendo sentir culpado. Talvez fosse melhor que não estivessem vendo isso. Talvez não fosse o caso de mostrar seriedade. Talvez eu esteja errado e não deva querer que passem cada minuto desses últimos momentos aqui neste quarto.

"Onde está o Sid?", pergunto. Me sinto esquisito perguntando sobre ele.

"Foi fumar um cigarro", diz Alex.

"Diz pra ela que você pede desculpa", diz Scottie.

"Pelo quê?", diz Alex.

"Por ficar bêbada. Por não ser um menino. A mamãe queria dois meninos. A vovó contou isso pra mim. A gente era menina."

"Desculpa por não prestar", diz Alex. "Por gastar o dinheiro do papai em coca e bebida. Um dinheiro que você podia ter usado pra comprar loções para a pele. Desculpa."

"Alex", eu digo.

"Papai deixa eu tomar Coca Diet", diz Scottie.

"Desculpe por tudo", diz Alex, e então ela olha para mim e diz, "Desculpa, mãe, por o papai não ser bom o bastante pra você".

"Alex, você está passando do limite. Para de falar desse jeito agora mesmo."

"Ou o quê? Você vai me pôr de castigo? Ou me mandar pra outra escola? Vai me dar uma suspensão?"

Não sei o que dizer ou fazer — não quero gritar "Sua mãe está morrendo" na frente de Scottie —, então recorro ao que costumava fazer: agarro Alex pelo ombro, levo o braço para trás e dou um tapa em sua nádega.

"Você pediu!", diz Scottie.

"Scottie, vai para o corredor."

"Mas foi ela que passou do limite."

Ergo a mão. "Já."

Scottie vai para o corredor.

"Você me deu uma palmada?", pergunta Alex.

"Você não tem direito de falar com a sua mãe desse jeito. Ela vai morrer, Alex. Essas vão ser suas últimas palavras para ela. Ela é sua mãe. Ela ama você."

"Tenho todo direito de falar desse jeito, e você também tem."

"Ontem você estava chorando. Sei que ama sua mãe e que tem mais coisas para dizer."

"Desculpe. Não tenho. Tenho, mas não agora. Agora só estou puta da vida. Não consigo não estar."

Alex baixou o tom de voz e parece sincera. Acredito no que diz, ou pelo menos a compreendo. "Isso não está levando a gente a lugar nenhum", eu digo. "Ficar com raiva. Tá— então sua mãe não estava contente com a gente. Vamos tentar deixá-la contente agora. Pensa nas coisas boas. As partes boas. E não quero que fique dizendo essas coisas na frente da Scottie. Não quero que acabe com a imagem dela para a Scottie."

"Como você pode ficar tão calmo e disposto a perdoar?", pergunta Alex. Não sei a resposta para isso nesse momento. Não quero dizer a ela que estou furioso, humilhado e com vergonha da raiva que sinto de Joanie. Como posso perdoar minha esposa por amar outro homem? Penso em Brian. Em nenhum momento considerei como devia estar lidando com a situação. Ele não pode visitá-la. Não pode falar com ela. Não pode ficar de luto, na verdade. Pergunto-me se Joanie sente sua falta, no coma, se deseja que estivesse ali com ela, em vez de nós.

"Posso ficar com raiva mais tarde", digo. "Só quero entendê-la, eu acho."

Olhamos para Joanie mais uma vez.

"Diz alguma coisa boa", peço.

"Eu sempre quis ser igual a você", diz Alex para sua mãe, e então balança a cabeça. "Eu sou igual a você. Sou exatamente como você." Ela diz isso como se houvesse acabado de lhe ocorrer. "Isso pareceu tão dramático. Saiu tudo errado."

"Não", eu digo. "Está ótimo. Você se parece com ela, e isso é uma coisa boa."

"Ela sabe todo o resto", diz. "Sabe que eu a amo. Só queria dizer as coisas que ela não sabe."

"Ela sabe essas coisas também", eu digo. "Você não precisa dizer."

"Fiquei sabendo que você apanhou." Sid entra no quarto com Scottie a reboque. Está apaixonada por ele. Passou a manhã inteira tirando o chapéu da cabeça dele e correndo e dando gritinhos quando ele ia atrás. Não está mais me tomando como exemplo. Seu exemplo agora é Sid.

"Oi, Joanie", ele diz. Ele anda até a cama. "Sou o Sid, amigo da Alex. Me falaram muito de você. Você é uma mina corajosa, acho que vai sair dessa. Não sou médico, mas acho isso."

Vejo Alex e Scottie sorrindo para ele e quase grito, *Ele está enganado! Ela não vai sair dessa.*

"Estou dormindo na sua casa pra dar uma força pra Alex. Ela conversa comigo. Estou dando uma mão."

Alex parece mais calma. Ela se aproxima da cabeceira da cama e passa a mão no rosto de Joanie. Scottie encosta em mim e fica olhando para a mão de Alex no rosto de sua mãe.

"Não precisa ficar preocupada", diz Sid. "Seu marido me deixa trancado à noite. Ele tá tomando conta do forte. E seu velho ainda tem uma direita do mal. Olha só isso." Ele vira o lado direito do rosto para Joanie. "Uau", diz. "Você é uma gata."

Scottie vai na direção da cama e fica ao lado de Sid. O quarto permanece em silêncio por algum tempo, enquanto Sid fica ali de pé fitando o rosto de minha esposa. Limpo a garganta, e ele vai até a janela e abre a persiana. "Puta dia lindo", diz. "Não tem nuvem. Não tá quente demais."

Olho para minha esposa, quase esperando que responda. Ela ia gostar de Sid, tenho certeza absoluta disso.

"A Reina acabou de me mandar uma mensagem!", grita Scottie. "Ela tá aqui. Ela tá aqui no hospital."

"Droga, Scottie, eu disse não. Nada de Reina."

"Você disse que na quinta ela podia vir, e hoje é quinta. Eu preciso que ela venha. E eu quero de verdade que ela conheça a mamãe, tá? E o Sid— Reina vai se dar superbem com ele. E eu quero que ela conheça a Alex."

"E eu?"

"Você também", ela diz.

"Acho que isso não está certo." Quando eu lhe disse que Reina podia vir, não sabia que minha esposa estava morrendo.

"Mas pai. A Alex trouxe o Sid."

"Tá", eu digo, cansado de discutir ou até de falar. "Se é o que você quer. Então tá." E é claro que tá. O que for para ajudar.

Scottie sai correndo do quarto.

"Ótimo", falo. "Todo mundo preparado?"

Momentos depois, Reina aparece na porta com Scottie atrás dela, apresentando-a para nós. Reina olha em torno como se o quarto estivesse sujo.

"Pai, essa é a Reina. Reina, minha irmã e o Sid, e aquela na cama é minha mãe."

Reina ergue o braço e meneia os dedos. Está usando um saiote de tênis de tecido atoalhado e um moletom com capuz do mesmo tecido. Ambos com uma logomarca escrita SILVER SPOON.

"Então essa é sua mãe." Ela se aproxima do pé da cama. "Acho que é verdade. Essa capotou."

Olho para Alex, mas parece tão perplexa quanto eu. Scottie fica ao lado da amiga e passa a mão no ombro de sua mãe.

"Posso apertar a mão dela?", pergunta Reina.

"Se você quiser", diz Scottie.

"Não, obrigada", diz Reina.

"Isso é ridículo", murmura Alex.

Eu nem fazia ideia de que uma menina pudesse ser desse jeito. Reina finge que não nos vê. Eu me sinto como um criado seu. Sid olha para ela franzindo o rosto, como se fosse a equação mais difícil que ele já tivesse visto.

Reina carrega uma bolsa do tamanho de um míssil. Scottie se afasta da cama e vai ficar ao lado de Sid. Ele põe a mão em sua cabeça e acaricia o cabelo dela. Scottie inclina o corpo e se apoia nele, e quando Reina se vira, olha para nós e acena com a cabeça. Depois olha seu relógio.

"Cadê sua mãe?", eu pergunto.

"No salão", diz.

"Ela não veio até aqui com você? Quem está com você?"

"Não tem ninguém comigo", diz. "Quer dizer, o ajudante da minha mãe tá lá no carro, mas não tem ninguém, tipo assim, comigo *junto*."

Alguma coisa na voz de Reina me dá ganas de acertá-la com uma espingardinha de chumbo. Se ela se ferisse e gritasse de dor nesse exato segundo, eu ficaria sorrindo antes de procurar socorro.

"Olha, garotas. Por que não vão conversar lá fora, pegar um sorvete ou qualquer coisa—"

"Carbo demais", diz Reina.

"Ahn?"

"Carbo", ela diz.

"Pega uma folha de alface, então, e depois, Reina, provavelmente é melhor você procurar seu ajudante — não vai querer deixar ele esperando—"

"O homem espera. É um samoano com coração de ouro."

"Certo, o homem espera, e Scottie, volta aqui depois pra família passar mais um tempinho junto."

"Tudo bem", diz Reina. "Acabei." Ela olha para Scottie e acena. "Então você não mentiu."

Scottie olha rapidamente de Sid para sua irmã e para mim. Fico imaginando do que Reina está falando.

"Não quer ficar mais um pouco?", diz Scottie, afastando-se de Sid.

"Não, eu tenho aquela coreografia pra fazer." Reina enfia a mão na bolsa, olha seu aparelho de mensagens de texto e revira os olhos. "O Justin é tão loide", ela diz. "Certo, a gente se vê no clube. Espero que sua mãe melhore. Kisses."

Todos nós ficamos olhando para ela boquiabertos. Depois que se vai, pergunto para Scottie, "O que ela quis dizer com 'Então você não mentiu'? E o que quer dizer 'Justin é tão loide'? Por que ela disse que você estava mentindo? Qual o problema com aquela garota?".

"Ela não acreditava que a mamãe tava dormindo e..." Scottie para e olha para Sid. Seu rosto fica da cor do tomate. "E 'loide' quer dizer debiloide."

"E...", Alex diz.

"E só isso", diz Scottie.

"Então você só queria provar praquela baranguinha que a mamãe tava em coma?", pergunta Alex. "Que merda você tem na cabeça? Andou tomando pílula de estupidez?"

"Cala a boca, sua vaca filha da puta", diz Scottie.

"Opa", diz Sid. "Calma aí."

"Sobre o que mais ela achava que você tava mentindo?", pergunta Alex.

Penso em Scottie se aconchegando com Sid e no modo como Reina olhou para os dois.

"Era sobre o Sid? Você disse alguma coisa sobre o Sid?"

"Não!", ela diz.

"Você não precisa inventar nada por causa daquela menina", eu digo. "Pode ser que ela faça alguma coisa com os meninos, mas isso não quer dizer que você também deve fazer." Sinto nesse momento que minha única missão na vida é garantir que Scottie não se pareça nem um pouco com Reina, pois sei que o potencial está latente dentro dela, vindo rapidamente à tona.

"Eu só disse pra ela que ele era meu namorado, assim ela larga do meu pé", diz Scottie.

"Como você é idiota", diz Alex.

"E daí. Ele me contou que não é seu namorado. Aposto que ele tem um milhão de bocetas pra enfiar o dedo."

"Scottie!", eu grito.

Alex tem uma expressão magoada nos olhos. "Eu não ligo", ela diz. "Não é como se a gente estivesse junto."

Sid abre a boca para dizer algo, mas então apenas balança a cabeça. Olho para Joanie, deitada ali em silêncio.

"Seu telefone tá vibrando", diz Scottie. Ela tira meu celular de seu bolso, o aparelho que furtou de mim para mandar a mensagem para sua amiga. Nem sequer se importa de ter desobedecido. Não está nem aí por ter dito "boceta" na minha frente. É como se eu não fosse seu pai.

Não reconheço o número, então não atendo. Prefiro fazer com que as pessoas deixem mensagem, para só ligar em seguida, após ter ensaiado o que vou dizer.

"Você nunca atende o telefone", diz Scottie. "E se alguém estiver precisando de ajuda?"

"Então é só deixar recado que eu ligo na mesma hora."

Alex tira o telefone da minha mão. "Alô?", ela diz.

"Putaq—? Será que eu fiquei invisível, meninas? Vocês sabem que sou em quem manda por aqui, não sabem?"

Scottie sussurra, "Quem é?".

"Ah, não", diz Alex. "Esse é o número certo. Aqui é a assistente dele... Sharon."

Scottie abre a boca, deliciada. Sempre me impressionou a facilidade com que Alex é capaz de mentir.

"Isso parece ótimo", diz Alex, então dá um leve soco em meu braço. "Onde? Ótimo. E por quanto tempo? Certo. Bom, obrigado. Talvez a gente dê uma olhada na segunda. Muito obrigada. Certo."

Ela fecha o telefone.

"E?"

"Era uma *corretora*, pai, do escritório do *Brian*. Disse que será um prazer mostrar a casa que você ligou perguntando. Belo serviço, pai. Muito malandro."

"Boa, King", diz Sid.

"E quanto ao Brian?", pergunto. Sinto-me estranho falando sobre isso com Joanie no quarto. Posiciono o corpo de modo a desviar o rosto.

"Está no Kauai", ela diz.

"Por quanto tempo?"

"Até o dia dezoito."

"Você pegou um número para entrar em contato?"

"Não. O que você quer dizer pra ele?", pergunta Alex, e mais uma vez fico mudo.

"Do que vocês estão falando?", Scottie se mete no meio de nós dois.

"Você acha que ele sabe sobre a mamãe?", pergunta Alex.

"Claro", eu digo. Me ocorre que muito provavelmente sabe que está no hospital, mas não teria como saber que essas são suas últimas semanas, ou talvez dias, de vida. Fico imaginando o que fizeram juntos. Minha esposa e Brian. Penso no que Kai disse ou insinuou: que eu empurrei Joanie para um caso extraconjugal. Que minha frieza ou desinteresse a jogaram em seus braços. Eu achava que tínhamos algo especial, que ela não precisava ser cercada de atenções tanto quanto outras mulheres.

Observo as nozes de macadâmia, as fotos de motocicletas e lanchas que Scott prendeu nas paredes. Vejo gardênias, a flor favorita dela, e vejo uma garrafa de vinho.

"A gente vai continuar indo na casa das pessoas para falar sobre a festa?", pergunta Scottie.

Alex encolhe os ombros, e me sinto mal porque a obriguei a inventar essas mentiras, mesmo que provavelmente ela tenha gostado de fazê-lo.

"Não", eu digo. "Chega disso."

"Quando é a festa?", pergunta Scottie.

Limpo um pouco de areia da camiseta de Scottie. Onde diabos ela arruma essas camisetas? Preciso comprar umas roupas novas para ela. A camiseta tem a foto de um elefante nas costas, pernas para o ar, a língua pendendo da boca como um escorregador. WASTED, diz, e noto as latinhas de cerveja espalhadas pelo deserto no fundo.

Quando é a festa?, eu penso, e me dou conta de que essa seria uma boa maneira de contar ao resto das pessoas em minha lista. Não posso continuar em minha trilha. Vou fazer com que venham até mim. Vou ter de voltar a falar com o dr. Johnston e lhe dizer que espere. Que preciso de mais um tempo. Quero ter certeza de que todo mundo teve oportunidade de se despedir. Quero ter certeza de que todas as pessoas certas estão presentes.

22

Quase todo mundo está presente, exceto Kent Halford, que foi morar em Sun Valley, e Bobbie e Art, que em geral nunca aparecem nem nunca se dão ao trabalho de se desculpar. Pedi para Alex e Sid levarem Scottie ao cinema.

O sol está se pondo. Servi travessas de sushi, frutas e *lavosh* na mesa da sala de jantar, e todo mundo está em volta da comida com copos de coquetel e hashis nas mãos. É como uma festa, e estou começando a me sentir péssimo, pois eles não sabem por que estão aqui. Eles não se dão conta de que são o que restou das pessoas que ainda preciso informar.

Deixo que meus convidados conversem e se socializem por algum tempo, e então chega a hora. Estou pronto. Vou até a cabeceira da mesa, de modo que possa ver todo mundo. Limpo a garganta. Só preciso dizer o que tenho a dizer, pôr pra fora, e depois posso me retirar.

"Pessoal", digo. "Sei que todo mundo perguntou sobre a Joanie hoje, e que as minhas respostas foram meio evasivas, mas estou aqui pra dizer que o coma de Joanie é irreversível. Logo mais ela não vai receber nenhum auxílio artificial. Ela não vai conseguir superar isso."

Buzz dá risada de alguma coisa que Connie diz, e Lara sussurra alguma coisa. O sorriso de Buzz desaparece.

"Lamento fazer desse jeito. É só que eu queria contar pessoalmente. Todos vocês são amigos queridos, nossos melhores amigos. Sou grato por tudo que fizeram por nós. Droga." Minha garganta queima e meus olhos se enchem de água, e não foi assim que eu planejei. Tinha um bom discurso. Pratiquei, e isso não aconteceu quando pratiquei. Todo mundo está olhando para mim, e então as mulheres começam a se aproximar. Abraço uma por uma, Lara, Kelly, Connie e Meg, inalando seus perfumes, escondendo minhas lágrimas em seus cabelos.

"Você tem certeza?", pergunta Connie. "Tem certeza?"

"Tenho", eu digo.

"Podemos vê-la?", pergunta Lara.

"Claro", eu digo. "Por favor, vão visitá-la. Hoje mesmo, ou amanhã de manhã, ou quando tiverem chance. É por isso que eu queria contar. É por isso que estão aqui."

"E quanto a Kai?", pergunta Lara.

"Já contei pra ela."

Russell e Tom se aproximam. Me sinto mal por Russell, que estampa um sorriso constrangido no rosto quando vem me abraçar. É a mesma expressão com que eu fico quando alguém me traz más notícias. Não consigo evitar — apenas sorrio, estupidamente. Russell bate forte nas minhas costas, e meu queixo é pressionado contra seu ombro.

"A decisão foi tomada por mais de um médico?", pergunta Orson. Ele é um advogado civil com uma abundância de clientes femininas que chama de sua Liga de Litígio. "Porque você precisa do diagnóstico de dois médicos."

Fico olhando para ele.

"Claro", ele diz. "Você sabe o que está fazendo."

"Quanto tempo?", pergunta Kelly. "O que acontece, agora?"

"Não muito tempo", eu digo. "É tudo que sei. E seria ótimo se vocês todos fossem nos próximos dias, para que as garotas possam ter algum tempo a sós. Quer dizer, se vocês quiserem ir. Não precisam, se não quiserem."

O novo namorado de Kelly parece aliviado. Percebo que tenta disfarçar o fato de que está mastigando alguma coisa. O filho de Kent Halford, Kent Jr., nem se dá ao trabalho de ocultar seu apetite. Passa queijo brie numa bolacha e enfia na boca. Gosto de que esteja comendo, de que esteja fazendo o que sente vontade de estar fazendo, embora presumo que sempre tenha sido assim. Lembro de quando morava perto de nós; ele furtou nosso trator no meio da noite e rodou até o mirante H3 para encontrar os amigos. Quando voltou, estava bêbado, e encontrei-o no trator comendo donuts em nosso gramado da frente. Vou até ele e passo queijo numa bolacha. Sei que seu avô acaba de falecer, e Kent era extremamente chegado a ele. Presumo que a morte de seu avô o libere para fazer o que quiser, seja mandar tudo à merda ou tentar pôr a vida em ordem.

"Que merda", ele diz.

"É, eu sei", digo.

"Eu gostava muito da senhora King. Ela sempre foi legal comigo."

"Ela gosta de você", eu digo.

Ele está perdido em pensamentos. É um cara tão melhor que seu pai. Gosto do modo como parece estar fazendo o melhor que pode com as cartas que a vida lhe deu.

"Eu roubava cerveja da geladeira que vocês deixam do lado de fora", ele diz. "Fiz isso várias vezes."

"Eu sei", digo.

Buzz se aproxima de nós e balança a cabeça. "Não consigo acreditar que isso esteja acontecendo. Aquele filho da puta do Troy."

"Não diga isso." Dou uma olhada nos convidados, Connie e Kelly perto uma da outra para conversar sobre Joanie, sobre mim. O namorado de Kelly e o novo marido de Meg, Kula, juntos no gramado com suas bebidas, olhando para a montanha, sem saber o que fazer. Russell senta no braço de uma poltrona, perto do bar. Meg: vai saber o que passa por sua cabeça enquanto junta copos e pratos vazios. Ela e Joanie sempre pareceram implicar uma com a outra; discutem com frequência e abertamente, um atestado de sua proximidade. Orson parece fazer uma preleção para Lara, talvez listando todas as coisas que há para culpar: o Queen's Hospital, a lancha de corrida, Howard Aaron, o dono da lancha, Troy Cook, o motor, o volante, as águas agitadas, a mania de competição e velocidade.

Lara se aproxima de mim. "E a Shelley?", pergunta.

"Já contei para ela. Já contei para todo mundo que eu acho que devia saber. Avisei o Troy."

"Está faltando alguém", diz Meg. Ela vai até Kent, tira alguns sushis de sua mão e olha feio para ele.

"Mãe? Qual é? Eu adoro sushi."

"Deixa ele comer sushi, Meg."

Os convidados ficam me encarando, à espera de mais, com razão.

"Preciso sair daqui", eu digo, de modo que Buzz e Kent possam ouvir.

"Vai", diz Buzz. "Eu cuido de tudo. A gente entende. Não precisa falar mais nada."

Fico olhando para o queijo, as bolachas, as minúsculas ovas vermelhas no sushi.

"Desculpe, pessoal", digo. "Sei que gostariam que eu falasse mais alguma coisa, explicasse. Ela deixou uma *living will*, viu. É por isso."

"Chega", diz Lara para que todos possam escutar. "Não precisa dizer mais nada. Já faz algum tempo, Matt. Estamos preparados, a gente entende. Estamos aqui pra ficar do seu lado."

Lara e Joanie têm um grupo de hula. Da última vez que vi Lara ela estava em minha sala de estar, praticando com outras mulheres, seus pés descalços sobre o tapete, os braços desenhando amplos círculos no ar, os olhos acompanhando suas mãos, como se dissessem, *Vejam só toda essa abundância. Que lugar lindo.* Sinto que começo a chorar e dou um gole na Coca de Kent, e sinto um forte gosto de rum. Ele me olha alarmado e dou um tapinha em suas costas. "Rapaz", eu digo. "Isso está bom."

O rum desce maravilhosamente por minha garganta. Buzz está tão próximo de mim que parece alguém do serviço secreto. "Melhor vocês irem", eu digo. "Se puder pedir pra todo mundo ir..."

Buzz bate uma mão na outra. "Certo, pessoal. Melhor dar um descanso para a família."

Sinto meu rosto ficar vermelho. "Por favor, não tem pressa", eu digo, mas eles pegam a deixa e entendem que estão sendo convidados a se retirar. Os homens se aproximam primeiro, apertando minha mão, de modo que me sinto como o poderoso chefão, com Buzz ali ao meu lado supervisionando as despedidas. As mulheres vêm depois, dando abraços apertados que doem um pouco. "Tem mais alguém pra quem a gente devia contar?", diz Meg. "Não está faltando alguém? Eu ia ficar arrasada se a gente tivesse esquecido de alguém."

Kent termina a bebida. "Mãe, se a gente pensar em alguém, a gente avisa depois." Ele me abraça, depois segura sua mãe pela mão e a leva para fora. "A gente te ama, Matt", escuto-a dizer. Agradeço a Buzz, que esquece momentaneamente que ele, também, precisa ir. "Vou deitar um pouco", eu digo. "Me liga." Viro e me afasto, concentrando-me no passeio de pedras lisas, tentando encontrar um sofá ou uma cama para descansar um pouco. Estou satisfeito por ter feito desse modo, mesmo tendo sido duro. Joanie teria gostado que fosse assim. Lembro das coisas que seu pai lhe trouxe — o vinho, as fotos, os chocolates, símbolos de seu desejo —, e quando chego na alcova, pego-me pensando nas coisas que posso levar, os símbolos e as lembranças que apreciaria vindos de mim, e me ocorre um pensamento que eu gostaria de nunca ter tido. Penso na trilha que andei marcando de casa em casa, as pessoas de quem me aproximei para dizer adeus.

E quanto a ele? Nunca me passou pela cabeça que podia ser justamente ele quem mais a conhecia e amava. Nunca me passou pela cabeça que isso pode ser o que ela mais deseja. Ele não sabe o que está acontecendo, e isso não é justo. Se puser minhas emoções de lado, percebo o sofrimento que seu desconhecimento pode trazer — para ele, para ela e, possivelmente, no fim das contas, para mim. Agora eu sei quem está faltando e o que preciso fazer. Tenho de dizer a ele para voltar de Kauai e se despedir de Joanie. Preciso incluí-lo em meu mapa. Preciso fazê-lo voltar para casa por ela.

23

As crianças assistiram a um filme sobre dois meninos que estão chapados e são loucos por hambúrgueres. Tento escutar Alex explicando que era muito mais que o desejo deles por hambúrgueres. Digo a ela que tenho certeza de que era.

"Você acha que ele merece uma chance de se despedir?", pergunto a Alex.

Ela para na porta de meu quarto, o que significa que está de bom humor. Quando chegava em casa às vezes após uma noite com as amigas, parava em nossa porta e nos contava sobre o que fizera, enquanto Joanie e eu continuávamos na cama. Fazia sua mãe e eu darmos risada, e isso a levava a ficar um pouco mais, tentando prolongar nosso deleite. Adoro quando para em minha porta.

"Você quer dizer *ele*? Falar pra *ele* se despedir?"

"Isso", eu digo. "Brian."

"Não", diz Alex. "Isso é piração."

"É mesmo?"

Ela olha o Ditafone na minha mão.

"Você tá gravando isso?"

"Não, Alex, estava sumarizando um testemunho."

"Como você consegue trabalhar?"

"Como você consegue ir ao cinema? Como consegue trazer um amigo aqui em casa?"

Ela desvia o rosto. Metade do quarto está iluminada por minha luminária. A outra está escura, a nítida silhueta da montanha emoldurada pela janela panorâmica do quarto. Essa imagem sempre me lembrou uma pintura de paisagem.

"Você quer falar pra ele voltar e se despedir?", ela pergunta.

"Isso." Embora eu ache que deva mandá-lo tomar no cu antes de fazer toda essa coisa de bom samaritano.

"Você é uma pessoa melhor do que eu", diz Alex.

"Não, não sou."

Ela balança a cabeça e tenho a sensação de que estou recorrendo a alguém bem mais velho.

"Gostaria que fosse para Kauai comigo", digo. "E Scottie. Acho que seria bom para ela ficar longe do hospital por um dia. A gente pode partir de manhã, encontrar o cara e voltar para casa amanhã à noite. Se levar um dia a mais, tudo bem, mas não vamos ficar mais do que duas noites. É nosso prazo final. Se a gente não encontrar ele, então pelo menos tentamos."

"E isso vai fazer com que você se sinta melhor de algum modo?"

"É por ela", eu digo. "Não é por ele nem por mim."

"E se ele estiver arrasado? E se ele despirocar?"

"Daí eu cuido dele." Imagino Brian Speer chorando no meu ombro. Imagino ele e minhas filhas junto ao leito de Joanie, seu amante e os soluços audíveis dele nos envergonhando. "Só para que fique sabendo, eu estou com raiva. Não sou esse sujeito puro e nobre que você pensa. Quero fazer isso por ela, mas também quero ver quem ele é. Quero perguntar algumas coisas para ele."

"Liga, então. Diz na imobiliária que é uma emergência. Eles avisam e depois ele liga pra você."

"Quero falar pessoalmente. Não avisei a ninguém pelo telefone, e não quero começar agora."

"O Troy você avisou."

"Troy não conta. Preciso fazer isso, é só. Pelo telefone ele pode tirar o corpo fora. Se eu encontrá-lo pessoalmente, ele não vai ter pra onde fugir."

Ambos desviamos o rosto quando nossos olhares se cruzam. Ela não ultrapassou o limiar para o meu quarto. Nunca faz isso durante esses bate-papos noturnos da porta.

"Vocês dois andavam tendo problemas?", pergunta Alex. "É por isso que ela traiu você?"

"Eu não achava que a gente andava com algum problema", eu digo. "Quer dizer, a gente estava como sempre esteve."

Esse era o problema, que nosso casamento continuava como sempre. Joanie precisava de solavancos. Precisava de terreno acidentado. Engraçado como acontece de eu me perder em pensamentos sobre ela agora, mas quando estava bem na minha frente quase não pensava a seu respeito.

"Eu não fui o melhor dos maridos", digo.

Alex olha pela janela para evitar minha confissão. "Se a gente for nessa viagem, o que vai dizer pra Scottie?"

"Ela vai achar que estamos indo numa viagem qualquer. Quero ela longe daqui."

"Você já falou isso", diz Alex. "Por que quer que eu vá?"

"Você é a única pessoa com quem posso contar", eu digo. "E quero que fiquemos todos juntos. Vai ser bom pra gente."

"Ah, então agora faço parte dos planos outra vez."

"Alex. Tem uma coisa mais importante que você acontecendo nesse momento. Lamento muito por sua infância infeliz."

Ela me fuzila daquele jeito especial seu e de Joanie que faz com que eu me sinta desprezível e podre.

"Então a gente vai dizer pra Scottie que está tirando umas férias enquanto a mamãe tá no hospital?"

"É só um dia ou dois", eu digo. "Scottie tem ido ao hospital diariamente já faz quase um mês. Ela precisa de uma pausa. Não é bom pra ela. Queria que você se encarregasse de responder qualquer pergunta que ela possa fazer. Você é a heroína dela. Ela vai aceitar tudo que você disser."

Minha esperança é de que um papel de liderança, uma tarefa específica, faça com que Alex aja como adulta e trate Scottie bem.

"Consegue fazer isso?"

Ela dá de ombros.

"Se acha que vai conseguir lidar com a situação, me avisa. Eu ajudo. Sabe que pode contar comigo."

Alex ri. Fico imaginando se algum pai ou mãe pode dizer coisas para seus filhos como "Eu te amo" ou "Pode contar comigo" sem esse constrangimento. Tenho de admitir que é um tanto quanto desconfortável. Afeto, de forma geral, é uma coisa desagradável para mim.

"E se a mamãe não aguentar mais dois dias?"

"Ela aguenta", eu digo. "Vou dizer para ela o que vamos fazer."

Alex parece desconfortável com a ideia de que o que vou dizer vai fazer sua mãe querer viver. "O Sid vai junto", ela diz. "Senão, eu não vou."

Faço menção de protestar, mas vejo a expressão em seus olhos e sei que essa é mais uma batalha que estou fadado a perder. Alguma coisa nesse cara a está ajudando. E Scottie parece gostar dele. Ele pode ajudar a mantê-la distraída. Pode trabalhar a meu favor.

"Certo", eu digo. "Fechado."

Ligo para a corretora que falou com Alex, e ela não sabe, ou não quer me contar, onde Brian está hospedado, mas me diz que está em Hanalei. Imprimo uma lista dos hotéis de Hanalei e ligo de um em um, sem sucesso. Faço uma reserva para dois quartos no Princeville; estou surpreso por ele não estar hospedado lá. Deve estar em alguma pousada que não figura nas listas ou então alugou uma casa, ou talvez não tenha se registrado. Não sei o que fazer. Ele precisa ser encontrado, mas tenho certeza de que, se eu for, vou topar com ele de alguma forma. É o que acontece em ilhas, sobretudo na cidade miniatura de Hanalei.

Penso no que mais preciso providenciar antes de ir. Preciso finalizar aquela moção, pedir a alguém para cobrir um testemunho. Preciso fazer com que minhas filhas juntem forças comigo. Preciso fazer Sid ir para casa. Preciso estar com minha esposa, perdoar minha esposa. Preciso ser capaz de olhar para ela sem pensar nele.

Preciso conversar com o médico de Joanie. Ligo para Sam no hospital e, quando não o encontro lá, ligo para sua casa.

"Não", ele diz. "Não posso protelar mais."

"Só preciso de mais alguns dias", eu digo. "Mais um dia só. Preciso ir até Kauai para pegar uma pessoa."

Ele me diz que tem de seguir a *living will*, agora que a situação de coma permanente foi atestada. De amanhã não passa. "Mas tudo bem", diz. "Pode ir. Dá tempo."

Faço as malas e torço para que esteja com a razão.

Parte III

O Oferecimento

24

Faz uma linda manhã.

Olho para o lado de Joanie no closet e toco em suas roupas. Então fecho os olhos e entro no meio das roupas, deixando que suas blusas e seus vestidos caiam sobre mim. Hoje o aparelho de respiração vai ser removido, vão tirar de seu quarto as coisas que a sustentam, e nossa família vai deixá-la sozinha. Não me sinto bem com isso, contudo, precisa ser feito e, como diz o médico, pode ser feito. Ele diz que vai ser bom para as meninas, então me permito alimentar expectativas pela viagem. Talvez possamos aproveitar esse tempo longe para construir alguma coisa especial, uma confirmação de que seremos só nós três de agora em diante. Quero que a experiência seja bem-sucedida.

Saio do closet e vejo as meninas entrando vagarosamente no quarto.

"Fizemos as malas", diz Scottie.

"Então vamos", eu digo, andando na direção do corredor.

As meninas não se movem.

Percebo que estão observando meu quarto, o quarto de sua mãe. Estão olhando para o lugar onde a mãe delas costumava dormir.

Vou até a cômoda, fingindo juntar mais coisas para que as meninas possam ficar um pouco mais. Os passarinhos estão fazendo um estardalhaço. Olho pela janela para a grande figueira e vejo os passarinhos brigando por território. Um deles é rechaçado seguidamente, mas insiste em voltar ao ponto inicial. O sol está brilhando sobre o Ko'olaus, e algumas nuvens vêm flutuando de Waimanalo, aprisionando o calor em nosso vale.

"Quando você vender nossa terra, podemos comprar a propriedade de Doris Duke e eu posso ter meu próprio samoano?", pergunta Scottie.

"Não", eu digo.

"Posso ficar com os diamantes da mamãe?", ela pergunta.

Viro para olhar Scottie na cama, fuçando nas gavetas do criado-mudo de Joanie. Ela tira uma foto do que está lá dentro, o que me faz sentir como em uma cena de crime.

"Não, você não pode ficar com os diamantes dela", diz Alex.

"Por quê?", pergunta Scottie.

"Porque você é uma parasita egoísta e os diamantes iam desmanchar na hora que encostassem na sua pele nojenta."

"Alex!"

"Bom, puta pergunta horrível. E não estou nem aí que ela tem dez anos. Eu tomei minha primeira cerveja quando estava com dez anos. Ela precisa crescer. E parar com essas fotos. Pra que fotografar isso? É alguma coisa que você vai querer lembrar?"

"É", diz Scottie. "Quando a mamãe voltar, eu mesma peço pra ela." Ela põe a câmera e a fotografia na cômoda, depois fecha a gaveta de sua mãe. Pérolas falsas e pérolas verdadeiras. Diamantes falsos e diamantes verdadeiros. Colares enroscados uns nos outros cintilam na foto. "Vamos", digo. "Estamos correndo contra o relógio nesses poucos dias. Não temos tempo pra nada disso."

"Por que estamos correndo contra o relógio?", pergunta Scottie.

Ignoro a pergunta e caminho apressado pelo corredor para a garagem. As meninas vêm atrás, implicando uma com a outra. "Eu mato as putas de rua quando tô no Xbox, então olha o que você fala", diz Scottie.

"Sério mesmo", diz Alex. "Você deve ter déficit de atenção. Vai tomar um pouco de Ritalina."

"E você, vai tomar remédio pra acne", diz Scottie. "Tem um vulcão no seu queixo que vai explodir que nem o Mauna Kea."

"O Mauna Kea tá inativo, cuzona."

"Inativo tá o seu cu."

"Você nem sabe o que isso quer dizer, Scottie."

"Como você sabe que eu não sei?"

"Cala a boca!", eu grito, o que me faz sentir como meu sogro. Ponho nossa bagagem no porta-malas, furioso, mas ao mesmo tempo pensando no que fazer com os diamantes, as joias e as roupas de Joanie. Claro que Scottie pode ter seus diamantes. Percebo que essa é uma questão prática, embora não possa admitir para Scottie que tudo bem ela ter perguntado.

"Onde tá o Sid?", pergunto. "Por que sempre tenho que perguntar onde está aquele idiota?"

"Não chama ele assim", diz Scottie.

Sid aparece na porta dos fundos.

"Trancou?", eu digo.

Ele volta e eu fico de olho para ter certeza de que está acionando a fechadura.

"Eu sento na frente", grita Scottie, mas Alex abre a porta do passageiro e senta no banco. Scottie fica praticamente apoplética até que eu forço Alex a passar para o banco traseiro. Antes que Scottie entre, eu digo para Alex, "A gente não acabou de conversar sobre você me ajudar com ela? Você tá agindo como uma perfeita pentelha. Vamos. Deixa disso".

Sento ao volante, fitando as coisas em nossa garagem. Tanta coisa a ser retirada, reivindicada, disputada.

Sid senta atrás. Com ele vem o cheiro de cigarros e de baseado recente, tão forte que fico chapado por tabela. Scottie toma posse do banco do passageiro e afivela o cinto. "Anda", ela diz, e ainda que eu esteja pensando duas vezes sobre essa coisa toda, e prestes a explodir ou uivar, tomo esse estranho rumo e espero pelo melhor.

25

A fila da segurança está maior do que deveria. Mesmo assim, a maioria das pessoas na fila parece contente, o que é irritante. Nada pior do que estar furioso e ver rostos tranquilos por aí. Os agentes verificam as bagagens de todo mundo, mesmo dos que viajam apenas dentro da ilha.

"Juro que só fazem isso pra se sentir como seguranças de verdade, o que não é exatamente um grande objetivo na vida", diz Alex.

Graças a Deus minha filha não é uma pessoa feliz. Observamos um segurança revirar a mala de uma mulher na nossa frente. O cabelo dela é crespo e grisalho, e suas costas são arredondadas por uma corcunda do tamanho de um capacete. O homem sacode um pacote, depois põe de volta na mala. *Podia ter sido uma granada*, sinto vontade de dizer. *Se é pra checar, checa direito.*

Quatro rapazes bem na nossa frente estão sem sapatos, e uma mulher da segurança pergunta por quê.

"A gente sabia que ia ter que tirar", diz um. "Então a gente nunca pomos."

"A gente nunca põe", diz Scottie. Os rapazes viram para olhar para ela. Estão todos com colares de dentes de tubarão no pescoço, e suas barrigas são musculosas e rijas. Um deles leva um uquelele e exibe uma tatuagem tribal em torno da perna direita. Outro usa uma regata que deixa expostos uma lateral inteira de seu torso, um mamilo escuro e um punhado desgrenhado de pelos de axila. Viro para olhar para Scottie também, fingindo que não está comigo.

"Vocês precisam de sapatos", diz a mulher.

"Por quê?", diz o mais baixo do grupo. A segurança tira um peixe do *cooler* dele. Preto, a boca grossa aberta, um olho gelatinoso arregalado. Parece apavorado. A mulher segura o peixe pelo rabo, e os três fazem cara de orgulho.

"Eca", diz Scottie.

Alex segura Scottie pela manga e a puxa para trás, dizendo alguma coisa para ela. "Lindão", diz Sid, e os rapazes balançam a cabeça, concordando. Outro agente de segurança chega à mesa e acena para que eu me aproxime. Não carrego muita coisa em minha bagagem de mão, só minha carteira e algum trabalho em uma pasta. Ele verifica por cima, depois passa às meninas, e faço o maior esforço em manter a boca fechada. *Se eu tivesse uma bomba,* fico com vontade de dizer, *não seria mais inteligente ter escondido?* Ele ignora a bolsa de Scottie e verifica a de Alex com mais zelo do que fez na minha. Tira um maço de Marlboro Reds.

Scottie sufoca um gritinho e olha para mim, seus olhos arregalados como os do peixe. "Você vai bater nela?"

O guarda da segurança olha para mim e hesita, depois me estende os cigarros.

Eu os devolvo a ele. "Ela é adulta", digo para ele, mas para que Scottie ouça. "Faz suas próprias escolhas."

Com uma espécie de reverência, Scottie observa os cigarros sendo devolvidos à bagagem de sua irmã, e, quando passamos pelo embarque, sinto que alguma coisa mudou. Alex anda do meu lado e Scottie fica atrás dela, sem dizer uma palavra. "Aqueles cigarros eram seus?", Scottie pergunta para Sid.

"Não", ele diz. E bate no bolso. "Os meus tão aqui."

Ela olha para mim, quase com raiva por eu não ter dado uma bronca em sua irmã.

"Cuida da sua vida, Scottie", diz Alex.

Durante o voo, Scottie fica em silêncio e Alex lê revistas sobre atrizes perigosamente magras. Scottie escreve em um caderninho. Sentam cada uma de um lado, como asas. Sid está do outro lado do corredor. Olho para ele e vejo que está examinando o cartão de segurança plastificado com grande concentração. A aeromoça distribui caixinhas de suco de goiaba. Os rapazes descalços milagrosamente conseguiram entrar no avião. Sinto que preciso de uma estratégia, mas não consigo pensar em nada além de: *Encontre-o.*

Scottie está escrevendo alguma coisa com determinação.

Alex olha pela janela, parecendo derrotada. Eu a cutuco. "E se o médico estiver enganado?", pergunta. "E se ela estiver legal e acordar?"

"Mesmo assim", eu digo, "ela estaria—". Tento pensar numa boa palavra. "Ela ia estar prejudicada."

"Sei", diz Alex. "Entendi."

Olho pela janela para Kauai, seus penhascos íngremes e o nítido litoral. Em geral fico ansioso por chegar aqui. Vejo vias de duas pistas e pontes de uma só, e praias compridas e desertas. Tudo se move a um ritmo lento, indolente, e espero ser capaz de imitar a languidez da ilha. Pergunto-me o que ele estará fazendo nesse exato instante. Se está esperando para atravessar uma ponte, se está em um quarto de hotel ou em um almoço de executivos, se está relaxando na praia. Pergunto-me se faz ideia de como eu sou, se esteve em meu quarto e viu fotografias minhas sobre a cômoda. Estou prestes a mudar a vida desse homem.

Quando desembarcamos, dou uma olhada na folha de Scottie para ver o que a entreteve tanto. Leio: *Não vou tirar sarro de havaianos gordos. Não vou tirar sarro de havaianos gordos.* Essa promessa enche a página. Olho para Alex e faço um gesto na direção de Scottie.

"O que foi?", diz Alex. "Eu cuido disso."

Scottie procura nossa bagagem com Sid, e pergunto a Alex o que Scottie acha que estamos fazendo em Kauai.

"Eu disse pra ela que a gente veio procurar um amigo da mamãe."

Olho em torno pelo aeroporto. Fico achando que vou ver Brian ou ao menos alguém conhecido. É difícil ir a qualquer lugar sem trombar com alguém que você conhece; não dá para se perder numa ilha. Penso se não deveríamos nos mudar, ir para as montanhas do Arkansas ou algum lugar ridículo assim.

E de fato escuto, "Ei, Matt King!", e me encolho, reconhecendo a voz de um dos meus primos. Não sei qual deles. Nem mesmo sei o nome de todos eles — são todos parecidos, como cavalos alazões. Viro e topo com Ralph, mais conhecido como Boom — só Deus sabe o que isso quer dizer. Todos os primos têm apelidos com origens misteriosas que implicam alguma coisa bruta ou náutica. Ralph usa uma roupa quase idêntica à minha: calça cáqui e camisa Reyn's Spooner, tênis e uma pasta, a pasta para mostrar que ele tem responsabilidades no mundo. Não sei o que ele faz. Não sei o que nenhum deles faz. A seu favor, conta o fato de que nenhum dos primos é ganancioso, afetado ou exibicionista. O único propósito de suas vidas é se divertir. Praticam jet ski, motocross, surfe, remo, triatlo, alugam ilhas no Taiti. Na verdade, algumas das pessoas mais poderosas do Havaí parecem vagabundos ou dublês de cinema. Penso na progressão de sua linhagem sanguínea. Nossos ancestrais missionários vieram para as ilhas e disseram aos havaianos que vestissem uma roupa, trabalhassem duro e parassem com a hula. Nesse meio-tempo, empreenderam alguns negócios, como comprar uma ilha por dez mil dólares ou casar com uma princesa e herdar suas terras, e agora seus descendentes não trabalham. Despiram-se ao básico de shorts de corrida ou biquínis e jogam vôlei de praia e fazem a dança do hula.

Ralph dá um tapa em minhas costas. Ele sorri e balança a cabeça repetidamente. Olha para Alex e sei que esqueceu o nome dela. Ela se afasta para junto de Sid. Eu quase dou um puxão em suas costas, para não ficar a sós com Ralph.

"Você está com uma cor boa", eu digo.

Ele fica sorrindo e diz, "É mesmo". Sei que seu bronzeado foi feito com spray. "Está aqui para conversar com algum primo?", ele pergunta. "Ver se estão satisfeitos com sua escolha?"

"Não", eu digo. "Para falar a verdade, quero tomar uma decisão sem ser influenciado pela maioria."

"Certo", ele diz, parecendo confuso. "Como vai Joanie?"

"Na mesma", eu digo.

"Ela é uma mulher forte", diz Ralph.

"É", eu digo. "Ela é forte."

Ambos fingimos interesse pela bagagem circulando.

"Eu a vi faz alguns meses", ele diz. "Logo antes do... Ela parecia ótima." Ele fita o infinito. Bate nas minhas costas. "Ela vai ficar bem."

"Sei", eu digo, querendo fugir dessa conversa, mas então vejo uma oportunidade. "Ei, seu carro está aqui?"

"Está", ele diz. "Precisa de uma carona? Princeville?"

"Seria ótimo."

Vejo Sid carregando todas as nossas malas. Está com os olhos vermelhos. A maconha o deixou mudo. Será que devo brigar com ele por fumar maconha em minha casa? Alex anda fumando? Ou é melhor deixar pra lá? Passar ao largo das minhas preocupações. Aceitar tudo. Ir com calma.

"Você está bem?", pergunto a Sid.

"O quê?"

"Você está bem, eu disse."

"Tô", diz Sid. "Só tava pensando umas coisas."

Seguimos Ralph ao estacionamento. Forço os ombros para baixo e respiro fundo. Vejo minha família andando na minha frente. Parecem normais, vistos de costas. Parecem bem.

Ralph tem um Jeep Wrangler, o que deixa Scottie empolgada e até Alex, embora quase imperceptivelmente. O cabelo de Sid está de pé, parecendo que ele foi eletrocutado. É o carro mais desconfortável em que já entrei. Mesmo andando em ruas lisas e planas, fico com a sensação de que estamos fora de controle.

"Estou morrendo de fome", grita Scottie do banco traseiro, e então escuto um "Ai", e imagino se Alex bateu nela. Não quero nem saber.

"Vi que você está usando uma camisa da Ducati." Ralph olha no retrovisor para Alex. "Sabe andar?"

"Sei", diz Alex. "Minha mãe me ensinou."

"O quê?", ele grita acima do vento.

"Sei!", berra Alex.

"Sua mãe ensinou você? Ou foi esse cara aqui?" Ele dá um soco em meu braço e eu olho para o lugar onde seu punho encostou em mim.

"Minha mãe", diz Alex.

Joanie andava de Ducati. Fico surpreso de Alex estar usando a camisa. "Onde você viu Joanie?", pergunto para Ralph. Seria tão constrangedor que todo mundo soubesse de seu amante, menos eu. Amante. Meu Deus.

"Na última reunião dos acionários", diz Ralph.

"Joanie?"

"É. Lembra?"

"Ah, claro", eu digo, sem fazer ideia do que ele está falando. "Lembro." Imagino-a subindo a bordo de um avião, indo a uma reunião dos acionários, depois voltando a tempo de pegar Scottie. Não faz o menor sentido.

"Você tem sorte por ter uma pessoa tão entusiasmada falando em seu nome."

"É", eu digo

"Estou com fome!", berra Scottie outra vez.

Ralph sai da estrada e entra em Kapaa, e em seguida vai para o estacionamento de um mercado de peixe. Os pneus trituram ruidosamente o cascalho, e quando ele para todo mundo é jogado para a frente e depois volta. Dou dinheiro suficiente a Alex para nos afogar em *poke*. Sid desce do carro e Scottie vai atrás. Ele ergue os braços acima da cabeça e curva o corpo para o lado direito, e Scottie olha para a barriga dele.

Quando se dirigem todos à loja, pergunto, "E daí, o que foi que ela disse? Na reunião?".

"Ah, ela estava dizendo como era absurdo não aceitar a oferta de Holitzer. Ele tinha um plano sólido e ia abrir inúmeras oportunidades para Kauai e assim por diante. E, como o maior acionário e último descendente direto, você ia apreciar o apoio de todo mundo porque ia acontecer com ou sem o nosso consentimento. Foi isso que ela disse. Eu meio que fiquei puto. Mas não sei sobre o Holitzer. Não é a melhor oferta. O certo não é pegar a melhor? Não é o que faz mais sentido?"

"Ela gostou dos planos dele." Olho para Ralph, esperando mais dicas. "Ela gostou que fosse arrendar parte das terras para a preservação. E o resto, ele ia simplesmente vender e subdividir, certo?"

"E reurbanizar quando o contrato de arrendamento acabar."

"Claro", eu digo. A atitude dela não faz sentido. O planejamento de todos os compradores é praticamente igual. Todo mundo pretende trazer novos negócios, cuidar da terra, construir casas, depois vender as terras e as casas. Por que ela se infiltraria em uma reunião pelas minhas costas? Por que estaria forçando a barra com meus primos?

"Quero trabalhar junto com vocês, Ralph. Sabem disso, não sabem? Sei que o voto majoritário é meu, mas não estou aqui pra deixar ninguém com raiva."

"Estou indo para o Princeville!", diz Ralph.

"Muito bem", eu digo. Ele é como uma criança.

"De jeito nenhum!"

Balanço a cabeça, sem saber exatamente o que responder, mas então percebo que está conversando num desses minúsculos headsets, e me sinto imensamente idiota. As meninas saem do lugar com embalagens de *poke* e garfos de plástico. Sid traz algumas barras de doces e uns cinco saquinhos de fritas. Seguimos em frente, passando por algumas casas onde viveram ancestrais meus e que foram transformadas em museus. Eu as aponto para as meninas. Elas já viram antes, mas olham, de qualquer maneira. Ralph diminui quando passamos pela propriedade, os jardins tropicais, os turistas passeando em charretes puxadas por cavalos Clydesdale.

"Aqui era um canavial", diz Scottie.

"Isso mesmo", eu digo. Olho para a casa, pensando em como é estranho que os antigos habitantes tenham de algum modo moldado a vida de pessoas que nunca conheceram nem sequer souberam que existiriam. Estarei eu moldando a vida de um punhado de pessoas que ainda estão por nascer?

"Eu queria que a gente vivesse naquela época", diz Scottie.

"A gente vive", diz Alex. "A gente vai."

Isso faz Scottie ficar em silêncio. Fico pensando no que passa por sua cabeça. Sid está detonando as batatinhas. Todos os sacos estão abertos em seu colo. Ele não disse uma palavra a viagem inteira. Estou só esperando uma de suas filosofices de imbecil, mas ela não vem.

Começamos a descer por Hanalei, "Olha lá", digo para as garotas. "Olha aquilo."

Vejo a fazenda de taro abaixo, banhada pelo sol. Imagino que o vale não mudou grande coisa em relação ao que era há cem anos. O mar distante está azul-escuro, e, à medida que nos aproximamos do sopé da colina, a faixa de praia se abre diante de nós. *Olha*, eu quase digo outra vez, porque tenho essa necessidade de garantir que estejam vendo o que em breve não estará mais em nosso nome. Por que Joanie foi àquela reunião? Por que ela queria Holitzer?

Tento pensar em mais perguntas que poderia fazer para Ralph. Viro e olho as crianças. "Sid", eu digo. "Tudo bem com você?"

"Tô legal", ele diz. "Valeu."

26

As meninas e Sid param junto às colunas de mármore no saguão. Estou pedindo que troquem os dois quartos por uma suíte deluxe. Vamos ficar todos juntos. As meninas estão impressionadas. Olham uma para a outra e sorriem. Não percebem que quero uma suíte porque não confio nelas. Pergunto outra vez se Brian Speer está hospedado ali, mas não está.

Quando andamos para o elevador, três garotas correm tão rápido em nossa direção que fico com receio de que possam nos derrubar.

"Alex!", gritam todas. Percebo que minha filha tem um estremecimento antes de gritar de volta, "Ai, meu Deus! E aí?".

"O que cê tá fazendo aqui?", pergunta uma delas. Traz os óculos escuros no alto da cabeça. Carrega uma bolsa no ombro. Olha para Scottie e eu como se os seus piores temores houvessem sido confirmados: Alex está aqui conosco, sua família. Então ela vê Sid. "Ai, meu Deus, e aí?" Dá um abraço em Sid e depois dá um abraço em Alex.

"O que *vocês* estão fazendo aqui?", pergunta Alex.

"Férias de primavera", diz outra garota, tirando o celular do ouvido, depois voltando ao aparelho: "É só trazer o terno e umas roupas de sair. Nada muito chique. Contanto que seja bonito." Seu olhar cruza com o meu enquanto fala.

Chamo Scottie para sentar em um banco ali perto.

"Vocês precisam se encontrar com a gente", escuto a loira dizer.

Alex faz que sim. "Ah, com certeza."

Nunca a escutei falando desse jeito. Em geral ela é calada e taciturna. Toda essa estridulação é perturbadora.

As vozes das garotas silenciam e depois sobem de volume, e escuto: "Nem vem, cala a boca!", vindo da loira.

"Chuupa", diz a outra garota, e ri.

Olho para Scottie, mas ela está igualmente perdida.

"Tem, tipo, uma pá de gente lá, mas cês têm que ir. A gente foi. É muito louco."

"Superlegal ver você, amiga. Fez falta. Você nunca sai. A gente vai ligar pro seu quarto hoje à noite, viu? Ou sei lá, Siddy, cê tá com o celular?"

"Tô", ele diz. "Mas acho que a gente vai ficar sussa."

"Ai, que mal", diz uma das garotas mascotes. Ela faz cara de triste. "Eu ligo, mesmo assim."

Alex sorri estaticamente, mas seu entusiasmo não parece real. Acho que tem menos a ver com sua mãe do que com essas garotas. Me pergunto se mães ou pais envolvidos fazem isso o tempo todo: presenciar os filhos interagindo com seus colegas, vendo coisas que ninguém mais vê.

As garotas passam e acenam com os dedos para Scottie e eu.

"Aquelas vacas", diz Alex quando vamos para o elevador.

"Vadias", diz Scottie.

"O que isso quer dizer, Scottie?", eu pergunto.

Ela dá de ombros.

"Onde aprendeu isso?", pergunto.

Ela aponta sua irmã.

"Só me convidaram porque o Sid tava comigo", diz Alex.

"A gente pode ir à praia?", pergunta Scottie.

"Claro", eu digo. "Vamos dar uma volta na praia." Olho para Alex, mas ela fica olhando para a frente.

"Você podia ter ido junto", eu digo. "Suas amigas."

"Não me convidaram", ela diz.

Sempre pensei que Alex fosse uma das que conduzissem a cena social. Ela tem todo o equipamento apropriado.

"Da última vez que estive com essas garotas foi lá em casa", diz Alex. "Você devia estar trabalhando lá no seu quarto ou sei lá. A mamãe tava bêbada. Ela queria ir dançar. Eu não, mas minhas amigas ficaram achando ela o máximo. Então ela levou as três junto. Levou junto, sem mais nem menos. Pra dançar. E eu fiquei em casa."

Paramos no quinto, sexto, sétimo, oitavo e nono andar. Quando olho, percebo que todos os botões estão acesos. "Meu Deus, Scottie. Isso é engraçado pra você?"

"Foi o Sid."

"Você tá falando sério?"

Sid ri. "É engraçado."

"Por que você nunca impediu a mamãe?", Alex me pergunta.

Enfim chegamos ao andar certo. Alex sai primeiro e Scottie vai atrás, dizendo "Chuupa, chuupa, chuupa" pelo corredor do hotel.

"Eu não sabia como", digo.

"Você não notava", diz Alex.

"Mas você está falando sobre sua mãe. Por que não gosta daquelas garotas?"

"Eu gosto", ela diz. "É só que elas não gostam de mim, por algum motivo. Não estão nem aí pra mim." Ela parece perdida em pensamentos e, quando me fita, está com os olhos marejados. "Nunca entendi por quê, sério. É só que sempre me fizeram sentir mal. Acho que não me dou com meninas."

"Sua mãe também não se dava." Penso em perguntar o que Alex vê em Sid. Ele está andando mais à frente e segurando alguma coisa acima da cabeça de Scottie, fazendo com que ela pule para cima e para baixo. De repente, voltou à vida. Não pergunto o que Alex vê nele porque tenho medo de que minha desaprovação faça com que fique ainda mais apegada. É assim que funciona. Vou ter de fingir que não me incomodo, que não sinto ganas de afogá-lo na baía. Tem qualquer coisa de errada com esse rapaz. Na verdade, tem muita coisa errada com ele, mas foi só hoje no carro que me senti incomodado com ele. Seu silêncio foi muito estranho.

Alex está no balcão de nosso quarto de hotel. Deslizo a porta de vidro e saio do ambiente com ar condicionado para o calor do lado de fora. Ela está fumando um cigarro e eu me sento e olho para isso sentindo saudade, não de fumar, necessariamente, mas da lembrança de fumar. Quando eu tinha dezoito anos, jamais teria imaginado que um dia estaria lidando com esse tipo de problema. Seria tão mais fácil ser um mau pai. Eu adoraria fumar com minha filha, ficar ali com um sortimento de álcool do minibar, bebendo direto das garrafinhas, depois jogando-as na piscina ali embaixo. Quando eu era novo e prestes a procriar, achava que filhos seriam como ter meus antigos colegas de escola de volta. A gente ia sair por aí e fazer coisas estúpidas juntos.

"Apaga esse negócio", eu digo.

Alex dá uma tragada, depois esmaga o cigarro com a sola da sandália, algo que eu teria achado o máximo quando era jovem. Um gesto como esse quase me dá a certeza de que ela vai se sair bem nessa vida.

"Você podia ao menos fumar o Light", eu digo. "Como Sid."

"Podia", ela diz. Ela põe os pés na balaustrada e reclina para trás na cadeira, equilibrando em duas pernas. Isso me lembra sua mãe. Joanie nunca conseguia ficar sentada com as quatro pernas da cadeira tocando o chão.

"A mamãe está bem", eu digo. "Liguei para perguntar e ela está respirando bem, passando bem."

"Que bom", diz Alex.

"Você está se dando um pouco melhor com a Scottie", eu digo. "Obrigado."

"Ela ainda continua toda alucinada."

"Ela é só uma criança. Ela é legal. Não é tão ruim assim."

"É a Reina", diz Alex. "A Scottie fala nela o tempo todo. Ela me contou que a Reina deixou um garoto lamber o buraco dela. Foi isso que ela disse: 'lamber o buraco dela'."

"O que acontece com vocês crianças?"

"Ela me disse que os pais da Reina vão deixar ela pôr silicone nos seios quando estiver com dezesseis anos, porque é quando a puberdade acaba."

"Aquela garota passou dos limites", eu digo. "Quer dizer, você deu só uma olhada nela?"

Gosto de ficar falando sobre todas as coisas que estão erradas com a outra menina. Apoio meus pés no parapeito e vagarosamente equilibro a cadeira nas pernas de trás. O hotel foi construído em um penhasco, e olho para a baía ali embaixo, os pontinhos que são as pessoas, os bonés brancos como estrelas em um céu azul-escuro. À esquerda, a costa de Napali serpenteia para outro horizonte. Alex observa a superfície escura do mar raivosamente, como se a culpa fosse do oceano.

"E quanto a você, Alex? Tudo bem? Você não anda... usando, anda?"

"Não ando usando? Meu Deus, do jeito que você fala parece uma ferramenta."

Não respondo.

"Não", diz ela, finalmente. "Não estou mais no barato."

"Nada, nada?", pergunto. "Tenho sentido cheiro de maconha. Sid."

"Isso é com o Sid", ela diz. "Eu, não."

"Você simplesmente parou? Não é difícil? É uma epidemia por aí, e sabe Deus."

Percebo que nunca sequer a internamos numa clínica de reabilitação para ter certeza de que parou. Ela nos convenceu de que não tinha um problema, e deve ter sido mais fácil para mim esquecer como mente bem.

"Não é uma epidemia", ela diz. "Quer dizer, é, mas pra alguém como eu não tem a ver. Não curto ser rotulada."

"Então você simplesmente parou?"

"É, pai. Grande coisa. Gente jovem se droga, depois para. Além do mais, você me mandou pro internato, lembra? Não tinha mais como conseguir. Acho que a mamãe sabia o que tava fazendo."

Não sei qual o jeito apropriado de reagir a tudo isso. Minha mãe teria explodido em lágrimas e se enfurnado no quarto. Meu pai teria me mandado para os fuzileiros navais ou o pelotão de fuzilamento. Joanie a mandou para longe, o que parece tão ruim quanto, mas e quanto a mim? Eu não mexi uma palha. Nada de clínica, terapia, discussões familiares. Mandá-la embora talvez não fosse a coisa certa para nós, para mim, a fazer, contudo, foi sem dúvida a mais fácil. Encarei o conflito com distanciamento, fugindo da responsabilidade, como se Alex e Joanie estivessem discutindo o vestido de formatura.

"Não curto mais drogas", diz Alex. "Mas ainda acho que foi divertido."

"Por que está sendo tão honesta comigo?", pergunto.

Ela dá de ombros e volta com a cadeira para o lugar. "A mamãe tá morrendo."

Uma parte de mim sabe que Alex vai ficar bem, melhor do que bem. Acredito nela, até, de que as drogas foram só uma fase, uma moda passageira. Talvez eu não tenha feito nada porque não sentia medo suficiente para ser um bom pai. Lembro de como era ser um jovem e ser filho da minha mãe e do meu pai. Quando eu fazia coisas erradas, eu sabia, como Alex sabe, que por mais que me esforçasse, nunca ia me meter em encrenca. Talvez os jovens com dinheiro se ressintam dessa impunidade, e isso faça com que aspirem à destruição desde cedo. Alguém vai nos pegar. Podemos nos safar disso de algum modo. O que fazemos não vai nos transformar em marginais. Lembro de estar na companhia dos meus camaradas e de como as coisas que a gente aprontava rapidamente viravam anedotas para contar à mesa do jantar. Isso sempre fez com que me sentisse um fracasso, como se não tivesse a capacidade de descer tão baixo quanto os outros. Pergunto-me se Alex também não se sente assim: como uma perdedora malsucedida.

"Você me deixa orgulhoso", digo, porque é isso que pais na televisão sempre dizem após conversas singelas.

Ela revira os olhos. "Não tem muito do que se orgulhar."

"Claro que tem", eu digo. "Você sacou tudo sozinha. A gente mandou você pra longe. Deixou a supervisora cuidar do caso. E agora você está aqui. Me ajudando com a Scottie. Desculpa, Alex. Desculpa mesmo. Obrigado por me ajudar." Ela é a nova mãe, percebo. Assumiu o papel num piscar de olhos. Imagino-a numa caneca, água quente sendo despejada em cima. Mãe Instantânea.

"Tá, tá", ela diz.

E é isso aí, eu acho. A conversa sobre drogas da família King.

Olhamos para o mar em toda a sua beleza, uma vista que deve acompanhar milhares de momentos constrangidos, tristes e belos.

"Está tudo bem com o Sid?", pergunto. "Ele estava tão calado antes."

"Ele fica cansado", ela diz. "Não tirou seu cochilo, e precisa do cochilo."

Ela fica me olhando, obviamente para ver se vou engolir sua história. Percebe que não. "Ele está passando por uns momentos difíceis ultimamente", diz.

"Ah, sério? Bom, a gente também."

"Só deixa pra lá", ela diz. "Como vamos encontrar esse cara?"

Penso nisso por um tempo. Por um momento me esqueci dele, que é o motivo de estarmos aqui.

"Vocês dois podem levar Scottie à praia. Eu vou dar mais uns telefonemas. A gente tá numa ilha, pelo amor de Deus. Não tem mais que três graus de separação por aqui."

Ela fica em silêncio, pensando a respeito. Levanta da cadeira e estende a mão para me ajudar. Eu me dou conta de que estou fascinado por ela. É uma pessoa que desejo conhecer.

"A gente acha ele", diz Alex, e a determinação em sua voz me faz pensar que talvez tenha também algumas coisas para dizer a ele.

27

Ele está lá embaixo em algum lugar. Em férias do trabalho, hospedando-se numa das casas na baía que provavelmente posso ver desse balcão. Isso é tudo que a imobiliária me informa. Ele não deveria estar junto ao leito de minha esposa? E eu, não deveria?

Fico no balcão, olhando a costa, depois decido pôr o calção de banho e descer para a praia. Vou procurar as meninas. Vou procurar o amante de Joanie, e talvez dê um mergulho no mar e brinque de jacaré nas ondas, como fazia quando era criança.

As meninas e Sid estão tomando sol perto do píer. Olho para Scottie em sua toalha, as pernas encostadas uma na outra, a cabeça virada para o sol. Quero vê-la brincando no mar. Parece crucial que esse negócio de se bronzear seja postergado pelo maior tempo possível.

Paro na frente dela para bloquear o sol. "Levanta daí, Scottie. Vai brincar com uma bola ou algo assim."

Ela projeta o braço no ar. "Preciso pegar uma cor."

"O que aconteceu com seu álbum? Por que não está fazendo mais?"

Tem alguma coisa diferente nela. Percebo que são os seios — estão imensos. Vejo que estufou a parte de cima do biquíni com bolas de areia.

"O que é isso?", eu digo. "Scottie. Seu biquíni."

Ela protege os olhos com a mão e baixa o rosto para o peito. "Peitos de praia", diz.

"Tira isso já", digo. "Alex. Por que deixou ela fazer uma coisa dessas?"

Alex está deitada de bruços, com a parte de cima desamarrada. Ela ergue a cabeça na direção de Scottie. "Eu não sabia. Tira isso, idiota."

Sid ergue a cabeça. "Fala sério", diz, "seio grande fica parecendo meio gorda".

"Como diz a Bebe, seio é um saco", diz Alex, "e o Sid só fala merda. Ele adora um peitão".

"Quem é Bebe?" Scottie deixa a areia cair de seu biquíni.

"Do *South Park*", diz Sid. "E eu adoro peito pequeno também, Alex. Acredito nas oportunidades iguais de emprego."

"Você devia estar cuidando do álbum, Scottie", eu digo. "Quero que termine. Precisa se manter em dia, na escola." Ela não acredita na minha preocupação, dá para perceber. Álbum de recortes igual a bebê — ela vê isso agora, e tenho certeza de que foi Alex quem a fez perceber.

"Conseguiu alguma coisa?", pergunta Alex.

"Consegui", eu digo. "Ele está aqui em Hanalei. Bem aqui." Olho os gramados verdes na frente das casas.

"Quem está aqui?", pergunta Scottie.

"O amigo da mamãe que eu falei pra você", diz Alex.

"O comediante?"

Alex olha para mim. "Isso", ela diz. "O comediante."

"Interessante, Alex", eu digo. "Meninas, querem dar um mergulho?"

"Não", dizem as duas.

"E que tal uma caminhada? Talvez a gente veja o comediante."

"Não", diz Scottie.

Alex amarra o biquíni ainda deitada de bruços, vira e senta. "Eu vou."

"Eu tava pensando que eu mudei de ideia e acho que vou andar também", diz Scottie. Mais grãos de areia caem de seu biquíni quando se levanta. Sid fica de pé e começa a pular, cabeceando o ar na minha frente.

"O que você tá fazendo?", pergunto.

"Só sacudindo." Ele dá um tapa em minhas costas, depois me agarra pelo pescoço e faz festa no meu cabelo. "Bom trabalho, achou o cara", diz. "Massa."

Dou umas espanadas me livrando dele e sacudo a cabeça. "Rapaz, você é bem esquisito." Começo a me afastar do píer e os três me seguem. Me sinto como uma mamãe pata.

Caminhamos até não haver mais casas, até a parte distante da praia onde a correnteza faz com que as ondas cheguem e depois recuem com força, de modo que duas ondas se chocam, arremessando água para o alto como um gêiser. Ficamos olhando por um tempo e então Scottie diz, "Queria que a mamãe estivesse aqui". É exatamente o que estou pensando. Eis como você sabe que ama alguém, acho, quando não consegue viver nenhuma experiência sem desejar que a outra pessoa esteja ali para ver também. Todos os dias eu ficava de olho em histórias interessantes, acontecimentos e fofocas, listando de cabeça as novidades e até ensaiando meus relatos antes de contar para Joanie na cama, à noite.

Está escurecendo, e fico preocupado de que talvez não consigamos encontrá-lo, de que talvez sejamos incapazes de fazer alguma coisa certa por ela. Mesmo agora, será que não deveríamos estar chorando, paralisados pelo luto? Como podemos estar andando na praia, os três? Não consigo deixar de pensar que ainda não acreditamos; estamos acostumados a ser salvos, a nunca cair nas profundezas. Me sinto culpado por Scottie nem sequer saber o que de fato está acontecendo.

"A gente pode mergulhar perto dos tubarões?", pergunta Scottie. "Eu li na revista do hotel que eles põem você numa gaiola dentro do mar e jogam comida na água e os tubarões chegam pertinho. A gente pode?"

"A mãe de vocês foi atacada por um tubarão, uma vez", eu digo.

"Quando?", pergunta Alex.

Viramos e começamos a voltar pela praia. Sid vem mais atrás, fumando um cigarro.

"Ela estava surfando em Molokai e viu um tubarão embaixo dela quando ia pegar a onda. Ela deitou de barriga na prancha para não ter perigo de cair e usou a onda pra chegar mais perto da praia."

"Como ela sabia que era um tubarão e não um golfinho?", pergunta Scottie.

"Ela sabia, só isso", eu digo. "Ela disse que era grande e escuro debaixo d'água. A onda acabou desmanchando. Ela continuou a remar na direção da areia. Olhou na água e olhou para trás e não viu nada. Daí olhou para trás outra vez e viu a barbatana."

Minhas filhas estão quietas demais, então me viro para ter certeza de que continuam ali. As duas vêm um pouco atrás de mim, a cabeça abaixada, os pés sulcando a areia úmida.

"Ela continuou o mais rápido que conseguiu, sem olhar para trás. Em vez de remar até chegar na areia, foi para a ponta da praia e, quando chegou bem perto, remou e subiu nas pedras."

"E o tubarão mordeu a prancha!"

"Não, Scottie. Ela não viu mais sinal do tubarão. Subiu nas pedras e voltou pra onde a gente tava acampado. À noite, a gente estava comendo peixe e sua mãe deu uma mordida no atum e falou pra mim e pros Mitchell, 'Quase virei o jantar, hoje', e daí contou o que tinha acontecido."

Pelo menos era assim que acabava a versão que contava para os nossos amigos. A verdade foi que voltou correndo para o acampamento. Os Mitchell faziam uma trilha perto da cachoeira e eu preparava o atum. Estava sentado perto da fogueira. Eu a vi à distância, pisando com cuidado sobre as pedras pretas escorregadias. Percebi que havia alguma coisa errada, me levantei e comecei a andar em sua direção. Sua postura era de prostração, seu corpo tremia e ela dava passos inseguros. Eu a vi dobrar o corpo e percebi que estava vomitando. Quando enfim a alcancei, tremia toda, seu rosto estava branco e o biquíni, imundo, e havia arranhões em seus joelhos e suas coxas. Pensei que tinha sido atacada por alguém e comecei a gritar. Não lembro o que eu gritei. Mas ela balançou a cabeça e então fez algo que nunca fizera antes. Abaixou entre as pedras, puxando-me para baixo junto com ela, e em seguida afundou em meu peito e chorou. Estávamos numa posição horrível naquelas pedras, mas lembro que não tive coragem de mexer um músculo, com medo de que o menor movimento pudesse perturbar fosse ela, fosse o momento. Mesmo com ela soluçando em meus braços, foi um momento agradável para mim, ser mais forte que minha esposa, sentir que eu era necessário, vê-la tão frágil. Finalmente, me contou o que acontecera, e eu sorri levemente, porque o modo como contou a história, entre a respiração entrecortada e fungadas de nariz, fez com que parecesse uma criança em meus braços, acordando de um pesadelo, e somente eu dispusesse dos meios de lhe mostrar que nada iria machucá-la. Eu estava lá. Não havia nada no armário ou embaixo da cama.

"Achei que fosse o fim", ela disse. "Achei que tivesse tudo acabado. Fiquei com tanta raiva que minha hora tinha chegado."

"Sua hora não chegou", eu disse. "Você conseguiu. Está aqui."

Em volta da fogueira nessa noite, voltou a ser ela outra vez, fazendo pose, encenando, sendo o centro das atenções. Evitava olhar para mim. Fiquei com vontade de perguntar, *Qual o problema de dizer que você estava com medo?.*

"Quase virei o jantar", ela disse outra vez no fim da história, e então pegou seu peixe e deu uma dentada, e todo mundo, inclusive eu, riu. Gostei de seu teatro, e do fato de que eu era a única pessoa no mundo que a conhecia de verdade. Imaginar Brian conhecendo-a dessa forma, ou ela chorando em seus braços do modo como chorou nos meus naquele dia, mais de vinte anos atrás, é insuportável.

"Ela costumava contar essa história o tempo todo", digo para as meninas.

Estamos de volta à parte da praia que é povoada de casas. As pessoas haviam trazido cadeiras de praia e taças de vinho para ver o pôr do sol. Observo cada rosto, à sua procura, sem ter muita certeza agora de que consigo ser tão generoso e indulgente.

"Por que ela parou de contar?", pergunta Alex. "Eu nunca soube disso."

"Acho que arranjou histórias novas", digo.

As meninas parecem confusas, talvez chocadas em descobrir que seus pais fizeram coisas sobre as quais nunca ouviram falar.

"Como a de correr sem roupa no casamento da Lita", diz Scottie. "Eu gosto dessa história."

"Ou aquela de quando o gorila no zoológico passou a mão pelas barras e agarrou ela", diz Alex. "Ou aquela de bater no javali com o sapato."

"Ou a de como o vestido atrás ficou preso na meia-calça a festa inteira e ela não estava usando calcinha", diz Scottie.

“Ela achava que todos os caras estavam assobiando pra ela porque estava bonita”, continua Alex.

Agora compreendo por que Scottie precisava criar dramas melhores e que valessem a pena repetir. Ela estava em busca do oferecimento perfeito, a promessa de uma lenda. Olho para meus pés na areia. Nunca aconteceu nada comigo que valesse a pena contar. Exceto talvez esses últimos dias.

Sid nos alcança, e sei que não era cigarro que estava fumando. Está totalmente chapado. Seus olhos parecem pesados e ele exibe um sorriso estúpido no rosto. O que me irrita é que nem se dá ao trabalho de tentar disfarçar.

“O que você mais gosta na mamãe?”, Scottie me pergunta.

Por algum motivo eu olho para Alex, como que procurando uma resposta. Seu rosto está cheio de expectativa.

“Eu gosto... sei lá. Gosto das coisas que a gente gosta junto. Só do jeito que a gente é um com o outro.”

Alex olha para mim como se eu estivesse saindo pela tangente.

“A gente adora sair para jantar, por exemplo. Adora andar de bicicleta.” Dou risada e digo, “A gente adora as montagens das comédias românticas. A gente admitiu isso um pro outro uma noite”. Sorrio e as meninas olham para mim de um jeito estranho. Fico esperando Scottie me perguntar o que é montagem, mas ela não pergunta. Parece quase com raiva.

Um casal à nossa frente anda de mãos dadas.

“Adoro quando ela esquece de lavar a alface e nossas saladas estão sempre com grãos de terra.”

“Odeio quando ela faz isso”, diz Scottie.

“Quer dizer, não é que eu goste”, eu digo, “mas é algo que espero dela. Estou acostumado. É muito ela. É a mamãe”. Mais pensamentos me vêm à mente e dou risada sozinho.

“O que foi?”, pergunta Scottie.

“Só estou pensando nas coisas que a gente não gostava.”

“O quê, por exemplo?”, pergunta Scottie.

“A gente não gostava de gente que diz ‘Isso é engraçado’, mas não ri. Se é engraçado, é para rir. Ou de gente que usa ‘tive’ no lugar do verbo certo. Tipo, ‘No almoço eu *tive* salada’. A gente também achava que homem que vai em salão de beleza é esquisito.” Eu poderia prosseguir indefinidamente. As lembranças quase me deixavam com vertigem. Como a gente se divertia. Quanta risada demos juntos. Eu achava que estava me casando com uma jovem modelo, assim como meus amigos se casavam com secretárias, as babás dos filhos, asiáticas sem fluência em inglês. Eu estava me casando com uma mulher que era divertida e natural, e que ia criar meus filhos e ficar ao meu lado. Fico feliz por ter me equivocado tanto.

"Ei, eu também acho isso", diz Sid. "Sobre homem que vai ao salão de beleza."

"Do que é que a gente tá falando?", diz Alex. "Essa porra não tem nada a ver."

O casal na nossa frente vira ligeiramente.

"Tão olhando o quê?", Alex diz para eles.

Não me dou ao trabalho de repreendê-la, porque, de fato, o que eles estão olhando? Diminuo o passo e Alex soca Scottie no braço.

"Ai!", grita Scottie.

"Alex! Por que a gente continua nesse pé?"

"Bate de volta nela, pai", berra Scottie.

Alex agarra o pescoço de Scottie.

"Você tá me machucando", diz Scottie.

"E é pra machucar mesmo", diz Alex.

Agarro as duas pelo braço e as jogo na areia. Sid põe a mão na boca e se dobra, rindo em silêncio.

"'O que você mais gosta na mamãe?'", diz Alex, arremedando sua irmã. "Cala já essa boca. E para de tratar ela que nem bebê."

Eu sento entre as duas e não digo uma palavra. Sid senta do lado de Alex. "Calma, fera", ele diz. Fico olhando as ondas arrebentarem na praia. Algumas mulheres passam por mim e me lançam olhares cúmplices, como se um pai com seus filhos fosse uma visão preciosa. É preciso tão pouco para ser respeitado como pai. Posso perceber que as meninas estão esperando que eu diga algo, mas o que posso dizer que ainda não foi dito? Já gritei, já discuti, já bati, até. Nada funciona.

"O que você mais gosta na mamãe, Scottie?", eu pergunto, fuzilando Alex.

Ela leva um instante para pensar. "Um monte de coisa. Ela não é velha e feia, como a maioria das mães."

"E você, Alex?"

"Por que está fazendo isso?", ela pergunta. "Como a gente veio parar nesse assunto, pra começar?"

"Nadando com os tubarões", eu digo. "Scottie queria nadar com os tubarões."

"Dá pra fazer isso", diz Sid. "Eu li sobre isso no hotel."

"Ela não tem medo de nada", diz Alex.

Ela está enganada, e, além do mais, acho que isso é só uma constatação, não algo que Alex aprecie de fato.

"Vamos voltar", eu digo.

Fico de pé e bato a areia do corpo. Olho para nosso hotel no penhasco, rosado ao pôr do sol. A expressão das meninas quando contei sobre sua mãe me trouxe uma tremenda solidão. Elas nunca vão me entender do jeito que Joanie entendia. Não vão conhecê-la da forma que eu a conheço. Sinto sua falta, mesmo sabendo que planejava passar o resto da vida sem mim. Olho para minhas filhas, completos mistérios, e por um breve momento tenho a horrível sensação de que não quero ficar sozinho no mundo com essas duas meninas. Estou aliviado por não terem me perguntado do que eu mais gosto nelas.

28

Voltamos para nosso quarto de mãos abanando. Ligo para o hospital, e me asseguram que Joanie está indo muito bem. Pego-me ficando contente antes de lembrar que indo bem, para eles, significa que está respirando. Não está morta. Pedimos serviço de quarto e assistimos a um filme sobre a Segunda Guerra Mundial que é incomodamente violento. Corpos ensanguentados por todos os lados.

"O diretor está mostrando para as pessoas como foi de verdade", diz Alex em resposta à minha reclamação. "Li isso em algum lugar. É uma mensagem contra a violência."

Todos nós nos acomodamos na cama. As meninas e eu deitados de bruços, e Sid no lado oposto ao meu, recostado na cabeceira.

"Queria saber o que o amigo da mamãe deve estar fazendo agora", diz Alex.

"Deve estar vendo pornô", diz Scottie.

Sid ri. Scottie exibe uma expressão ao mesmo tempo de inocência e ponderação.

"Por que você diz uma coisa dessas?", eu pergunto. "Está tentando ser engraçada?"

"O pai da Reina assiste pornô."

"Você sabe o que é pornô?", pergunta Alex.

"Melhores momentos do futebol", ela diz.

Olho para Alex, esperando uma dica. Será que devo esclarecer minha filha ou deixar que continue pensando errado?

"Pornô é filme de mulher bonita e homem feio fazendo sexo", diz Alex.

Não consigo ver o rosto de Scottie, porque está olhando para baixo. "Scottie?", digo.

"Eu sabia", ela diz. "Só tava brincando."

"Tudo bem se você não sabia", diz Sid.

"Eu sabia!" Ela vira e me encara. "Eu sei o que é, só achei que chamava de outro nome. A Reina chama de filme de masturbação. Ela põe pra passar quando os pais dela não estão em casa e uma vez ela convidou os meninos pra ver se o negócio deles crescia. Teve um que cresceu."

"Essa Reina parece muito louca", diz Sid. "Estou curtindo ela cada vez mais."

"Você estava lá?", eu pergunto. "Você viu algum desses filmes?"

"Não", diz Scottie.

"Scottie", diz Alex, chutando Sid nas costelas. "A Reina é uma vadia fodida da cabeça, e você precisa ficar longe dela. Já falei isso pra você. Quer ficar que nem eu?"

"Quero", diz Scottie.

"Estou falando de como eu era, quando eu gritava com a mamãe."

"Não", diz Scottie.

"Bom, a Reina vai ser uma viciada, e vai virar uma baranga. Ela é uma piranha. Fala."

"Piranha", diz Scottie. Ela levanta da cama e corre pelo quarto, dizendo "Piranha piranha piranha piranha piranha".

"Puta merda", diz Sid. "Isso é um jeito muito doido de educar. Ou o quê?"

Alex dá de ombros. "Pode ser. A gente vai ver, acho."

"Não entendo", eu digo. "Não sei mais o que fazer. Essas coisas que ela faz, o tempo todo."

"Isso passa", diz Alex.

"Passa mesmo? Quer dizer, olha só o que vocês falam. Na minha frente, principalmente. É como se não respeitassem autoridade."

As crianças ficam olhando para a tevê. Digo para saírem. Quero dormir.

É quase meia-noite e continuo acordado. Levanto para usar o banheiro e vejo que a luz está acesa e a porta ligeiramente aberta. De repente, fico com medo de pegar Alex fazendo algo errado, como cheirando uma carreira na tampa do vaso. Quase dou meia-volta, mas me aproximo cuidadosamente e espio dentro, e vejo Scottie diante do espelho de corpo inteiro. Ela está em cima do tampo, as pernas abertas sobre a pia. Faz uma pose afetada por alguns segundos antes de passar para outra. Está bancando a modelo. Estou quase falando algo, dizendo que precisa ir para a cama, mas então ela aperta os braços nas laterais do peito para fingir que tem seios grandes e não quero que saiba que eu vi isso. Ela se olha no espelho e depois olha o próprio corpo, como se o espelho estivesse errado. Então a ouço falando consigo mesma: "Por que não impediu ela? *Eu não sabia como.* Você nem notou, seu sacana. Vem aqui."

Ela se inclina para o espelho e começa a beijá-lo, a boca aberta, a língua no vidro. Suas mãos estão pressionadas contra o espelho. Então escuto, "Aai, meu bem. Enfia esse seu pacote no meu porta-malas. Pega a camisinha, meu bem. Aquela que brilha".

Jesus Cristo. Eu me afasto o mais silenciosamente possível, me apoio na parede e respiro fundo várias vezes. Então entro em pânico, achando que está imitando sua irmã com Sid, e vou para o quarto principal para ter certeza de que Sid está dormindo na cama dobrável. Vejo um volume na cama e fico pensando se é realmente seu corpo ou se enfiou travesseiros sob as cobertas. Vou rapidamente até lá, o coração disparado. Sua cabeça vira e ele olha diretamente para mim.

"Ei", ele diz.

Me sinto um idiota por estar sem fôlego, parado diante dele. O luar traça uma linha em meu peito. "Ei", digo.

"Conferindo onde estou?"

"Não consegui dormir. A Scottie. Ela está no banheiro." Paro de falar.

"É?", ele diz e senta na cama.

"Encenando." Não sei como dizer. Não preciso dizer. "Está beijando o espelho."

"Ah", ele diz. "Eu costumava fazer umas coisas muito loucas quando era criança. Continuo fazendo."

Sinto-me muito desperto, o que sempre me deixa furioso no meio da noite. Fico imprestável se não durmo. Não consigo me forçar a voltar para o meu quarto. Sento na beirada da cama, perto de seus pés. "Estou preocupado com minhas filhas", eu digo. "Estou preocupado que haja alguma coisa errada com elas."

Sid esfrega os olhos.

"Esquece", eu digo. "Desculpe acordar você."

"A coisa vai piorar", ele diz. "Depois que sua mulher morrer." Ele segura o cobertor na altura do queixo.

"O que a Alex diz sobre isso? O que ela fala pra você?"

"Não fala."

"Como assim? Ouvi ela dizer que conversa com você."

"Não", ele diz. "A gente não conversa sobre nossos problemas. A gente só... sei lá. A gente lida com esses negócios ficando sem falar."

"Você ainda tem um pouco daquele fumo?", pergunto. "Não consigo dormir. Preciso dormir."

Ele levanta o travesseiro e tira um baseado.

"Você dorme com isso?"

Ele me ignora e acende, depois encolhe os joelhos e me oferece.

Fico olhando para o baseado. Joanie gostava, mas eu nunca experimentei. "Deixa pra lá", eu digo. "Não estou a fim."

"Pode fumar lá fora", ele diz.

"Não", eu digo. "Não quero mesmo." Acho que uma parte de mim estava tentando impressionar esse idiota, e agora me sinto um tolo.

Ele apaga numa revista que está no criado-mudo. "Eu também não estou a fim. Mas obrigado por me deixar, você sabe, fumar. Ajuda."

"É", eu digo. "Sei. Não consigo lidar com todas essas coisas que vocês jovens fazem hoje em dia. Mas deixa você meio pra baixo, eu notei. O baseado."

Ele tamborila com os dedos na colcha. Olho pelo quarto. Há um controle remoto de tevê sobre a cama. Aperto alguns botões.

"O que você faria?", pergunto. "Se fosse eu. Como ia lidar com minhas filhas? Como ia lidar com o cara que a gente vai encontrar?"

"Já percebeu como nos filmes os atores sempre exageram esse negócio de fumar?", ele diz. "É sempre superexagerado. E eles sempre tiram alguma coisa da ponta da língua. E tenta só falar segurando a fumaça. É tosco."

Ele imita os atores e eu percebo. Percebo do que está falando.

"Primeiro de tudo, eu arrebentava o cara. Buum." Ele imita um gancho de direita e depois um corpo sendo espancado sobre o joelho. "Com as filhas, não sei. Eu levava pra viajar. Ou, não, de repente, comprava uns baratos pra elas. Com o seu dinheiro, você pode comprar o que for. Alex me falou sobre a grana preta que você vai pôr a mão."

Olho para ele e penso se é por isso que está com Alex. "Você quer um pouco? Algum dinheiro?"

"Claro", ele diz.

"Se eu desse um monte de dinheiro agora mesmo — essa noite — você ia embora?"

"Não", ele diz. "Por que eu iria?"

"Não, Sid. Estou pedindo um favor. Se eu der dinheiro pra você, você vai embora?"

"Ah", ele diz. "Saquei. É isso que você quer? Quer que eu vá embora?"

O cabelo nas laterais de sua cabeça está todo espetado.

"Não", eu digo. "Acho que não."

"Eu não ia saber o que fazer com filhas", ele diz. "Trocar por filhos?"

"Mas daí eu podia acabar com um igual a você."

"Não sou tão mau", ele diz. "Eu sou inteligente."

"Você está mais ou menos a umas cem milhas da Terra dos Inteligentes, meu amigo."

"Está equivocado, doutor", ele diz. "Eu sou inteligente, sei cuidar de mim mesmo. Sou um tenista bom pra cacete, observo com atenção as coisas que acontecem em volta de mim. Cozinho bem. Sempre tenho fumo."

"Tenho certeza de que seus pais estão orgulhosos."

"É possível." Ele fita seus joelhos e fico imaginando se o ofendi.

"Eles sabem onde você está?"

"Meus pais?"

"É, Sid. Seus pais."

"Minha mãe tá meio que atrapalhada, agora, então ela me quer, tipo, fora do caminho."

"Ela faz o quê?"

"É recepcionista no Pets in the City."

"Nosso gato vai lá. E daí, ela tá atrapalhada cuidando dos bichos?"

"Não", ele diz. "Ela tá atrapalhada pondo a casa em ordem. Pondo as coisas do meu pai em ordem. Ele morreu faz uns meses."

No início, acho que está brincando, que isso é uma pegadinha como a do irmão retardado, mas dá para perceber que é sério. Ele está fazendo a mesma coisa que eu faço quando as pessoas falam sobre a Joanie, tentando sorrir e parecer que está enfrentando bem a coisa toda. Não quer me deixar constrangido e está procurando um jeito de mudar de assunto. E assim eu faço por Sid o que gostaria que as pessoas fizessem por mim.

"Boa noite, Sid", eu digo. "Descansa um pouco. A gente se vê amanhã."

Ele recosta no travesseiro. "Legal trocar uma ideia, chefia", ele diz. "Até amanhã."

29

Na manhã seguinte saio para correr na praia, e ele corre bem na minha direção e então passa por mim. Está olhando para o mar quando passa correndo, e eu estou em um ponto mais elevado, perto das casas, onde a areia é seca, porém mais difícil. Faço meia-volta e vou atrás dele, descendo para a areia compacta. Sinto-me empolgado e nervoso, e de certa forma mortificado, por estarmos fazendo exatamente a mesma coisa exatamente na mesma hora. Corro e observo suas costas, suas panturrilhas, seu pescoço. Em sua camiseta está escrito STANFORD LACROSSE, o que é sumamente repulsivo, e seus shorts são do tipo que corredores sérios usam, curtos e finos, com largas fendas nas laterais. Imagino que seja o tipo de homem que prende o telefone no cinto. O filho da puta é ligeiro, então acelero meu ritmo. Não há muito mais gente na praia: surfistas checando as ondas, um pescador cravando sua vara na areia, um cachorro preto farejando os arbustos. O dia se prepara para algo promissor, grandioso — a luz difusa começa a ficar mais forte, fazendo o tapete de areias brancas tremeluzir; a bruma se dissipa, revelando de forma dramática e tímida o mar brilhante e os penhascos azul-esverdeados.

Diminuo, evitando chegar perto demais. Sinto uma incrível onda de energia que sei que é alimentada pela raiva, e tento me concentrar no meu motivo para estar aqui. Amo Joanie e ela ama esse homem na minha frente, e estou prestes a levá-lo até ela. Ele tem o direito de se despedir. Deu a ela algo que eu não fui capaz. Sou como um gato carregando um rato para a soleira da porta.

Uma onda quebra na praia e ele desvia para o lado. Eu continuo reto, deixando que a água fria bata em minhas pernas. Um pouco antes do píer, ele diminui o ritmo, olha o relógio e começa a subir pela areia, andando. Paro de correr também e observo aonde está indo. Ele caminha pela praia algum tempo e toma fôlego, depois continua na direção do píer. Pergunto-me se não estará voltando para seu carro no estacionamento. Começo a andar, sem saber o que fazer se ele entrar em um carro. Estarei pronto? Consigo fazer isso agora? Então eu o vejo se virando e voltando em minha direção, e rapidamente olho para o mar. Me alongo, torcendo o tronco de modo a ficar de olho nele. Me estico para o outro lado e o vejo indo para um dos pequenos chalés azuis que meu primo Hugh aluga. Eu achava que Hugh não os alugava mais, e imagino se Brian conhece Hugh. Brian vai até os degraus da varanda e abre a porta de tela. Deve conhecer um de nós, o que não é grande coincidência, já que somos tão onipresentes por aqui. Como baratas. Eu poderia perguntar a Hugh se ele conhece Brian. Ou poderia conseguir alguma informação sobre o sujeito antes de agir. Ou poderia me meter nessa história às cegas mesmo. Para que preciso de informação? Aqui está ele. Eu o encontrei. Agora preciso pegá-lo.

Olho para o hotel no penhasco, desejando que minhas filhas estivessem aqui comigo. Percebo que estou com medo. O sol começa a esquentar minhas costas, e quem dera o ar estivesse do jeito que estava alguns momentos antes: o ar da promessa, os elementos em fermentação, mas ainda não inteiramente cozidos. Chega de hesitar. Ando na direção do chalé, marchando através da areia macia e funda, mas, quando me aproximo, olho e levo um susto. Vejo Brian desaparecer ali dentro, mas depois ele sai e senta em uma cadeira reclinável com um copo d'água. Atrás dele vêm duas crianças — uma de uns treze anos, a outra, não sei, de oito, talvez — e então pela porta de tela passa uma mulher muito bonita com um biquíni branco e um grande chapéu de praia branco. Ela é elegante. Radiante. Estonteante. É a esposa de Brian Speer.

30

Volto para a praia e sento na areia. Espero para ver se Brian e sua família vão descer. Tenho certeza que sim. É isso que as pessoas fazem. Ele pôs um obstáculo em meu plano. Depois de ver sua esposa e seus filhos, perdi a coragem de ir até o fim. Não seria difícil só do ponto de vista logístico, mas agora não me parece correto. Começo até a duvidar da traição, mesmo sabendo que aconteceu.

Vejo minhas filhas e Sid andando pelas pedras, vindo do hotel para a praia. Não existe faixa de areia entre a praia do hotel e essa aqui, só pedras e o mar, desencorajando de entrar quem não está hospedado no lugar e de sair quem está hospedado.

Quando chegam à baía, olham em volta até me achar. Scottie corre para mim e abre sua toalha.

"Alex pediu serviço de quarto", ela diz, em sua voz tagarela.

"Muito bom", eu digo.

Scottie nunca sabe o que é reprovável e o que não é, e acho que essa é uma boa tática. Suas picadas parece que melhoraram. Estão brancas e secas, como antigas cicatrizes. *O que está acontecendo com você?*, sinto vontade de perguntar. *O que posso fazer para ajudar?* Penso em minha filha fazendo poses diante do espelho na noite anterior, as mãos empurrando os peitos. Nunca notei que Scottie tinha peitos incipientes, mas tem.

Ela deita de bruços e vira a cabeça na minha direção.

"Tem tevê a cabo no seu quarto em casa?", pergunto.

"Tem", ela diz.

"De que programas você gosta?"

"*A família Soprano*", ela diz. "*Dog the Bounty Hunter*. Peraí, da tevê aberta também?"

"Na minha opinião você não devia nem assistir à tevê", eu digo.

"Eu preferia morrer", ela diz.

Alex se aproxima preguiçosamente, Sid arrastando os pés mais atrás, fumando. Observo os homens observando-a até perceberem que vem em minha direção, e então eles olham para outro lado.

"Teve sorte?", ela pergunta.

"Ah, é", diz Scottie. "Você achou o amigo da mamãe?"

Pondero minha resposta. Se souberem que o encontrei, vão ficar esperando que eu faça alguma coisa.

"Não", eu digo. "Sem sorte."

Sid acena de cabeça para mim e eu aceno de volta. Tornou-se uma pessoa completamente diferente aos meus olhos — um mistério, uma rocha. Acho que está sendo forte. Ou está pesadamente drogado.

"Comeu bem no café?", pergunto.

"Ô", diz Sid.

"Trouxe uma coisa pra você", diz Alex, jogando uma rosquinha com passas para mim.

"Puxa", eu digo. "Obrigado. Gostei."

O sol ficou mais forte, e sinto uma sensação agradável nas costas. Tirei o tênis de correr e pressiono os dedos do pé na areia fresca. Sid e Alex estão deitados de bruços, e Scottie está virada para cima. Mais pessoas estão na praia e no mar cintilante. Pessoas de ambos os lados trazem guarda-sóis e cadeiras de praia, geladeirinhas, toalhas, protetor solar, bonés.

"Trouxeram protetor solar?", pergunto.

"Não", diz Scottie. "A gente trouxe água?"

"Você não trouxe?", pergunta Alex.

"Não", eu digo.

Alex ergue a cabeça. "Trouxe alguma coisa pra gente beliscar?"

"A gente pode dar um pulo na cidade."

Como mães conseguem trazer tudo que uma criança pode precisar?

Alex se apoia nos cotovelos. Fita um ponto além de mim. Sigo seu olhar e vejo a mulher de branco. Ela olha para nós com expressão amigável, depois olha para a areia enquanto continua a andar. Os dois meninos que vi no chalé correm na direção do mar, e ela grita para eles, "Não vão para o fundo, viu?". Os dois vão de encontro a uma pequena onda depois sossegam como passarinhos. Ficam boiando à deriva. Ela se aproxima mais um pouco da água e é perfeito, porque está abaixo de nós e eu posso olhar sem disfarçar. Ela tira as bolsas do ombro e puxa uma toalha de dentro de uma. Com um movimento dos pulsos, a toalha estala no ar, depois desce flutuando sobre a areia. Ela usa uma saída de banho verde transparente por cima do biquíni; sem tirar, senta na toalha, e apanha um livro na bolsa. Um exemplar grosso de capa dura.

Minhas duas filhas se concentram em cada movimento da mulher. Pergunto-me se a estão comparando com sua mãe ou se estão apenas olhando do modo como olhamos para algo agradável de se ver. Olho para trás para ver se seu marido vem vindo, mas vejo apenas um sujeito em um tratorzinho de jardim e crianças locais atravessando o gramado com varas de pescar.

Os meninos dela pegam jacaré nas ondas. De vez em quando ela ergue o rosto para verificar, marcando a página com o dedo.

"Vocês deviam cair na água", eu digo.

"Quer entrar comigo?", pergunta Scottie.

Não quero, na verdade, mas não quero dizer não porque sei que a mulher consegue nos escutar.

"Claro!", digo com entusiasmo exagerado. "Alex, e você, também vem?"

Alex senta. Nunca sei quando vou enfrentar resistência. Assim que acredito ter encontrado um padrão com as meninas — brincadeiras, intimidade, briga, aborrecimento, ausência de atritos outra vez —, elas mudam a ordem.

"Sid? Quer ir com a gente?" Me sinto um impostor, como se estivesse alcovitando para ele. Agora ele merece meu respeito porque seu pai está morto.

"S'mbora." Ele fica de pé num pulo, corre para o mar e entra na água dando largas passadas, depois mergulha. Fico sem vê-lo por alguns instantes, depois paro de esperar que volte à superfície.

As meninas e eu andamos até a água, e entro devagar.

"Pega essa, Steven", diz o menino mais velho para o irmão menor. O mais novo vira para olhar a onda crescendo atrás de si. "Vai!"

Todos nós nos abaixamos sob a onda, e olho na direção da praia para ver se o menino pegou a onda. Vejo ele longe. A onda o levou quase até a areia.

"Essa foi demais", ele grita.

O mais velho grita de volta, "Eu falei".

O mais velho finge que nem vê Scottie. Parece superconcentrado, à espera do próximo jacaré, perdendo algumas ondas e socando a água de frustração. Que monstrinho.

Percebo sua mãe olhando por cima dos óculos escuros para nós. Alex e Sid ultrapassaram a rebentação. Vejo-os indo na direção da plataforma verde flutuante. Scottie se aproxima dos meninos e se posiciona para pegar uma onda.

"Quem chegar primeiro é dono!", o mais velho grita para ela. "Vai, Steven. Essa é sua. Vai! Vai!"

Percebo que Steven está dividido. Ele está sem fôlego, e os gritos o deixam desorientado. Dá uma olhada rápida em Scottie, depois vai, se jogando na água, mas a onda passa por baixo dele e ele apenas flutua.

"Cê tá atrapalhando", o mais velho grita para Scottie. "Procura um lugar pra você."

Observo Scottie reagir com uma expressão hesitante, nervosa, como se o garoto houvesse dito aquilo por piada.

"Isso aqui é o mar, colega", eu digo. "Acho que tem espaço pra todo mundo."

"Eu não tava no caminho dele", diz Scottie. "Ele que não nadou com vontade de verdade."

O que tem a dizer quanto a isso, seu marginalzinho? Olho feio para o menino e ele se afasta, talvez porque percebe sua mãe vindo para a água. Eu suavizo minha expressão e sorrio para ele. "Aí tá vindo uma no jeito pra você", digo. "Se prepara, meu jovem!"

A mãe deles acena com a cabeça para mim. Seu biquíni é um modelo recatado, e não tirou o chapéu. Ele oculta seu rosto, de modo que tudo que posso ver é o corpo dela imergindo na água. Seu cabelo cor de bronze se abre atrás como um manto quando desliza na direção dos garotos. Scottie parece enfeitiçada. Joanie teria corrido para a água em um fio dental e se comportado como o menino mais velho, fazendo uma competição de tudo, gritando vai, vai, vai para todo mundo.

A sra. Speer dá uma braçada de costas, os braços compridos girando atrás de si, a água escorrendo pela ponta de seus dedos. Seus pés espirram pequenas gotas diante do corpo. O fato de não ter tirado o chapéu é de algum modo tão estúpido quanto encantador.

"Pega essa, mãe", diz o mais novo.

Ela vê a pequena onda avançando e começa a abrir caminho pela água na direção da praia.

"Corre!", diz o menino.

Scottie tenta pegar a onda também, os olhos ainda cravados na mulher. Ela vê Scottie e acelera suas braçadas para não ficar para trás. A onda ganha altura e vai atingir seu clímax em breve. Agora estou com medo, não por Scottie, porque sei que é boa em pegar jacaré, mas pela mulher, que parece tão frágil, como um objeto que pomos numa prateleira superior, iluminado por uma luz suave. Conforme ela nada, olha para trás, um sorriso em sua boca, até que ergue o rosto para a onda assomando acima de sua cabeça e se assusta. Então a onda desce com tudo e ela some.

Pego carona na onda seguinte e vejo tanto Scottie como a mulher na beira da água. Scottie já está de pé, mas a mulher permanece caída de lado na areia, o longo cabelo enrolado em sua cabeça, uma tira do biquíni caída no braço e a parte de baixo puxada, revelando suas nádegas.

Corro para lá, mas lembrando a mim mesmo que algumas mulheres, como minha esposa, não gostam de ser socorridas por homens. Finjo estar preocupado com Scottie e pergunto rindo à mulher, "Tudo bem aí?".

Outra onda estoura em cima dela, e o refluxo do mar a arrasta consigo; ao que parece não consegue sair. Olho para seus filhos, que estão gargalhando histericamente. Me aproximo de onde está e a ajudo a ficar de pé. Ela firma o corpo apoiando as mãos em meus ombros e depois rapidamente as tira. Deve ser a coisa mais estranha e calorosa que sinto em meses, possivelmente anos: suas mãos em mim. Ainda posso senti-las. Pergunto-me se sempre vou senti-las, como uma marca deixada a ferro e fogo em minha pele. Não necessariamente por ser ela, mas por ser uma mulher tocando em mim.

"Meu Deus", ela diz. "Me sinto como se tivesse passado por um lava-rápido."

Dou risada, ou me forço a fazê-lo, porque não é o tipo de coisa em que normalmente acho graça.

"E você?", ela diz para Scottie. "Como conseguiu se virar?"

"Sou um menino", diz Scottie. "Olha pra mim."

Entrou areia na parte de baixo de seu biquíni, formando um volume imenso. Ela coça o volume. "Vou trabalhar, agora", diz. Acho que está fingindo ser eu, proporcionando à sra. Speer um vislumbre fantasioso, humilhante, de quem sou.

"Scottie", eu digo. "Tira isso, já."

"Deve ser divertido ter filhas", diz a sra. Speer.

Ela olha para o mar, e vejo que está olhando para Alex, tomando sol na plataforma flutuante. Sid se curva sobre Alex e cola sua boca na dela. Ela leva a mão à cabeça dele e, por um momento, esqueço que é minha filha que está ali, e penso em quanto tempo faz que não sou beijado nem beijo daquele jeito.

"Ou talvez dê um trabalhão", diz a sra. Speer.

"Não, não", eu digo. "É ótimo", e é, imagino, embora me sinta como se tivesse acabado de adquiri-las e ainda não soubesse bem o que fazer com elas. "Eles estão juntos faz tempo." Gesticulo na direção de Alex e Sid. Não entendo se são um casal ou se é assim que os adolescentes se comportam hoje em dia.

A sra. Speer olha para mim de uma forma curiosa, como se fosse dizer algo, mas não o faz.

"E meninos." Gesticulo na direção de seus pequenos mongos. "Devem ser terríveis."

"Eles são dureza. Mas estão numa idade tão divertida. É uma alegria."

Ela olha na direção dos meninos. Sua expressão não contribui muito para me convencer de que são uma alegria. Pergunto-me quantas vezes pais têm essas conversas deprimentes uns com os outros e quanta coisa não devem esconder. *São uns demônios hiperativos, eu daria meu reino por um tranquilizante de cavalo para eles. Vivem insistindo para que eu olhe o que estão fazendo, mas na verdade estou pouco me lixando. O que tem de mais em pular de um trampolim?*

Minhas filhas estão piradas, sinto vontade de dizer. *Uma fala baixarias pro seu próprio reflexo no espelho. Você fazia isso quando tinha a idade dela?*

"Suas meninas parecem ótimas, também", ela diz. "Qual a idade delas?"

"Dez e dezoito. E os seus?"

"Dez e doze."

"Ah", eu digo. "Ótimo."

"Sua mais nova é bem engraçada", ela diz. "Quer dizer, engraçada não. Quis dizer divertida."

"Ah, é. É a Scottie. Essa é uma figura."

Ambos ficamos em silêncio por algum tempo, assistindo a Scottie sentar na areia e deixar que as ondas a joguem de um lado para outro.

"Na verdade", digo, "as duas estão meio tristes. A mãe delas está no hospital". Eu me dou conta do constrangimento que isso vai ser para a sra. Speer. "Ela vai ficar bem", acrescento, após o forçoso "Ai, não!". "Só estão preocupadas. Só isso."

"Claro", ela diz. "Deve ser uma barra. O que aconteceu? Se não se incomoda de eu perguntar."

"Foi um acidente de barco." Observo-a para ver se reconhece alguma parte disso.

"Lamento", ela diz. "Velejando? Ou era um desses com motor?"

Dou risada, e uma mancha vermelha aflora em seu pescoço. "Um desses com motor", eu digo.

"Desculpe, não sei nada de—"

"Não, estou rindo porque achei um charme, só isso. Você tem charme."

Ela encosta a palma da mão no peito. Acho que isso é o mais perto que jamais chegarei de enganar Joanie, o mais perto que jamais chegarei da vingança. Se Joanie estava apaixonada por outro, por que ela não me contou? Fico pensando se não estava mesmo esperando que eu vendesse minha parte para dar entrada no divórcio. Queira Deus que não fosse tão fria. Fico grato porque provavelmente nunca vou descobrir. O silêncio dela permite que ela seja quem quer que eu espere que seja.

A sra. Speer olha para o mar. Eu faço o mesmo.

"A gente viu John Cusack aqui ontem", ela diz. "E Neve Campbelll. Estavam surfando."

"Ah", eu digo. "E quem são?"

"Atores", ela diz. "Hollywood. Eles são, você sabe, celebridades."

"Ah", eu digo. "Sei, tem muito disso por aqui. Em que filmes eles trabalham?"

"Bom, não tenho certeza. Não consigo lembrar de nenhum."

"Interessante", eu digo.

"É idiota", ela diz. "Falar sobre celebridades. De qualquer jeito."

"Não", eu digo. "É fascinante, sério."

Lanço-lhe um olhar de encorajamento. Ela morde o polegar e baixa o rosto, depois volta a me encarar e diz com um sorriso, "Parece que você não dá a mínima, eu acho".

Eu rio. "Você tem razão. Na verdade, está enganada. Eu ligo! Não suporto celebridades. Não suporto a montanha de dinheiro que pagamos pra eles, e aqueles programas de premiações, meu Deus. É absolutamente grotesco."

"Eu sei. Eu sei. Entendi, mas não consigo evitar."

"Você não compra as revistas, compra?"

"Compro!"

"Ai, não", eu digo. Ponho a mão na testa e então vejo Scottie correndo em nossa direção e percebo que esqueci momentaneamente quem é essa mulher. É a esposa de Brian. Não é minha amiga. Não tem cabimento eu ficar dando risadas numa hora dessas, ou aproveitando a vida do jeito que for.

"Seu chapéu!", diz Scottie. "Encontrei." Ela estende o chapéu com a aba longa e flácida. Está molhado e parece um pedaço de alga enquanto Scottie o torce.

"Obrigada", diz a sra. Speer, pegando de volta.

Scottie a encara timidamente, como que à espera de uma recompensa. "Quer sua toalha?", ela pergunta. "Você está toda arrepiada."

Olho as pernas da sra. Speer, os minúsculos poros eriçados pontilhando sua pele.

"Acho que uma toalha seria bom", ela diz.

"Eu pego." Scottie corre até a bolsa da sra. Speer, e olho para ela como que me desculpando, mas parece relaxada. Ela sobe a inclinação da praia até onde fica a areia seca e quente e senta. Faço o mesmo, correndo os dedos pela areia. Dou uma conferida de soslaio em suas pernas arrepiadas.

Scottie volta até nós e enrola a toalha nos ombros da sra. Speer, depois senta do lado dela. "Eu também depilo", diz Scottie. A mulher olha para as pernas de Scottie. "Puxa", ela diz.

"Tive que fazer isso porque fui atacada por um bando de algas vivas. Quer dizer, águas-vivas."

Essa é a história que ela queria usar com sua mãe. Fico furioso com a deslealdade de Scottie. Ela superou sua perda, adotou um novo modelo de mãe com a maior facilidade. Só precisou de um dia para se apaixonar por outra pessoa, mas acho que isso é o que os jovens fazem. Não nos pranteiam do jeito que gostaríamos.

"Então você precisou raspar?", pergunta a sra. Speer.

"É. Raspar pra tirar o veneno."

"Estão hospedados nos chalés?", pergunto.

"Isso", ela diz. "Meu marido veio pra cá a trabalho. A gente pensou em aproveitar a deixa pra tirar umas pequenas férias. Ele conhece o dono, então..."

"Hugh."

"Isso mesmo." Ela parece aliviada por eu conhecer alguém que ela conhece.

"É meu primo", eu digo.

"Ah, sei. Ah. Certo. Você provavelmente conhece meu marido, então. Brian Speer?"

Olho bem reto. Vejo Sid e Alex pulando da plataforma, que está jogando para a frente e para trás. O filho mais velho da mulher boiou para longe. Pode se afogar, possivelmente; está tentando sem sucesso vencer a correnteza e voltar. Eu poderia contar tudo que sei a ela. Poderia fazer com que se sentisse tão mal quanto eu, e poderíamos conversar sobre assuntos mais sérios do que as idades de nossos filhos. Poderíamos conversar sobre amor e desilusão, princípios e fins.

"Não conheço seu marido", digo.

"Ah", ela diz. "Só achei que—"

"Scottie, vai lá dizer pra ele nadar para o outro lado, se quiser voltar."

Scottie, surpreendentemente, obedece, ficando de pé e andando na direção do mar.

A sra. Speer protege os olhos para procurar o filho, depois fica de pé. "Ele está bem?"

"Está ótimo. A correnteza engana um pouco, só isso. Scottie ajudará."

Ela me encara, o rosto cheio de preocupação. Posso ver claramente. Quer que eu a ajude. A esposa de Brian precisa que eu salve seu filho. Não consigo ver o rosto do menino, mas sei o que ele está sentindo. Está frustrado e envergonhado, ao mesmo tempo incrédulo e preocupado com a enrascada em que se meteu. Está vivo. Um único desejo ocupa sua mente: *Voltar, voltar, voltar para a praia, só isso.*

Traga o Brian, traga o Brian, traga-o para a praia, só isso.

Estou sem vontade de me molhar. "Eu pego ele", digo.

"Obrigada", diz a esposa de Brian. "É muita gentileza sua."

31

Levo as crianças para jantar no Tiki's. O restaurante tem um interior escuro e esteiras de fibra trançada penduradas nas paredes. Parece que está sempre fechado, e não condiz com a quantidade de horas ou dias que está funcionando. O balcão e as mesas são guarnecidos por uma saia de ráfia com pedaços de coco enroscados. O serviço é lento, e a equipe de garçons age como se fosse vítima de perseguição. A comida é preparada sem muito cuidado, mas com muito óleo, e o modo como você pede (assado, grelhado, frito) é uma escolha desnecessária, porque não interessa como você quer seu peixe: ele virá desmanchando. O Tiki's é meu restaurante favorito em Kauai. Meu pai me trazia aqui. Às vezes, depois do jantar, ele ficava sentado no bar surrado e eu continuava na nossa mesa, escutando a banda de uquelele e colorindo a toalha de papel. Agora não há mais toalhas, só a madeira, e os jovens cujos pais estão sentados no balcão gravam nas mesas com suas facas de carne.

A banda de uquelele ainda se reúne aqui para ensaiar. Estão presentes essa noite, velhos havaianos que fumam cigarros e petiscam amendoins cozidos entre uma e outra *jam*. É gostoso trazer as crianças a um antigo lugar favorito, mas também os trouxe aqui porque sei que Hugh bate cartão toda noite para uma bebida antes do jantar. Quero perguntar a ele sobre seus hóspedes. Eu o vejo no balcão e digo às meninas e a Sid para ficarem na mesa. Sid puxa uma cadeira para Scottie, e ela senta, depois ergue o rosto para encará-lo quando ele a empurra para a mesa.

"Aonde você vai?", pergunta Alex.

"Vou dar um alô para nosso primo."

Alex olha na direção do bar. "O primo Hugh!"

Fico olhando sua cara para ver se está sendo sarcástica. "Você está de sacanagem?"

"Não", ela diz. "Adoro o primo Hugh."

"Por quê?"

Sid olha para o bar e estreita a vista.

"É só que ele é velho e engraçado", diz Alex.

Olho para as costas de Hugh, seus tufos de cabelos grisalhos desgrenhados, o tronco amplo e as pernas finas. Durante a maior parte de minha vida, ele me pareceu um pouco assustador, devido a sua compleição grande e mente afiada, mas acho que as pessoas chegam numa idade em que assustador se torna "bonitinho", e meio que me sinto mal sobre isso.

"Certo, bom. Peçam por mim. Tanto faz o quê. E sejam educados com a garçonete. Usem pídgin. Nada de, vocês sabem, inglês."

Eles fazem que sim. Entenderam. Sid se endireita na cadeira e passa os olhos pelo menu, como se fosse o homem da casa.

Vou até o bar. "Oi, primo", digo, me aboletando ao seu lado.

"Ei!", ele diz, soerguendo o corpo antes de desabar de volta no banquinho. Sento e faço contato visual com o barman. Ele fica onde está e deliberadamente olha para a outra ponta do balcão. Hugh chama o barman e, com sua voz rouca de fumante, pede um *old-fashioned* para mim, o que parece uma boa pedida. Dá um tapinha em minhas costas e o barman aquiesce quase reverentemente com a cabeça. Hugh olha por cima do ombro para ver quem está comigo.

"Aquela é..."

"Scottie e Alex", eu digo.

"Como cresceram", ele diz e volta a virar.

De vez em quando adoro quando a pessoa não dá de fato a mínima para mais ninguém. Se Hugh se importasse, iria dizer olá para as meninas, fazer perguntas sobre elas e eu, lembrar que minha esposa está em coma. Nada disso acontece, e fico agradecido.

"Vi que você está com alguns hóspedes", eu digo.

"O quê?"

"Umas pessoas se hospedando no chalé."

"Ah, é, é. Um filho da puta teimoso. Ele é, âh, a irmã do Lou... Não, peraí. O Lou tem uma irmã, e o marido da irmã — o cunhado do Lou — é primo da mulher do cara."

"Hmm", eu digo, sem entender realmente.

"Não, peraí. Que chalé cê tá falando?"

Hugh está bêbado. Há bolas de suor em sua testa, junto à linha do cabelo: bolas de suor. Lembro disso desde que eu era criança. Sempre que ele ficava bêbado, elas brotavam e ele tentava fazer a expressão mais séria possível, disfarçando toda a confusão que circulava por sua cabeça. Está com essa expressão agora. "Você quer dizer o chalé na baía ou aquele perto da trilha?"

"Baía", eu digo. "O cara com a esposa e os dois filhos." A ráfia roça minhas coxas, e olho para ver se não há pedaços de peixe velho presos ali no meio.

"Ah, claro, claro. Um filho da puta teimoso." Hugh se curva um pouco em minha direção e fala no meu queixo. "Eu tava fazendo um negócio com esse cara, e esse cara — no chalé da baía — é amigo desse cara."

"O que você fez foi legal", eu digo. "Deixar eles ficarem."

Hugh encolhe os ombros e agarra o banquinho de repente, achando que fosse cair, imagino.

"E aí, como ele é?", pergunto.

"Quem?"

"Deixa pra lá", eu digo.

"*Hana hou!*", grita Hugh para os músicos, que acabaram de terminar uma canção. Eles começam outra canção acelerada, e observo os velhos cantando, os pequenos instrumentos de madeira segurados junto ao peito, as cordas sendo dedilhadas loucamente. Um deles fica de pé e joga o corpo para a frente conforme toca, como se seus dedos precisassem de um empurrãozinho extra. Suas mãos são inteiramente escuras e as cartilagens visíveis. Espio minhas filhas, vigiando-as. A boca de Scottie está em volta de um canudo que está mergulhado numa bebida branca com frutas.

O barman não para de olhar para mim, verificando se estou satisfeito, como que para compensar sua rudeza inicial. Aceno com a cabeça e ele olha para a porta, onde entra um casal. O homem usa uma camisa *aloha* e a mulher um *lei* de orquídeas roxas no pescoço, do tipo que o hotel dá para os hóspedes ao chegarem. Sid jogou o seu por cima do balcão, e Scottie o imitou. Alex desfez o dela em mil pedacinhos enquanto assistia ao filme. O meu está jogado em volta do abajur no criado-mudo.

O homem e a mulher estão com cara de que querem ir embora, mas receiam parecer grosseiros. Ficam perto da entrada, esperando que alguém os acompanhe ao seu lugar, e então o marido finalmente se dirige à mesa mais próxima. Vejo sua esposa o chamando para que volte, mas ela olha em torno e acaba indo atrás. O barman olha para o outro lado. Ele dá socos na palma da mão ao ritmo da música.

"Como é o cara que está ficando no chalé?" Dou um longo gole em meu coquetel.

"Sortudo", diz Hugh. "O malandro é um sortudo. A irmã dele é casada com o cara."

"Que cara?" Essa conversa é impossível. Hugh seria o homem certo para uma tortura. Nunca abriria o bico, porque não consegue.

"O cara que tá fazendo um negócio comigo."

"Que é..."

"Don Holitzer."

"Don Holitzer? Nossa, que merda, Hugh. Ele meio que está envolvido num negócio comigo também, lembra?"

"Foi isso que eu disse."

Um pânico se instala em meu corpo. Sinto que alguém quer me passar a perna.

"Foi o que eu disse", diz Hugh outra vez. "O amigo do Don está hospedado no chalé."

"Certo", eu digo. Não adianta lutar contra isso. Tento respirar profundamente algumas vezes sem parecer que estou respirando profundamente. O mesmo pensamento fica se repetindo: *Don é cunhado do Brian. Don é cunhado do Brian?*

"Interessante", digo. "Acho que ele tirou a sorte grande, ter um cunhado como o Don." Sinto como se houvesse tido uma epifania, e contudo não sei de fato que epifania é essa. Não compreendo o golpe de sorte nem percebo como seu status familiar traria benefícios para Brian ou Joanie. A pessoa não fica rica só porque o marido da irmã é rico. Imagino que existam prerrogativas, mas as prerrogativas são a motivação por trás da obstinação de Joanie? Só consigo enxergar o lado ruim: os filhos de Brian brincando com os filhos de Don e comparando constantemente seus inventários. *Por que a gente não tem um Xbox iPod robô? Por que a gente não tem uma cachoeira na piscina? Por que a gente não tem carros novos e um batalhão de terapeutas infantis?* Soa tenebroso. Era isso que Joanie estava planejando? Propiciar ao cunhado de seu amante mais uma oportunidade de negócio? Será que já estava assim tão distanciada da própria família que se dedicava a seus futuros parentes? Descontrolado, viro para olhar minhas filhas, como se pudessem ter sido sequestradas. Vejo meu jantar à minha espera, o que quase me leva às lágrimas. Elas fizeram o pedido por mim. Tentaram adivinhar do que eu gostaria. Lembraram de mim.

"Ele é um corretor de imóveis", diz Hugh.

Não respondo. Hugh olha para mim como se eu tivesse feito alguma coisa errada.

"Muito bom", eu digo. "Espero que os negócios estejam indo bem."

"Vão ficar." Hugh segura o copo no alto e observa o conteúdo, tentando determinar alguma coisa, embora eu não tenha certeza do quê. Ele agita o copo e dá um gole. Escuto o gelo batendo contra seu rosto. Ele limpa a boca com a manga.

"Se a gente vender para o Don, e parece que é isso que vai acontecer agora — é o que você quer, não é? —, daí o Don vai reurbanizar e vender..."

"Sei." *Vamos, desembucha logo.*

Hugh gesticula com a mão, indicando todas as negociações. "E", ele diz. "E ele vai deixar o cunhado encarregado de todas as transações imobiliárias."

A compreensão que imagino ter surge e se instala em mim como uma estranha sustentação. Entendi. Enfim entendi. Brian é basicamente um corretor com cerca de trezentos mil acres de terra comercial e industrial, minha terra, como seu cliente. Joanie não iria se divorciar de mim por um corretor que mora em uma casa mediana, mas se divorciaria por um parceiro de negócios de Don Holitzer, potencialmente o maior proprietário de terras do Havaí. Ela se divorciaria de mim por alguém que pudesse moldar.

Hugh assobia, um som de desenho animado indicando alguém caindo de um penhasco.

Os homens tocam uma canção lenta em seus uqueleles e soa como um hino, uma ode à minha perda. É difícil sentir algum amor por minha esposa nesse exato momento. Se ela gozasse de perfeita saúde e eu descobrisse isso, desejaria para ela o destino que está enfrentando agora, pelo menos momentaneamente. Mas eu podia arruinar tudo para Brian. Podia escolher outra pessoa.

"Existem outras propostas, ainda", digo para Hugh. "Pode ser que ele não fique com nada." *Eu ainda posso sair ganhando, Joanie.* Imagino-a na cama, o corpo imóvel e adquirindo escaras da falta de movimento, a maquiagem em sua pele entrando por seus poros porque ninguém está lá para lavar. Ninguém para oferecer cuidados, porque ela os recusou. Não, não tem como eu sair ganhando. Ninguém pode sair ganhando. Nem mesmo Brian vai sair ganhando, porque não a terá mais.

Termino minha bebida. O álcool gerou um calor raivoso em meu peito que cresce por todo o resto de meu corpo.

"Vai ficar", diz Hugh. "Todo mundo prefere o Don. Você também." Ele pousa o copo com força no tampo do balcão, depois olha para mim e sorri. Seus olhos de aço exibem determinação; noto que não envelheceram como o restante dele. Não têm nada de bonitinhos. São joviais e argutos, e sei que está me dizendo o que fazer. Ele está me dizendo que minhas relações com a família vão ficar arruinadas se eu não fizer o que ele quer que eu faça. Penso em Racer desistindo de se casar para agradar à família, e sei que estou numa enrascada.

"A gente se vê amanhã", digo. Amanhã é dia da reunião com meus primos. Amanhã tenho de agradar pessoas que mal conheço, e contudo são pessoas às quais estou inegável e inexplicavelmente ligado, às quais sou dedicado.

"Da próxima vez vê se fica mais tempo", diz Hugh, sua despedida habitual.

Ele desce do banquinho, acena para o barman e ergue a mão num gesto de despedida para o restaurante, mantendo o olhar concentrado onde pisa, como se andasse por um terreno precário. "*Hana hou*", exclama para os músicos, depois enfia o chapéu de caubói e sai.

Vou para minha mesa, a comida em meu prato.

"Isso aqui tá demais", diz Sid.

"Da hora", diz Scottie, erguendo o rosto de seu canudo e depois voltando a ele.

Periga eu cair no choro se ficar olhando para minhas filhas muito detidamente, então desvio o olhar. Fico olhando para a frente, para os velhos, e me pergunto se um dia serei um homem velho ou se vou morrer cedo. Dou uma garfada em minha comida, mas está difícil de engolir — alguma coisa angustiosa e triste percorre meu corpo como uma droga, e minha garganta parece inchada.

Scottie espalha a comida no prato. "Pedi *mahimahi*, mas acho que isso é só pão frito", ela diz. "Esqueceram de pôr peixe."

"Acontece, às vezes", eu digo.

"O meu tava ótimo", diz Sid. "Adoro tudo que é frito. Queijo, legume, fruta."

O prato de Alex está vazio. Ela está relaxada em sua cadeira, observando os músicos com uma expressão amorosa. Aposto que não está pensando em nada, nesse momento, e fico feliz por ela.

Os músicos vibram o derradeiro acorde com grande pompa, executando um amplo arco no ar com a mão do dedilhado. Alguns pulam da cadeira e se projetam adiante como que completando uma corrida. As meninas e Sid aplaudem e gritam. Scottie bate o pé no chão. Eu olho para baixo e enfio comida na boca, tentando apaziguar a emoção que ameaça transbordar para fora de mim. Olho para o casal de turistas. Me concentro neles. Minha visão da mão do homem está bloqueada pela ráfia na mesa, mas dá para perceber que ela está pousada na coxa da mulher. Ela tirou o *lei* do pescoço. Está pendurado no espaldar de uma cadeira desocupada. Há garrafas de cerveja na mesa deles e copos de gelo com guarda-chuvas de papel. A mulher prendeu um desses guarda-chuvinhas de coquetel em seu cabelo. Ele tenta dar a ela um pedaço de sua sobremesa — banana frita e sorvete —, mas ela pega o garfo da mão dele e come sozinha, depois se serve de outra fatia.

Quando os vivas de nossa mesa sossegam, Alex olha para mim com o que parece ser uma expressão de culpa. Interpreto isso como significando que ela sabe que sua alegria não cabe em sua disposição atual, ou que sua alegria não cabe no contexto em que estamos — não deveríamos sentir alegria nesse momento. Os músicos guardam seus instrumentos.

"Ainda é muito cedo", diz Alex. "Parece dez horas."

"Isso foi porque a gente ficou no sol o dia inteiro", diz Scottie. Ela olha para mim e eu concordo com a cabeça.

Penso no filho de Brian. Fui buscá-lo no mar. Ensinei-lhe algo que seu pai deveria ter lhe ensinado: a nadar lateralmente em direção à praia se você for pego numa correnteza, nunca em linha reta. Ele teve de pôr as mãos em volta do meu pescoço enquanto eu o rebocava para a praia. Perguntei a ele, "Você puxou seu pai?".

"Não sei", ele disse, sua respiração fazendo cócegas em minha orelha.

"Hoje à noite, mais tarde, talvez quando você for dormir, fala pra sua mãe que eu sinto muito."

"Por quê?"

Não respondi. Não tive coragem de ir até o fim com aquilo. Eu a vi na praia, a água lambendo seus pés enquanto esperava minha chegada com seu filho. Quando atingimos a areia, ele deslizou das minhas costas e lhe expliquei como nadar numa correnteza. Ele não conseguia me olhar nos olhos. Sua mãe correu para ele e, quando se aproximou para abraçá-lo, com uma expressão de sofrimento no rosto, ele desviou de seus braços e sentou no chão. Penso nela me agradecendo, depois apressando os meninos para voltar ao chalé. Sentei para descansar e vi Scottie desenhando um coração na areia com um graveto. EU AMO... uma onda varreu a areia e apagou sua declaração de amor.

"Quem você ama?", pergunto agora. "Na praia — você estava escrevendo na areia."

"Ninguém", ela diz.

Alex solta um chiado com a boca, imitando o som de alguém urinando. "Menino Girafa", ela diz.

"Cala a boca!"

Todo mundo ri e Scottie fica com uma expressão triunfante, talvez orgulhosa de seu estratagema para se aproximar do rapaz, ou talvez apenas orgulhosa de sentir amor. Porque sentir amor faz mesmo com que a pessoa se sinta superior. Até você descobrir que não é amado de volta.

"E não é ele, de qualquer jeito", diz Scottie. Ela passa o dedo na mesa, traçando o nome de alguém, talvez. O verdadeiro amor.

"Eu... te... amo...", eu digo, lançando as palavras no ar. Minhas filhas me encaram, sem saber muito bem a quem isso deveria ser dirigido. Acho que não querem saber — nenhuma das duas jamais me escutou dizer isso antes de um jeito sério. A maioria dos músicos deixou o restaurante, mas alguns continuam e estão começando a tocar. Todo mundo parece aliviado. Meu amor abrupto pode se dispersar.

"Um brinde ao pai de vocês te amando", diz Sid, erguendo seu copo com água.

Alex olha para mim e depois para Sid. Imagino se ela sabe que eu sei que o pai de Sid morreu. Ela toca a outra mão de Sid, a que não está em volta de seu copo erguido. Ergo meu copo, tilintando sonoramente com o de Sid. Baixamos nossos copos. O casal de turistas se levanta, e a mulher pega sua bolsa e o *lei* de orquídeas. O homem conta notas e olha em torno, segurando a conta e as notas, depois põe tudo sobre a mesa. A mulher vira, olha para nós e eu dou tchau, e ela acena de volta e caminha na direção da porta. O homem baixa o rosto para a mesa e tira algumas notas do bolo, depois enfia em seu bolso antes de seguir a esposa.

Olho para os músicos. Dois deles estão tocando violão, em vez de uquelele. O homem com o uquelele canta "*Hi'i-lawe*", de Gabby Pahinui, fazendo sua voz gutural. Os outros dois tocam *slack key guitar* e o som me preenche como o álcool — audácia e tristeza, areia atritando tudo dentro de mim. *Ki ho'alu.* Quer dizer *slack key*, "afrouxar a chave". Isso é o que eu gostaria de estar fazendo. Sentar e relaxar, baixar o tom, afrouxar a chave. Se ao menos pudéssemos ficar aqui e nunca mais voltar para casa. Mas não dá. Tenho trabalho a fazer.

Falei para o menino mais velho dizer a sua mãe que eu sentia muito. Agora, se ele me perguntasse "Por quê?", eu diria, "Pelo que estou prestes a fazer".

32

Andamos pela estrada que contorna a baía. Ainda que Alex tenha me lembrado de que é cedo, fico surpreso com a luz suave. O sol laranja-sangue está mergulhando no oceano. Scottie caminha na frente, apanhando flores nos jardins das pessoas. Todos acham que estamos voltando ao hotel. Todos acham que fracassamos.

"Vai ver se ela não está pegando das árvores das pessoas", digo para Sid. "E fala pra ela entrar no próximo acesso para a praia."

Ele olha para mim e depois para Alex, como se quiséssemos tramar contra ele. "Tá." Ele dá uma corridinha até Scottie e faz festa no cabelo dela quando a alcança. Ela dá um soco em seu ombro, depois joga seu ramalhete no ar. Sid tenta pegar o máximo de flores que consegue.

Vejo Alex olhando para ele. Sua expressão preocupada faz com que pareça bem mais velha. "Aquela mulher de hoje", eu digo para ela. "A mulher com os meninos. Era a esposa dele."

"Você tá brincando." Ela para de andar e me encara. "O pitéu do chapéu?"

"É", eu digo. "Certo. Pitéu?"

"Uma mulher com boa aparência", ela diz. "Gostosa. Como você sabe que era a mulher dele?"

"Vi os dois saindo do chalé com os filhos hoje de manhã." Eu volto a andar.

"Por que não falou nada?"

Não respondo.

"Não acredito que ele tem família. O que você vai fazer agora?"

Ouço um carro atrás de nós. Saímos os dois da estrada, só que Alex vai para um lado e eu vou para o outro. Quando o carro passa, ela volta para perto de mim.

"Eu vou contar pra ele", digo.

"Quando?"

"Agora mesmo. Foi isso que a gente veio fazer aqui. Contar pra ele, não é?"

"Mas e a mulher?"

Penso em seu chapéu delicado destruído pela água. Penso em suas pernas arrepiadas.

"Você vai simplesmente aparecer do nada?", pergunta Alex. "Na porta deles? Bater sem mais nem menos?"

"Isso", eu digo. "É isso que vou fazer."

Alex fica boquiaberta, um lampejo de excitação em seus olhos.

"Não me olhe desse jeito", eu digo. "Não fique animada. Não é nada disso. Isso não tem a menor graça."

"Eu não disse que tinha. Por que ia dizer uma coisa dessas?"

"Sei", eu digo. "Eu vi o jeito que você olhou."

Ela não sabe sobre o plano mais recente — o fato de que esse sujeito vai receber uma herança maior do que a minha esposa. Ele está em posição de herdar todo nosso passado.

"Pode ser que ele volte com a gente no último voo", eu digo. "Para se despedir. Você está preparada para isso?"

"Não", ela diz, olhando adiante, para sua irmã, num empurra-empurra com Sid. Scottie oferece para ele um ramo de bougainvíllea e, quando ele vai pegar, ela recolhe a mão.

"E você, está preparado?", pergunta Alex.

"Na verdade não", eu digo. Nunca vou estar. E contudo, ao mesmo tempo, você sempre quer alcançar o fim. Não se pode viajar para um destino e permanecer no ar. Quero chegar ao fim dessa coisa, e me sinto horrível sobre isso. O verdadeiro fim é a morte dela.

"Você vem comigo?", eu pergunto.

"Eu?"

"É, você, Alex. Você."

"Quando você for conversar com ele?"

"Não. Você pode conversar com ela enquanto eu converso com ele."

"E a criança das flores?" Ela aponta para Scottie, que está prendendo uma flor atrás da orelha de Sid.

"Ela pode vir, também. Você pode ficar de olho nela por mim. Vocês três podem distrair os outros. Eu vou conversar com ele. Só vou dizer a ele o que está acontecendo. Só vou... pôr um ponto final nisso tudo."

"Agora mesmo?"

"É", eu digo. "Você sabe disso."

Scottie e Sid entram no acesso que dá para a praia e desaparecem. Noto que Alex diminuiu o passo. Fico pensando se tudo isso não sairá pela culatra. Eu não deveria envolver Alex tanto assim. Deveria ter outras pessoas em minha vida de quem eu dependesse.

"O que aconteceu com o pai de Sid?", pergunto.

Alex dá uma relanceada rápida em mim. "Como assim?"

"Eu sei que ele morreu", eu digo.

"Ah", ela diz. "É."

Pergunto-me se é por isso que gosta de Sid. Porque tem um pai que morreu.

"Acidente de carro", ela diz. "Ele estava bêbado. O outro motorista também. Os dois estavam bêbados. Mas o outro cara não morreu. Um cara novo."

Fico com vontade de perguntar se Sid está bem, ou se é por isso que está aqui agora, se estão compartilhando a tragédia, ou talvez ela esteja tentando descobrir como é a sensação de ficar parcialmente órfã. Acho que já sei as respostas às minhas perguntas.

"Isso está ajudando Sid?", pergunto. "Estar aqui?"

"Não sei", diz Alex.

"Está ajudando você? Ele está ajudando você por estar aqui?"

"Está", ela diz.

Espero que continue a falar, mas ela não o faz. Caminhamos pelo acesso da praia, e, quando chegamos no final, ela tira os sapatos. A areia é seca e funda. Sinto meu rosto. Faz quatro dias ou mais que não me barbeio. Aposto que Brian está de banho tomado e impecável, sua esposa e seus filhos também, e não me parece correto cuidar desse assunto com ele exibindo uma aparência melhor do que a minha. Vejo Scottie e Sid mais adiante e os chamo para que parem. Quando os alcançamos, digo-lhes que vamos ver a mulher do chapéu e seus filhos.

"Cê tá falando daquele debiloide que quase se afogou?", pergunta Scottie. A bebida de frutas brancas secou nos cantos de sua boca, e ela parece um animal com raiva.

"Isso", digo. "Ele." Percebo que os meninos poderiam ter se tornado irmãos das minhas filhas, e quase chego a desejar que isso tivesse acontecido — teria sido a vingança suprema, mandar minhas meninas furiosas para Brian. Ele teria ficado absolutamente perdido.

Alex caminha na frente, roçando em Sid ao ultrapassá-lo, e ele a segue. Sei que está lhe contando tudo. Ele vira para me olhar, depois põe a mão no alto da cabeça de Alex, um gesto que parece de intimidade e frieza ao mesmo tempo.

Seguro a mão de Scottie para que não tente ir até eles. "Ela convidou você?", pergunta.

"Não. Só pensei em aparecer para dar um alô. Conheço o marido dela. Preciso conversar com ele."

Alex e Sid param de andar e esperam por nós.

"Bom trabalho", diz Sid.

"Certo", eu digo.

O mar recuou com a vazante e a praia está maior, uma linha tortuosa se desenrolando pela areia, assinalando o ponto aonde a água chegou durante o dia. As pessoas vieram observar o pôr do sol, que terminou, mas elas continuam sentadas em cadeiras de praia, bebendo vinho e cerveja. Permanecem com os ombros despidos, como se ainda estivessem aproveitando o sol. Conforme nos aproximamos, tenho a sensação de andar por uma prancha.

Olho para Sid, em busca de apoio, talvez, mas ele está preocupado. Sempre que fica calado, acho que está pensando em seu pai, e me assusta ficar perto dele. Uma parte de mim quase sente raiva. Esse é o meu momento. Tenho um monte de assuntos para resolver, e não posso deixar que seus problemas me aborreçam. Também não quero saber de aborrecimentos com pornôs, ouriços-do-mar, amor juvenil, mas aqui estamos nós.

O píer é mais adiante, e algumas crianças correm para a beira d'água, depois sobem a areia correndo de volta. Scottie se junta a elas. Fico pensando em qual será a idade em que você não pode mais se juntar assim com outras crianças. Quando chegamos perto, vejo que duas delas são os filhos de Brian. Olho para o alto para ver se seus pais estão sentados em cadeiras de praia, apreciando o anoitecer, mas não.

A lua aparece atrás de nuvens escuras, e o brilho luminoso por trás dos fiapos negros faz a lua e as nuvens parecerem um raio X. Ouço a água do mar rolando pela areia, o som como que de um recipiente com vidro quebrado sendo sacudido. As crianças brincando correm em minha direção, atrás de uma bola. O menino mais novo dá um soco na areia.

"Seus pais estão lá em cima?", eu pergunto. Ele está surpreendentemente limpo para uma criança brincando ao ar livre. As unhas de Scottie têm uma sujeira preta permanente que sempre esqueço de limpar.

"É", ele diz.

"Eles estão assistindo pornô?", pergunta Sid, aparecendo atrás de nós.

O menino balança a cabeça solenemente, o tipo de sim mostrando que não faz a menor ideia do que está dizendo.

"Scottie, quer ficar aí embaixo?", eu chamo.

"Demorou", ela grita.

"Quero", eu a corrijo.

Quatro meninos correm na direção dela, olhando para trás, para a bola no alto. Quase grito para que minha filha tome cuidado, mas ela corre no meio dos meninos e pula para apanhar a bola, que cai em algum lugar que não consigo ver.

"Sid? Você fica de olho?"

Sid olha para o chalé. A flor continua enfiada atrás de sua orelha. "Claro", ele diz. "Vou dar um tempo aqui."

Scottie sobe a areia, onde estão algumas crianças um pouco mais velhas. O irmão maior está explicando as regras de algum tipo de brincadeira. "Espera", ele diz para Scottie, esticando o braço para detê-la. "Quantos anos você tem?"

"Dez e meio", escuto.

"Tudo bem, você pode brincar, mas só você!", ele adverte os outros.

Sid passa por eles e acende um cigarro. Todas as crianças olham para ele, fascinadas. Eu deveria lhe dizer para apagar aquilo, mas não faz diferença.

O menino mais velho continua a discursar. É como se estivesse enviando todos para a guerra.

"Coragem", escuto-o dizer. "Não posso cuidar de vocês."

Meu Deus. "Ei, você aí, filho", digo para o menino quando Alex e eu passamos. "Tudo bem com você? Quase se afogou hoje."

Seus olhos percorrem nervosamente os seguidores dele. "Tô legal", ele diz, e, antes que eu possa falar mais alguma coisa, baixa a voz e diz, "Vamos começar".

Alex e eu cortamos caminho pela sebe e subimos até a casa.

33

Andamos devagar. O pequeno chalé assoma adiante.

"O que eu falo?", pergunto, me arrependendo na mesma hora. Sou eu quem precisa estar no controle. Preciso fazer com que ela pense que sei o que vou dizer.

"Você devia contar pra ele que a mamãe vai morrer logo", ela diz, sem rodeios. "Precisa dar um jeito de ficar sozinho com ele. Tenho certeza que não vai ser difícil — ele vai querer ver você longe daqui assim que descobrir quem você é."

"Desculpe envolver você nisso, deixar que fique sabendo essas coisas sobre sua mãe. É egoísmo meu."

"Eu já sabia tudo sobre ela", ela diz. "Não tem problema."

Ela não sabe tudo. Não sabe sobre a campanha que sua mãe fez em prol de Brian, para a vida conjunta dos dois. Não sabe sobre o medo de Joanie, ou do forte amor que Joanie sentia por ela. Não sabe tudo, e tampouco eu sei.

Duas cabeças aparecem na janela da cozinha, e então a sra. Speer sai de costas pela porta de tela, carregando uma travessa de pequenos hambúrgueres.

Alex me cutuca. Fico com medo de assustá-la. Nossa presença aqui é bizarra. "Ei, oi", exclamo. Alex acena.

A porta de tela bate ruidosamente e a sra. Speer olha para o gramado. Não dá para saber se ficou feliz de nos ver.

"Oi!", ela diz. "Tudo bem com vocês? Eu esperava mesmo que a gente voltasse a se ver. Eu saí com pressa e... Puxa, aqui estão vocês."

Paramos diante dos degraus da varanda.

"Eu sou uma besta", eu digo. "É claro que conheço seu marido. Acabou de me cair a ficha. A gente foi comer no Tiki's e estava voltando pro hotel, daí eu vi seus filhos na praia. Achei que podia dar uma passada e ver se está tudo em cima com você. E Brian."

Alex olha para mim e faz com a boca, "Tudo em cima?".

"Subam aqui", diz a sra. Speer. "Na verdade, eu estava falando agora mesmo com meu marido em encontrar vocês, mas percebi que a gente nem se apresentou. Depois de tudo aquilo. Meu nome é Julie."

"Matt King", eu digo. "Essa é Alex."

Subimos os degraus. Julie parece um nome bonitinho demais para ela. Repito o nome comigo mesmo algumas vezes.

"Achei mesmo que tivesse se enganado quando disse que não conhecia o Brian. Imaginei que já deviam ter se cruzado. Ele tem andado tão envolvido."

"É", eu digo. "Bastante envolvido. Não sei o que eu estava pensando. Minha cabeça estava em outro lugar."

"Durante algum tempo, parecia que a gente não via ele nunca. Mas acho que já está acabando. Aceita um hambúrguer?", ela pergunta.

"A gente acabou de jantar", eu digo, "mas obrigado".

"É mesmo. Você falou."

Eu me apoio na balaustrada da varanda, e Alex para na beirada de um degrau, deixando os calcanhares de fora. Então começa a flexionar os pés, subindo e descendo na ponta dos dedos.

"Você está se exercitando?", eu pergunto.

"Não", ela diz. "Desculpe." Ela anda pela varanda e senta numa cadeira reclinável. Julie segura uma espátula na mão e a põe sobre o parapeito, equilibrada. Dá para ouvir o mar e as crianças gritando.

"Então é amanhã, hein?", ela diz. "Amanhã vocês vão saber." Ela baixa o rosto. "Desculpe. Eu não devia ter falado nada. Existe um conflito de interesse aqui. Foi burrice minha."

"Tudo bem", eu digo.

Ela ri, se apoia na balaustrada, leva as mãos às coxas, ergue os dedos e examina as unhas. Está usando jeans e uma camiseta branca, e seu cabelo está molhado e preso num coque no alto da cabeça.

"Amanhã termina", eu digo.

"É", ela diz. "Graças a Deus."

É como se estivéssemos presos numa calmaria. Ondas quebram na praia, seguidas pelo ruído de sucção. Vejo as crianças e o brilho alaranjado do cigarro de Sid, mas em seguida o brilho some.

"Vocês aceitam beber alguma coisa?", pergunta Julie.

"Claro", dizemos Alex e eu ao mesmo tempo.

Ela afasta o corpo e a espátula cai. Olha para a grama escura. Faço menção de ir buscar, mas ela me detém com um gesto de mão e desce os degraus. Ouço a porta de tela abrindo e vejo a silhueta de Brian atrás da tela. Então ele sai e olha para minha filha e eu.

"Oi", ele diz, estendendo a mão. "Sou o Brian."

Julie sobe os degraus, folhas de grama úmida em seus tênis brancos.

"Brian." Aperto sua mão vigorosamente, e, quando ele a tira, dá uma leve sacudida no pulso. "A gente já se conhece", eu digo, olhando para Julie. "Matt King. Minha esposa é Joanie; a gente se conheceu numa reunião dos acionários, eu acho. Essa é nossa filha Alex."

Seu sorriso desaparece. Ele olha brevemente para Alex e então volta a encará-la abruptamente, talvez percebendo a semelhança com a amante.

"Matt é o cara que eu falei para você. Ele salvou o Christopher."

Brian arregala os olhos para mim.

"Eu já ia buscar umas bebidas", diz Julie. "E lavar isso." Ela ergue a espátula de metal. Vejo ferrugem na parte de baixo.

"Ótimo, ótimo", diz Brian. Ele dá um tapinha nas costas de Julie. "Ótimo." Abre a porta para ela. Dá para perceber que nunca fez isso, porque leva um momento para que ela entenda o que ele está fazendo.

"Precisa de ajuda?", pergunta Alex.

A porta de tela se fecha. "Não, não", ela diz lá de dentro.

Assim que está fora de alcance, eu digo, "Ela está morrendo. Achei que eu devia te dar uma chance de se despedir".

Seu corpo fica tenso. O pacote de pães integrais em sua mão parece ridículo.

"Vim até aqui apenas para contar isso. Foi só o que vim fazer."

"Meu pai não quer magoar sua família", diz Alex. "Só estamos fazendo o que achamos que ela ia querer, e tá na cara que é com você que ela queria estar." Ela olha seu rosto, depois os pãezinhos que ele continua a segurar na mão. "Vai saber por quê", acrescenta, e olha para mim. "O que ela podia querer com ele?"

"Agora chega, Alex", e então eu digo, "sei lá".

"Não posso", diz Brian, olhando na direção da porta. "Lamento. Nunca pensei que chegaria a esse ponto."

"Você lamenta", diz Alex. "Assim fica tudo bem. Lamenta ficar sabendo que minha mãe vai morrer, lamenta ter fodido com minha mãe ou lamenta ter fodido com meu pai?"

"Não", ele diz. Seu olhar está perdido no espaço diante dele. "É. Lamento por tudo isso."

"Tem um voo às nove e quinze saindo daqui", eu digo. "Tenho certeza de que você consegue uma boa desculpa para ir."

"Você deve ser bom nisso", diz Alex.

"Alex", eu digo, embora os comentários dela estejam passando batido aos seus ouvidos. Ele está perdido nos próprios pensamentos.

"Você pode ir ao hospital essa noite ou amanhã de manhã", eu digo. "Tenho certeza de que vai querer vê-la e dizer o que tiver pra dizer. Vai poder ficar a sós."

"Como?", ele diz.

"Você vai poder ficar a sós com ela."

"Certo", ele diz. "Olha." Ele se vira para a porta de tela, depois me encara e baixa a voz. "Você não pode ficar aqui. Você entende."

Julie sai com uma taça de vinho tinto e um refrigerante para Alex. "Espero que gostem", ela diz. Seu sorriso se desmancha um pouco assim que nota nossas expressões.

"Está perfeito", eu digo, e dou um gole no vinho.

"Brian, nada de conversar sobre negócios. Já fiz essa besteira." Ela olha para Alex e pisca.

"Como, Julie?", diz Brian. "Do que você está falando?"

"Nada", ela diz. "Vocês todos parecem tão sérios, só achei que podiam estar conversando sobre... sobre a venda."

"Não", diz Alex. "A gente estava falando sobre o amor."

"Bom", diz Julie. Ela cutuca Brian com o ombro, e ele baixa o rosto para ela, o cenho ainda franzido, uma profunda ruga vincando sua testa. "O que tem o amor?", pergunta.

Ninguém responde nem se move. Brian olha por cima da cabeça de Julie, franzindo o rosto para mim. Sinto vontade de dizer a ele que não precisa franzir o rosto para mim.

"Você está apaixonada?", pergunta Julie. "Pelo rapaz da plataforma."

Estamos todos de pé, exceto Alex. "Não", ela diz. "Ele é meu amigo. A gente tem coisas em comum, só isso."

"Às vezes é assim que começa", diz Julie. Ela passa o braço em torno da cintura do marido e o pressiona com a mão, algo que Joanie faria, indicando que era para eu participar da conversa.

"Não", diz Alex. "A gente tem uma amizade muito tranquila."

"Mas eu vi ele beijar você", eu digo, então me dou conta de que não deveria estar entrando nessa conversa. É só um disfarce que Alex começou e que um de nós precisa terminar. Mas não consigo evitar. Quero saber.

"Ah, que isso", ela diz. "A gente é amigo, mas é claro que ele tá tentando transar. Todo cara tá a fim de transar." Ela olha para Brian.

"A gente se estrepou por isso, não foi?", diz Julie, erguendo o rosto para o marido.

"Como?"

"Os meninos. Nossos filhos. E por falar nos meninos, é melhor chamar. Vamos chamar para jantar."

"Eles estão bem", diz Brian. "Deixa eles brincando." Ele se separa dela. O braço dela fica caído ao lado do corpo. Ele põe os pães na mesa perto de uma tigela cheia de vidros de praia.

Ouço um menino gritar, "Não! Volta! Volta!".

Todo mundo olha na direção do mar.

Alex me olha com uma expressão insistente no rosto e eu devolvo: *O que é que eu posso fazer?*

"Adoro essa casa velha", diz Alex, olhando para mim outra vez, insistindo em que eu tome uma atitude.

"É", eu digo. "Ótimas recordações." Olho pela janela para o espaço da sala de estar. "Faz um bom tempo que não venho aqui. Minha tia-avó morava nesse chalé, sabem."

Brian poderia ser, nesse momento, o sujeito mais furioso do mundo. Eu podia ter ligado. Eu podia ter feito isso de maneira diferente, mas sua reação é o que vim aqui ver. "Queria saber se mudou muita coisa lá dentro. Se fizeram alguma coisa com aquela madeira rústica. A gente costumava passar aqui umas semanas todo verão, quando era criança, e o primo Hugh sempre ficava com farpa na mão, de encostar nas paredes."

"Se quiser, eu mostro a casa pra você", diz Julie.

"Ou então, Brian", diz Alex, "você podia mostrar pro meu pai, e a Julie e eu podemos conversar sobre o amor". As duas sorriem uma para a outra.

"Ei, isso seria ótimo", eu digo.

"Claro", diz Brian. "Mas não é como se eu morasse aqui. Você é bem-vindo, só qu..." Ele deve ter recebido uma olhada da esposa, porque para de falar. Abre a porta para mim e eu entro. Alex balança a cabeça para mim e não faço ideia do que isso significa, e não saber deixa meu coração disparado. Olho para as costas de Brian como se uma resposta estivesse pregada em sua camiseta azul-escura.

"Aqui está", ele diz, com um movimento circular de braço para o ambiente amplo e aquecido. A sala agora ganhou papel de parede. As vigas do teto parecem mais leves do que eu me lembrava.

Fui até o canto oposto da sala e sentei na cadeira de balanço de koa. Não existem peças confortáveis nessa casa. Toda a mobília pertenceu aos missionários, e nossos chalés de alugar parecem sem exceção guarda-móveis para os antigos canapés e sofás-camas, os cestos de costura, os acolchoados havaianos e as redes de mosquitos. A casa do outro lado da rua ainda conserva o mesmo fogão e as portas de estábulo que se abrem no meio, um batedor de manteiga, descalçadeiras, lamparinas a óleo de baleia. O pé-direito é baixo, a escada é estreita e precária, e o telhado parece um chapéu de peregrino.

Brian está com as mãos na cintura. Foi engraçado o gesto com o braço que ele fez para mostrar a sala. Fico pensando se é um cara divertido.

"Então, Brian. Como eu disse, vou entender se quiser conversar com ela a sós. Não tem nada que eu possa fazer quanto ao resto. Então aqui estou eu. Estou dizendo para você que sei sobre vocês e que sei que ela gostava de você e que vocês iam..." Faço um meneio com a mão no ar, indicando seja lá o que fossem fazer depois que nos largassem. "Você é bem-vindo para se despedir. O médico tirou o aparelho de respiração artificial ontem. Ela tem talvez uma semana, pode ser um pouco mais."

Ele me olha como se eu o estivesse tapeando, como se o que eu quisesse mesmo fosse ver o interior da casa.

"Como vocês se conheceram?", eu pergunto. "Estou curioso."

"Não consigo fazer isso", ele diz.

"Acredite em mim", eu digo. "Nem eu."

"Você veio até aqui por minha causa?"

"Isso, vim avisar você. Avisei todo mundo que era importante para ela, e faltava você." Pergunto outra vez: "Não tem como eu perguntar a ela sobre os detalhes, então estou perguntando a você. Quero saber. Como vocês se conheceram?"

"Achei que você tinha dito que estava aqui só para me informar. Que só queria fazer isso."

"Mudei de ideia", eu digo. "Como vocês se conheceram?" Eu tinha razão. Ele é impecável. O cabelo alisado para trás, os fios do alto colados de gel, e agora eu aprecio o fato de não ter me barbeado. Gosto de estar com sal na pele e com hálito de álcool. Queria estar com um dos cigarros de Sid. Isso comporia uma cena ainda melhor.

"Numa festa", ele diz. Após proferir as palavras, ele senta em um sofá-cama à minha esquerda. Sinto vontade de mandá-lo sair dali. A cama é minha.

"Que festa?"

"Só uma festa. Uma festa do Super Bowl."

Sei exatamente a que festa ele se refere. O Super Bowl do ano passado. New England contra Carolina. Mas para mim era o *Estado contra Doreen Wellington*. Tribunal no dia seguinte. Eu teria de ficar acordado a noite toda. Joanie chega em casa às seis da tarde, com ótimo humor, depois, perto do fim do jantar, se mostra furiosa comigo, impaciente com Scottie. "Será possível que a gente sempre tem que comer fajita no domingo? Droga, que coisa."

Perguntei-lhe sobre a festa, imaginando se acontecera alguma coisa lá que a aborrecera.

"Foi o melhor dia que tive em não sei quanto tempo", ela disse. "Eu me diverti muito, sério mesmo." Havia um sorriso triste em seu rosto.

Por que estou me lembrando disso? O rosto triste, as fajitas.

"A festa na casa dos Mitchell", eu digo.

Brian faz que sim, me olhando como se eu fosse uma chateação. "É", ele diz. "Essa mesma."

Balanço a cadeira para trás e tento deixá-la em um certo ângulo, de modo a encará-lo de frente. Ponho minha taça num dos braços, algo que era para nunca fazermos.

"Em que isso ajuda?", ele pergunta. "Saber disso?"

"Olha", eu digo. "Estou fazendo um favor aqui." Dou um gole em meu vinho. "Acho melhor você mudar essa sua postura." Ele dá um gole em seu vinho. "Você tem cerveja aí?", eu pergunto. "Não consigo beber isso."

"Nem eu." Ele levanta e vai buscar alguma outra coisa. Eu balanço na cadeira. Estou numa posição tão mais vantajosa que a dele. Fecho os olhos por um momento, me sentindo confortável até mesmo nessa cadeira dura e escorregadia. O ar está quente, mas não sufocante nem úmido, e, nessa casa, sinto como se houvesse gente atrás de mim, minha tia-avó Lucy, os pais e avós de Hugh, pessoas que me amavam, embora agora estejam mortas. Brian volta com a cerveja, e, quando dá para mim, nossos olhares se cruzam e por um instante ele é só um cara me dando uma cerveja, e talvez aos seus olhos eu seja apenas um cara tomando uma cerveja. Eu planejava entregar-lhe minha taça, mas em vez disso a ponho no chão.

"Então, e daí?", eu pergunto. "Vocês torciam pro mesmo time? Gostou da aparência dela? Ficou admirado que uma garota pudesse ser tão descolada, pudesse acompanhar futebol e saber do que estava falando?"

"A gente continua nisso", ele diz.

"Tem mulher que usa roupa sexy ou faz implante de seios. Joanie assistia futebol, corria de lancha. Era o jeito dela de chamar a atenção dos homens. Não tem nada pra se admirar."

Ele olha dentro de sua cerveja.

"Como você teve coragem de convidá-la para sair?"

Ele balança a cabeça.

"Não, falando sério. Quero mesmo saber o que faz a pessoa cruzar essa linha."

Ele não responde e sei que nunca vai responder. Olha pela janela do outro lado da sala. Sigo seu olhar e vejo sua esposa.

A expressão dela é de incredulidade e empolgação, e então ouço minha filha rindo. Julie dá um gole em seu vinho. A visão de Julie conversando com minha filha me entristece. Mesmo que Alex pareça estar se divertindo de verdade lá fora, ela está tapeando Julie. Todos estamos.

"Ouvi falar de sua nova oportunidade de negócio." Continuo com os olhos na janela. "Joanie se esforçou muito para me fazer gostar de Don. Ótimo plano, o de vocês."

"Não é o que você está pensando", ele diz.

"O que eu estou pensando? Como você sabe o que eu estou pensando?"

"Você está pensando que eu não tenho escrúpulos", ele diz. "Que eu estava tramando alguma coisa. Acho que é isso que você está pensando. Eu e Joanie. Simplesmente aconteceu."

"Nada acontece simplesmente", eu digo.

"Mas foi", ele diz.

"Então, quando você descobriu a ligação dela comigo, foi daí que decidiu cometer adultério, ou vocês já tinham cometido? Foi você que pediu pra ela fazer minha cabeça? Porque ela estava empolgadíssima com o Holitzer. Isso não acontece assim, simplesmente."

Ele não diz nada. Olha pela janela outra vez, ignorando meu olhar inquisitivo. Dou um longo gole na cerveja. Vejo Julie abrindo a grelha e mexendo nos hambúrgueres com a espátula. Me ocorre que ela mesma deve ter acendido o fogo, coisa que me deixa meio surpreso. Ela já não parece tão delicada, tão tola.

"Olha", eu digo. "Fico contente que estivesse apaixonada, acho. Fico contente que você a fizesse feliz. Isso deve estar sendo difícil para você. Descobrir dessa forma."

Ele continua a olhar para fora. Alex e Julie estão de costas para nós, viradas na direção da praia. Percebo a tática dele — não responder, o que me leva a falar sem parar, recuando e perdoando-o sem apertá-lo mais.

"Ela ia me largar?", pergunto.

Não espero que me diga a verdade, nem mesmo que responda, mas ele diz, "Por ela, sim. Mas isso não ia acontecer".

"Por quê? Por causa de Scottie, ou o quê? Você estava com medo de contar para Julie?"

"Não", ele diz. "Eu não ia largar a Julie porque eu amo a Julie." Ele se curva um pouco, e uma nova expressão surge em seu rosto. "Por favor, não conte pra ela", diz. "Por favor. Não sei o que eu fiz."

Aqui está a angústia que eu vim ver, embora não seja por causa de minha esposa ou das coisas que descobri, e algo que nunca considerei antes me ocorre.

"Ela amava você?", pergunto.

Ele faz que sim e leva a cerveja à boca. Um círculo úmido se formou na perna de sua calça.

"Você a amava?", pergunto.

Ele dá um longo gole e baixa a cerveja outra vez, ajustando o fundo do copo com o círculo molhado.

"Você não a amava." Preciso dizer outra vez: "Você não a amava." Ouço as ondas quebrando na praia, e uma brisa carregada de maresia e algas penetra na sala.

"Você só estava usando ela", eu digo. "Para chegar em mim."

Ele solta um suspiro. "Não. Eu não tentei chegar em você. Foi só um caso. Uma atração. Sexo." Ele observa meu rosto para ver se estou com raiva. "Tudo fora disso foi sugestão dela, e eu fui na onda."

Seus ombros afundam, e é como se estivéssemos brincando de adivinhações e ele finalmente houvesse feito a mímica que me levou à resposta certa.

"E então você ia dar um pé nela depois da venda", eu digo. "Acho que as coisas correram muito bem para o seu lado. Ela com os lábios selados, e você sem precisar dizer a ela que não a queria mais."

"Eu não queria nem usá-la para uma indicação!", ele diz, ficando de pé. "Era uma ideia fixa dela. Nunca pedi para me ajudar. Nunca pedi nada." Ele anda pela extensão do sofá, depois faz meia-volta, olhando para o teto.

Posso ver isso acontecendo com Joanie. Ela assume projetos que não lhe cabe assumir. Tenta moldar pessoas. Penso em Alex e em mim mesmo, até, seu desejo de nos reformular. Me levanto, também, e vou em direção à janela, mas paro no meio da sala. "Coitada daquela garota", eu digo. Minha esposa bancou a tola. Nunca vai saber o mal que causou. Pela primeira vez na vida, Joanie me parece fraca.

Observo o perfil de Alex. Ela vira a cabeça e me vê, e sinto um abatimento. *Aquela é minha filha olhando para mim*, penso. *Eu a fiz, aquela menina ali.*

"Então acho que você não precisa se despedir."

"Amo muito a Julie", ele diz. "Adoro minha família."

"Eu também amo minha família." Torno a atravessar a sala. Dou minha cerveja vazia a Brian.

"A gente não—" Ele faz um gesto na direção da porta de tela. "Tem mais alguma coisa que queira me dizer?"

Eu balanço a cabeça.

"Não era melhor você estar com ela?", ele pergunta.

"É", eu digo e vou até a porta, passando por retratos de meus ancestrais pendurados nas paredes, seus daguerreótipos assustadores e taciturnos. Passo por meu trisavô, cuja expressão é indignada e impiedosa. Conforme ando, imagino seu olhar sombrio me seguindo.

Brian vai até a cozinha para jogar as garrafas fora e pôr os copos na pia. Eu abro a porta de tela e saio da casa.

"Obrigado por nos receber", digo a Julie Speer.

"Obrigada pela visita", ela diz. "Sinto como se o conhecesse muito bem depois de hoje e das histórias que Alex me contou." Ela dá um sorriso cúmplice para Alex.

"Sinto como se a conhecesse também", digo. Olho para Brian pela porta de tela, sua expressão alerta e penetrante. "A gente tem muita coisa em comum, eu acho." Seguro sua mão e aperto levemente.

Ela segura minha mão, a palma úmida, e a retira delicadamente. "Tchau, Alex", ela diz. "Quem sabe a gente se vê na praia amanhã."

"Boa noite", diz Alex. Ela desce os degraus para o gramado escuro. O céu está pontilhado de estrelas, a lua fina como uma lasca de madeira.

Conforme Alex se afasta, viro-me para Julie mais uma vez e a beijo. Curvo o corpo, abro os lábios e a beijo. Porque sinto vontade, porque ela é de Brian, porque sofremos um destino parecido, porque quero que ela goste, porque quero que se sinta insultada, confusa, incomodada, indefesa, feliz. Porque sinto vontade.

Não a olho nos olhos quando me afasto, mas olho para seus lábios, e a ponta de sua língua passa ali para me limpar dela. Sem dizer nenhuma palavra, viro e a deixo com sua família. Caminhando para a praia, alguma coisa em mim se afrouxa, e não é porque estou relaxado. É porque alguma coisa em mim desistiu e fracassou, regressando sem nada para dar.

34

O voo das nove e quinze está surpreendentemente cheio. Turistas carregam sacolas de compra cheias de suvenires para provar que estiveram aqui. Imagino os ornamentos de dançarinas de hula, as camisetas e nozes de macadâmia, em seus sacos plásticos. Devem ter braceletes de ouro com seus nomes havaianos gravados e ao chegar em casa chamarão seus cães ou seus filhos de Lani e Koa. Eu achei que teríamos um homem como lembrança para levar para minha esposa, mas não temos nenhum suvenir, nada para mostrar por tudo isso.

As garotas parecem acabadas. Juro que Scottie perdeu peso nesses últimos poucos dias. Está dormindo ao meu lado. O pinicante cobertor cinza da companhia aérea está sobre sua cabeça como um capuz e ela tem um aspecto doente embaixo dele. Como o bebê de uma viciada em crack, ou a Morte. Preciso me lembrar de alimentar as meninas. Preciso fazer com que se lavem e escovem os dentes, levá-las a médicos, comprar livros para a escola. Preciso fazer com que pratiquem algum esporte, tenham bons amigos, estudem, leiam por prazer. Preciso lhes dizer para não fumar nem praticar sexo, não entrar em carros de estranhos ou amigos alcoolizados. Elas precisam aprender a escrever bilhetes de agradecimento e a comer o que puserem em seus pratos. Precisam aprender a dizer "por favor" e "obrigada", a pôr o guardanapo no colo, a mastigar chiclete com a boca fechada. Eu preciso de mais tempo.

Alex pergunta, "O que aconteceu?".

Aponto para Scottie e ponho o dedo em minha boca para me furtar a responder à pergunta.

"Ela tá legal", diz Alex. "Conta pra mim. Quando ele volta?"

Sid se inclina para a frente. Eu olho reto e sinto os olhares de ambos sobre mim. Não sei o que dizer. É o mesmo problema que tive com a história do tubarão. Sinto que é imperativo negacear alguma informação, deixando que as meninas fiquem com uma impressão melhor de sua mãe. Contudo, não tenho certeza sobre que impressão é mais favorável — a de Joanie apaixonada e com seu amor retribuído de forma intensa e impetuosa ou a imagem de Joanie como uma pessoa iludida e desesperada. Ela jamais vai saber o erro que cometeu, e não sei se isso me dá prazer ou faz com que eu me sinta enganado.

"Ele estava em choque", eu digo.

"Ele se arrependeu?", pergunta Sid. "Espero que sim, cara. Você podia ter contado pra mulher dele, e não contou. Espero que ele saiba como teve sorte. Se fosse comigo, eu tinha contado tudo. Ela merece saber. Senão vai ser uma piranha burra pelo resto da vida."

"Calma aí, meu jovem", eu digo. "Não precisa engrossar desse jeito."

Alex põe a mão na perna de Sid, e vejo sua perna estremecer. Ela lhe deu um belo apertão. Me pergunto por que ficou tão nervoso. Lembro, quando vínhamos para cá, o modo como se concentrou no livrinho da segurança. Puxo as instruções plastificadas do bolso do assento, esperando distrair Alex e Sid. Vejo os passageiros a bordo de um bote no oceano sem nenhuma terra à vista. Seus coletes salva-vidas estão inflados. Um asiático exibe um ligeiro sorriso no rosto.

Alex dá uma olhada. "Eles nem estão com as roupas molhadas."

Bato na imagem do avião flutuando no mar.

"E aí, ele vai voltar pra ver ela ou não?", pergunta Sid.

"Acho que não", digo.

Fraca, vulnerável, anelante, usada. Pergunto-me se, aos olhos de Alex, essas coisas tornariam sua mãe mais adorável, mais humana.

"Acho que ele ainda gosta muito de Julie", eu digo.

Sid faz um som de desprezo: "Uma pena." Ele olha para outro lado ao dizer isso, pela janela oval do avião. "Se gostasse mesmo, não tinha trepado com a sua esposa."

"Sid", diz Alex, e sua voz é surpreendentemente calma. "Por favor, cala a boca."

"É", eu digo, tentando copiar seu tom paciente. "Por favor."

Um pedaço de Honolulu surge no campo de visão, e vejo luzes delineando as colinas, depois um espaço escuro sem nada e outra longa fileira de casas iluminadas. É sempre estranho lembrar de outras pessoas ainda seguindo com suas vidas. Para cada luz que avisto, há uma pessoa ou família, ou alguém como eu mesmo, vivenciando algum problema. Sinto o movimento de descida do avião e então um fiapo de nuvem obstrui a vista e torna nossa velocidade tangível.

"Acho que você devia ir pra casa", digo para Sid. "Ver sua mãe." Ele continua olhando pela janela. "Sid. Você ouviu o que eu falei?"

"Não posso", ele diz.

"Claro que pode. Ela é sua mãe. Quer você em casa."

"Ela me chutou de lá", ele diz.

Tento olhar nos olhos de Alex, mas ela desvia o rosto. Sua mão continua na coxa de Sid, e os dois juntos são absolutamente impenetráveis. A pista de pouso se estende ao nosso lado. Estamos de volta à realidade, a quilômetros de distância da ilha morosa e indolente.

Parte IV
Navegação

35

Encontro meus primos na casa do Primo Seis. Ele é chamado de Primo Seis porque em certa ocasião, quando era um menino, se embebedou com seis cervejas e depois deu um soco no próprio nariz. Tem cerca de setenta anos hoje e, como ele, seu apelido ainda segue firme. Está sentado na sala de estar, que é parecida com a minha — portas deslizantes de vidro dando para o quintal. Toda vez que o vejo, ele me conta como dava aulas de surfe para soldados em troca de acesso a seu ponto favorito, que ficou bloqueado durante a guerra, então permaneço do lado de fora, junto à piscina, tentando evitá-lo. Ele me conta sobre os soldados com se fosse a primeira vez que o fizesse, e isso me deixa triste, incomodado e um pouco irritado.

Estou sentado em uma mesa ao lado da piscina, com minha caneta pairando acima dos documentos e nossa declaração para a imprensa, mas ainda não assinei nada. Minha cabeça está em outro lugar, é claro. Dentro de alguns dias, a qualquer momento, vou ficar viúvo. As meninas estão esperando por mim no hospital, compensando por nossa noite e dois dias longe. Não vejo Sid desde a noite passada. Fico imaginando o que será que espera de mim. Pensei em ligar para a mãe dele, mas aí eu teria mais uma pessoa supérflua em minha vida. Há uma infinidade de gente ocupando meus pensamentos e que não deveria estar ali. Ponho Sid e as meninas de lado. Hoje preciso lidar com direitos de herança.

Alguns primos querem pegar a maior oferta, pouco se importando se o Wal-Mart vai substituir a plantação de taro, mas a maioria prefere Holitzer, nosso único candidato local. Não gosto do que está acontecendo. Quero que toda essa terra encontre uma boa destinação, e não gosto de nossa decisão, nem de qualquer uma das opções diante de mim, e tampouco meu pai teria gostado. Holitzer venceu. Brian venceu.

Outros primos andam pelo pátio. Eles vestem shorts, camisas Spooner e chinelos de borracha, e seguram coquetéis festivos. A mulher do Primo Seis passa servindo uma tigela de salgadinhos japoneses, o que deixa o hálito de todo mundo cheirando a shoyu.

"Ei, quanto tempo a gente não se vê." Hugh está ao meu lado com seus documentos. Segura uma caneta na boca.

"Eu vi você ontem à noite", digo. "Em Kauai."

"Isso foi ontem à noite? Rapaz." Ele olha para a cadeira. "Essa coisa me aguenta?"

Eu olho para a surrada cadeira feita de fios de plástico. Estou afundando em meus fios e posso senti-los marcando o lado posterior de minhas coxas. "Deve aguentar", eu digo.

Ele senta na cadeira e eu escuto o plástico se esticando.

"Parece uma rede", ele diz, então começa a folhear a papelada. "Não está nas nossas mãos." Ele alisa o papel e aperta a ponta da caneta, com um clique.

Tudo é tão casual, um golpe de sorte. Olho para os primos em torno da piscina. Seus dentes são tão brancos, sua pele tem cor de noz. O que aconteceu comigo? Por que não sou como eles?

"Você sente culpa por isso?", eu pergunto. "Tudo isso." Seguro a papelada.

"Não", diz Hugh. "Eu não fiz nada."

"Sei", digo, e ele tem razão. É como se sentir culpado pela cor de seu olho. A única coisa pela qual me sinto culpado é que minha esposa achava que herdaria outro tipo de vida. Ela deveria ter ficado com alguém mais carismático do que eu. Alguém mais poderoso e chamativo, alguém que come muito rápido e limpa a boca com o dorso da mão. Penso nela entrando na casa de Brian em Black Point, o que me faz pensar em Julie. Posso imaginar Joanie criticando a decoração, zombando das bugigangas de Julie ou dos quadros nas paredes, talvez planejando como mudaria tudo. Quero que pare. É a casa de Julie. Julie sabe acender uma churrasqueira.

"Joanie não está passando bem", digo para Hugh.

Sua caneta se move pela primeira página, e vejo a assinatura infantil. É perfeitamente legível. Ele põe a mão sobre a minha por um instante. Seu braço tem uma pele que parece ter sido toda esfolada. É vermelho e manchado. "Ela vai ficar bem", ele diz. "É uma lutadora."

"Não", eu digo. "Não vai ficar bem. Ela vai morrer. A gente desligou os aparelhos."

Dou um gole no coquetel de Hugh, porque está ali e não tenho um. Hugh é o principal primo, o líder da tribo, e sempre nos disse o que pensar ou o que fazer. O que estamos construindo, o que estamos derrubando, e, nesse caso, quando vamos vender e para quem. Quero ouvir o que tem a dizer sobre isso, sobre minha esposa morrendo. Ponho o copo de volta na mesa.

Ele olha para o copo, depois para mim. "Bebe mais", diz.

"Tudo bem." Fico olhando os papéis, a caneta que diz HNL TRAVEL. "Não posso assinar", eu digo.

Ele pega sua bebida e agita, depois leva até a boca. Dá um gole e cospe um cubo de gelo. "Ele vai assumir nossa dívida", diz. "Assina logo, volta pra sua esposa, e fim."

"Não quero que isso vá para Holitzer. Não quero que vá para Brian Speer. A gente resolve nossa dívida. Quero ficar com a terra."

Ele franze o rosto. "A gente precisa da sua aprovação pra seguir em frente."

Eu balanço a cabeça. Ele não vai conseguir minha aprovação. Ninguém vai conseguir coisa alguma de mim.

"Não posso", eu digo. "Não vou."

Estou pensando na princesa. Quando ela morreu, queria que a herança fosse usada para financiar uma escola para crianças de ascedência havaiana. Foi um desejo verbal que ela deixou de pôr em contrato. Não tenho o menor interesse nesse desejo, em uma escola só de havaianos. Já existem escolas assim, e são completamente elitistas, para não mencionar inconstitucionais. Mas agora me pego relutando em abrir mão disso — da terra, da próspera relíquia de nossa tribo, dos mortos. A última terra possuída por havaianos terá ido embora, e eu terei minha participação nisso. Mesmo que a gente não pareça havaiano, mesmo que nossa constante recombinação tenha apagado a evidência de nossa etnicidade, protraindo nossos rostos achatados, alisando nosso cabelo pixaim, mesmo que a gente aja como *haoles*, frequentando escolas particulares e clubes, sem dominar muito bem o inglês pídgin, minhas filhas e eu somos havaianos, e essa terra é nossa.

"Por que está fazendo isso agora?" Hugh se apoia nos antebraços. Posso ver os poros em seu rosto rubicundo, e suas sobrancelhas grisalhas e desgrenhadas chegam-lhe à testa, que é reluzente e surpreendentemente lisa. Uma gota de suor escorre do alto dela por seu nariz e cai na mesa. Ambos olhamos para o ponto onde aterrissou, então ele agarra meu ombro de um jeito que é ao mesmo tempo afetuoso e dolorido. "Qual o verdadeiro motivo?", ele pergunta.

A princesa, eu acho. Meus ancestrais, mas, não, não é todo ele. Esse é o motivo que eu quero que seja, mas existem outros, menos dignos. Vingança. Egoísmo. Um desejo de ver minhas filhas herdando a terra. Deixar que tomem decisões sobre isso. Um desejo de conservar, passar adiante, segurar algo que me foi dado. Não quero que Brian tome parte nisso. Não quero que seus filhos a tenham. Não quero que sua história se misture com a minha. Kekipi se rebelou, agora chegou minha vez.

"É apenas uma coisa que estou querendo", eu digo. "Faz muito tempo que não quero nada. Essa é a minha vontade."

Ele não parece acreditar em mim, ou pelo menos minha resposta é ambígua demais, emocional demais. Ele solta meu ombro.

"Essa é nossa responsabilidade", eu digo. "Esse cara vai chegar aqui e salvar nossa pele. A gente sugou nossos recursos até o osso. Somos havaianos — é um milagre a gente ter uma parte tão grande do Havaí. Por que deixar um *haole* passar a mão em tudo? A gente foi negligente."

"O furacão sugou nossos recursos—"

"Fomos nós, Hugh. A gente ficou paralisado, e somos pessoas inteligentes. Podemos salvar a nós mesmos. É problema nosso."

Essa abordagem funciona um pouco melhor. Penso em Joanie, o que ela diria. "Seja homem", acrescento.

Hugh exibe um sorriso demorado. "Você vai deixar muita gente com raiva", ele diz.

"Eu também posso deixar um monte de gente aliviada", eu digo. "A gente agiu rápido demais. Pensa só, eu aprovo esse comprador, daí amanhã — já era. Acabou. Fim da linha. Pode acreditar, as pessoas vão ficar aliviadas."

Ele faz que sim.

"Pensa nisso", eu digo. "Claro, a gente ia ganhar dinheiro, ia ter uma vida mais fácil sem precisar administrar o negócio, mas..."

"É o que você quer", ele diz.

"É", eu digo. "Somos os donos disso." Meneio a mão no ar. "Não existe nada mais poderoso do que isso."

Hugh leva os dedos à boca e sopra. Um assobio agudo rompe o ar, e os primos param de conversar e viram para me olhar. É como se soubessem.

Lamento, vou ter de dizer. *Sei que eu não teria feito isso se minha esposa não estivesse morrendo, mas o fato é que ela está. Ela vai morrer e depois de partir minhas filhas ficarão sem mãe. Por algum motivo, quis o destino que vocês precisassem da minha aprovação. Sei que compreendem a natureza complicada dos direitos de herança, como são ao mesmo tempo fortuitos e imerecidos. Decidi que vocês não vão receber dinheiro algum, mas todo mundo vai ficar com uma parte, e teremos de passá-la adiante.*

Olho para essas pessoas, minha família, e espero que compreendam.

36

Há novas flores — alpínias, gardênias, tuberosas. Joanie tem recebido visitas desde o coquetel que dei. Dúzias de rosas, embora nenhuma delas vermelha. Posso imaginar os maridos dizendo às esposas, "Mas ela nunca vai saber das flores". É o tipo de coisa que eu diria também. Estou feliz por termos ficado longe daqui nesses dois últimos dias. Scottie não teria entendido as visitas e suas lágrimas, e Alex e eu precisamos evitar a dor que acompanha tudo isso.

Me vem à mente uma imagem minha e de minhas filhas andando pela praia. Sinto falta de nosso quarto no hotel.

"Pai", diz Scottie. "No que você tá pensando?"

"Você", eu digo. "Estou pensando em você."

Alex está comprando garrafas de água mineral, a única coisa que nosso estômago aceita, e gostaria que voltasse logo.

Joanie parece diferente. Está encovada e pálida, uma expressão vazia. Não há nenhum tubo saindo de sua boca. Scottie não comentou sobre isso, e fico feliz, porque ainda não sei como dizer a ela.

"O que tem eu?", diz Scottie. "O que você tava pensando sobre mim?"

"Estava pensando como você cresceu rápido."

"Nada", ela diz. "Minha curva é a menor. Mas a da Reina também. A Reina diz que—"

"Chega de falar da Reina. Lembra o que eu disse sobre ela."

"Tá, mas eu quero que ela venha no hospital amanhã. A Alex pode trazer alguém, então eu quero trazer alguém também."

"Scottie. Ela não vai vir aqui amanhã."

"Por que não?"

"Você sabe o que está acontecendo?" Scottie vai até a mochila e vasculha ali dentro, tirando várias coisas. "Scottie, eu fiz uma pergunta."

"Sei, pai, meu Deus!"

"E então? Me diz por que estamos aqui. Não quero ouvir falar de Reina nenhuma. Para de fuçar nessa mochila. Me diz por que a gente tá aqui e por que você não encosta na sua mãe nem fala com ela."

"Pai." Eu me viro e vejo Alex na porta. Ela me dá minha água. Scottie está sentada na cadeira no fundo da sala, de frente para a parede. Quero abraçá-la, mas não consigo. Sinto que estou comprometido com minha raiva.

"Por que você tá gritando?", diz Alex.

"Nada. Sua irmã falando sobre a Reina, só isso. Fiquei nervoso. Só quero que tudo isso corra com a menor turbulência possível, meninas. Não quero ter que... controlar vocês. Mas onde está o Sid, falando nisso? Eu queria falar um negócio com ele."

"Deve estar com outras garotas", diz Scottie. "Ontem à noite aquelas amigas suas apareceram na praia e o Sid foi junto com elas enquanto vocês ficaram na casa."

"Do que você tá falando?", diz Alex, e eu percebo a mágoa em seus olhos.

"Eles devem ter feito uma suruba", diz Scottie com toda seriedade.

"Não ligo", diz Alex, embora seja bem evidente que liga. "Ai, meu Deus."

Sigo seu olhar até a cama de minha mulher. A mão de Joanie está erguida como se estivesse fazendo um juramento.

Fito imediatamente seu rosto, mas os olhos estão fechados. Ela faz isso às vezes, se mexe, mas Alex nunca viu. Olho para Scottie, de frente para a parede. "Vem aqui, Scottie", eu digo.

Fixo a atenção na mão de Joanie. Está pálida e seca. As unhas, mais compridas. Ela respira ruidosamente de repente, como se tentasse recuperar o fôlego.

"Ela não tá conseguindo respirar", grita Scottie.

"Vem aqui", eu digo outra vez, energicamente.

"Pai", diz Alex.

Scottie vem ficar ao meu lado, com a cabeça baixa.

"Ela está respirando", eu digo. "O médico explicou que é só um reflexo. Ela não está fazendo força, não está sofrendo. Vamos, por que não segura? A mão dela."

Vejo o pelo delicado no braço de Joanie, as rugas em seu pulso. Seguro a mão de Scottie e a puxo em direção a sua mãe. Ela resiste e Alex grita para que eu pare, mas não paro. Abro à força o punho de Scottie e enfio sua mão na de sua mãe, depois fecho a de Joanie sobre a de Scottie. Lágrimas começam a rolar por suas bochechas. Seu rosto tem manchas vermelhas, que é o que acontece comigo quando estou furioso ou fazendo sexo. Joanie continua a respirar de forma irregular. É como se estivesse se esforçando. Faz parecer que está sofrendo. Seguro Scottie no lugar.

"Pai!", grita Alex. "Para."

"Pega a outra mão", digo para Alex, com um gesto para o outro lado da cama. "Agora. Faz isso já."

Alex vai até o lado oposto ao meu e baixa o rosto para sua mãe. Ela ergue o lençol e estica a mão com os olhos fechados. Seu rosto está contraído, como se estivesse prestes a comer algo muito ruim numa aposta. Ela libera a mão de sua mãe e depois a põe no colchão, pousando sua mão sobre a dela. E então a pega. Vejo a força com que a agarra. Alex continua com a cabeça baixa, de modo que não consigo ver seu rosto. Scottie está tremendo. Seguro Scottie por trás, envolvendo-a com meus braços como se fôssemos bater em algo. As meninas precisam fazer isso ou vão se arrepender pelo resto da vida.

"Diga algo", digo para Scottie.

"Não", ela diz, a voz carregada de sofrimento. "Você tá me machucando."

Olho para Alex. A cabeça dela continua baixa, os ombros tremendo ligeiramente.

"Diz alguma coisa, Alex."

"Diz você", ela grita, e vejo que está chorando.

Curvo minha cabeça e falo suavemente com Joanie. "Sinto muito", eu digo. "Não te dei tudo que você queria. Não fui tudo que você queria. Você era tudo que eu queria." Estou murmurando como se recitasse uma oração. Minha cabeça e garganta palpitam de calor. Estou tentando me concentrar nas lembranças, palavras-chave que posso dizer para trazer à tona momentos inteiros, mas não consigo pensar em nada. Nós nos conhecemos desde que eu tinha vinte e seis anos e ela dezenove. Por que não consigo despertar uma lembrança?

"Todo dia", eu digo. "Casa. Você está lá. Jantar, pratos, televisão. Fins de semana na praia. Você por aqui. Eu por lá. Festas. Em casa para reclamar da festa. Um carro vai para casa pela Pali antes de instalarem a iluminação na estrada." Não consigo pensar em mais nada. Só nossa rotina juntos. "Eu adorava isso", digo, agarrando sua mão com mais força.

Nunca falei dessa forma. Sinto que ela está rindo de mim e ergo o olhar e vejo como Alex parece constrangida. Scottie também exibe uma expressão angustiada e assustada.

"Eu perdoo você", digo, e sinto Joanie sorrir ainda mais cinicamente.

Alex dá a volta na cama e tira Scottie de mim. Eu continuo no lugar e olho para o rosto de Joanie, a expressão de satisfação. Tento interpretá-la, compreendê-la; sinto frustração em ver como parece tão satisfeita. Me inclino de modo que meu rosto fica bem próximo ao dela e digo, "Ele não amava você. Eu te amo".

37

Por que é tão difícil articular o amor e tão fácil expressar a decepção? Deixo o quarto sem dizer uma palavra às meninas. À esquerda há uma fina divisória de vidro, e olho através dela para os troncos escuros de palmeiras e os bancos de parque vazios. Vejo a gigantesca árvore *monkeypod*; sua copa parece pairar no espaço. Ando até a fileira de cadeiras e sento, praticamente desabando. Fecho os olhos. Quando abro, há um jovem pondo um papel na cadeira ao lado da minha. Ele segue até o corredor, onde distribui mais de seus papéis às pessoas que circulam por lá. No papel ao meu lado, espero ver um anúncio de liquidação ou um cardápio de comida chinesa. Em vez disso, vejo uma lista de opções de serviços fúnebres:

> Seja parte de um recife de coral vivo após você ter partido!
> Enterros *aloha* no mar — seja levado em uma canoa e espalhado!
> Jogue suas cinzas na órbita da Terra!
> Solte suas cinzas de um balão de ar quente aos quatro ventos!
> Diga adeus como parte de uma exibição de fogos de artifício!

O último não tem ponto de exclamação. Diz, *Misture os restos de seu ente querido com a terra de um lindo bonsai cheio de vida. Um bonsai que cresce e viverá por centenas de anos com cuidados simples.*

Na parte de baixo há um nome, Vern Ashbury, e um número de telefone para informações sobre preço.

"O que é isso?"

Viro e lá está Alex. Ela senta ao meu lado.

"Não sei", eu digo. "Um anúncio de qualquer coisa." Ponho o folheto virado no assento do outro lado para que ela não possa ver o que é. Fecho os olhos outra vez.

"Aquilo foi mau", ela diz. "Você não devia ter feito aquilo. A Scottie ficou aflita. Ela é só uma criancinha."

"Ela não é uma criancinha."

"Agora é", diz Alex.

"Preciso ir pra casa." Me aprumo na cadeira e abro os olhos. "Preciso conversar com o Sid. Tenho umas coisas para fazer."

"Por que você precisa conversar com o Sid?"

"Por que ele foi expulso de casa?"

"Você vai ter que perguntar isso pra ele", ela diz.

"Estou perguntando para você."

"Eu não sei por quê", ela diz. Eu acredito nela.

"A gente não tem tempo para ele, Alex. Sinto muito que esteja magoado, mas não tenho tempo pra isso. Diga a ele para ficar fora do caminho, para não jogar mais merda no nosso colo. Principalmente se estiver ferindo seus sentimentos."

"Ótimo", ela diz. "Tanto faz."

Ela estica o braço por cima do meu colo para pegar o folheto. Observo-a ler as opções.

"Os caras só podem estar de sacanagem", ela diz. "Vern Ashbury. Meu Deus. Acho que gostei do bonsai. É deprimente."

"Eu sei", digo. "O que você falou para a Scottie? Ela sabe o que tá acontecendo?"

"Nesse exato momento, a mão. Ela acha que quer dizer alguma coisa. Acha que a mamãe vai melhorar."

"Certo", eu digo.

"Não", ela diz. "Certo nada. Não tem nada certo. Você precisa conversar com ela, pai. Você grita com ela por não saber, por não se comportar do jeito apropriado, mas ela não sabe o que tá acontecendo. Não põe ela mais nas minhas costas. Ela precisa de você." Alex se levanta e vai embora.

"Aonde você tá indo?"

Ela finge que não me escuta, e eu vou atrás dela, deixando o folheto das opções funerárias para trás. Passamos pelo quarto do paciente popular, e parece ainda mais solitário que os quartos sem nada. As bexigas estão murchando aos poucos; algumas flores nos vasos se curvam na direção do chão, e um *lei* pendurado na maçaneta revela o cordão branco entre as flores fenecidas de jasmim.

Uma mulher está parada ao pé da cama. "Sou só uma voluntária", ela diz ao paciente. "Não tenho permissão de tocar em você."

Alex vai para os elevadores diante da lojinha de presentes.

"Encontrei você ali." Faço um gesto na direção da loja, e leva um momento, mas então ela vê os cartões-postais.

"Demais", ela diz. "Isso não é demais?"

"Comprei e joguei no lixo."

"Obrigada", ela diz.

Olho pelo corredor, na esperança de ver Scottie, mas ela não está lá. Continua no quarto. Vou ter de pegar uma das meninas e deixar a outra para trás.

Escolho Scottie, a criancinha, a que tremia em meus braços. A porta do elevador se abre. Um homem sai vagarosamente, ligado a uma bolsa de soro. Pego-me desejando que se apresse e penso em Sid, sua impaciência culpada com gente vagarosa mesmo quando sofrem de alguma fraqueza.

"Me encontra no carro", digo para Alex. "Vou falar com Scottie."

Fico envergonhado ao vê-la. Sei que deveria pedir desculpas, mas ela precisava daquilo. Precisava tocar em sua mãe.

Quando me aproximo do quarto, ouço Scottie dizendo, "Eu tenho um olho muito bom". Paro no corredor. Ela está conversando com a mãe. Recuo um pouco, mas não posso me afastar. Quero observar. Quero saber o que está dizendo. Vejo que está enrodilhada ao lado de sua mãe; ajeitou o braço de Joanie para que fique em volta dela. Pego-me pensando, *Ela está viva*. É quase mais do que posso suportar ver Scottie sendo abraçada por sua mãe.

"Está no teto", ouço Scottie dizer. "Um ninho lindo. É muito dourado, e macio, e quente."

Olho para cima e vejo, também, só que não é um ninho. É um pedaço de banana apodrecendo, o resto de nossa brincadeira ainda colado no teto. A brincadeira que Joanie e eu costumávamos fazer, e agora uma brincadeira que farei com minha filha.

Scottie se apoia em um cotovelo, depois se curva e beija os lábios de sua mãe, observa seu rosto, depois a beija novamente. Ela faz isso várias vezes, uma delicada versão do boca a boca, cada beijo expectante, quase medicinal, e percebo que ainda tem esperança. Deixo que prossiga com sua fantasia, essa crença em finais felizes, essa crença de que o amor pode trazer alguém de volta à vida. Deixo que tente. Por um longo tempo observo sua tentativa. Torço por ela, até, mas depois de um tempo sei que chegou a hora. Preciso intervir. Preciso ensinar a Scottie o nome correto das coisas. Preciso dizer a verdade a ela.

Bato na porta. "Scottie", eu digo.

Ela permanece sob o braço de sua mãe, de costas para mim. Sento na beirada da cama e deito para pôr minha cabeça em suas costas e escutar sua respiração. "Scottie", eu digo.

"O que foi, pai", ela diz, e digo a ela tudo que está acontecendo e tudo que vai acontecer, e me sinto como a pessoa mais cruel do mundo. Mas cumpro minhas responsabilidades da melhor maneira que posso, e, quando termino, ficamos ali pelo que parece ser uma eternidade, a cabeça dela no peito de Joanie, a minha em suas costas, subindo e descendo com sua respiração curta, entrecortada pelo choro. Seu corpinho é como um músculo flexionado, tenso e estressado, ainda resistindo, e sei que não acredita completamente. Como poderia?

38

À noite, as meninas, Esther e eu sentamos juntos na mesa da sala de jantar, algo que não fazemos há um longo tempo, sem contar Ação de Graças e Natal. Esther nunca sentou conosco antes.

"Quanto tempo faz?", eu pergunto. "Da última vez que fizemos isso?"

"No Natal", diz Alex.

Alex escreveu uma história quando era pequena, e toda véspera de Natal nós a lemos em voz alta para os convidados à mesa e depois revelamos a autoria. A história é sobre José, de sua perspectiva na noite em que Jesus nasceu. Ele pergunta aos reis magos e aos animais da fazenda como cuidar de um bebê, e cada um dá seu conselho. Perto do fim da história, José está pronto para Jesus e até envolve o bebê com fraldas, um macete que aprendeu com o burro. No último Natal, quando Joanie ficou de pé para ler, Alex agarrou o papel de sua mão. Acho que ninguém percebeu o que Joanie ia fazer, exceto talvez nosso vizinho, Bill Tigue, que pensou que ela fosse ler uma oração. Ele curvou a cabeça e fechou os olhos. O Natal foi a época em que Alex viu sua mãe entrar na casa de outro homem. Essa não deveria contar como a última ocasião de verdade, e suponho que a dessa noite também não conte, uma vez que não estamos nem nunca mais estaremos completamente juntos.

"Bom", eu digo. "Saúde."

Ninguém ergue seu copo. Esther está tomando uma cerveja. Ela segura a lata com as duas mãos em seu colo.

"Sid não quer comer nada?", eu pergunto. Sid está assistindo à tevê na alcova, e ninguém se lembrou dele, o que faz com que eu me sinta mal. Pergunto-me se Alex disse a ele para manter distância de mim.

"Ele tá legal", diz Alex.

Comemos o jantar que eu preparei: uma salada, frango assado, arroz, brócolis com molho holandês. Fico esperando alguém dizer que a comida está gostosa e preciso me segurar para não perguntar. "Bom, a gente guarda um pouco pra ele. Se ele quiser."

Esther separa coisas da salada com seu garfo — os tomates, os abacates — e põe na beirada do prato. As meninas temperaram seu arroz com shoyu. O de Esther está coroado por um pedaço de manteiga.

"Senhor ligou para as escolas delas?", pergunta Esther. "Elas vêm faltando dias."

"Já", eu digo.

"Alex, quando você volta?"

"Ela não vai voltar", eu digo.

"*Ay*", ela diz. "Você em encrenca. Estou dizendo. Logo."

"Será que por favor dá pra você dizer uma frase completa?"

Ela balança a cabeça. "Se pelo menos. Se pelo menos."

"Esther, o que você quer dizer? Quer ficar? Por que não diz logo de uma vez?"

As meninas pararam de comer. Desde que as obriguei a segurar a mão de sua mãe, olham para mim de um jeito que faz com que eu me sinta um homem diferente. Olham para mim como seu pai.

"Quero ficar", diz Esther. "Pronto. Uma frase completa." Ela põe o dedo na abertura da lata.

"Ótimo", eu digo. "Então fique."

Ela não dá o menor sinal de que está feliz. As meninas parecem indiferentes.

"Quero levantar agora", diz Esther. "Não quero comer aqui desse jeito."

"Tá", eu digo.

Ela começa a limpar o prato.

"Pode deixar isso aí", eu digo. "Eu vou limpar."

"Não, eu ainda comendo." Ela pega seu prato e sua cerveja e empurra a porta de vaivém da cozinha. Momentos mais tarde, escutamos vozes de multidão dizendo, "Roda! Da! Fortuna!".

Um lagarto coaxa nas vigas.

"Não vou voltar para a HPA?", diz Alex.

"Não", eu digo. "Você vai ficar aqui."

Um cupim escala minha bola de arroz. "Já notou como o Sid vive enfiando coisas na boca?", eu pergunto. "O cabelo dele, a camiseta, a carteira?"

"Parece coisa de criança pequena", diz Alex. "Sei."

Noto outro cupim escalando meu copo d'água. Eles nos descobriram. Há um foco de luz brilhante acima da mesa. As meninas os tiram de sua comida. Scottie brinca com alguns na mesa, arrancando suas asas.

"Parece larva", ela diz.

Nossa casa tem tudo que um cupim pode desejar: bolor, umidade, um suprimento de madeira. Se continuarem aparecendo, terei de dedetizar a casa, encerrá-la em uma tenda e deixar que inalem veneno. Para onde iríamos? Imagino nós três pelas ruas. Alex tira um de seu arroz e Scottie recolhe um de seu frango; o molho vermelho estragou suas asas. Levanto e apago as luzes, então acendo a iluminação da piscina. Eles seguem a luz e se afogam.

Volto a sentar, no escuro, e continuamos a comer. No escuro, mal consigo diferenciar minhas filhas. Uma delas arrota. As duas riem.

Dou um gole em meu vinho e o copo me lembra minha mãe, o que fiz por ela no Dia das Mães, quando era bem pequeno. Levei seu café da manhã na cama. Pus alface numa taça de vinho tinto, depois acrescentei granola e leite. Achei que estivesse sendo sofisticado, algo que uma mãe adoraria de todo coração: cereal com um acompanhamento chique. Quando ela viu o que eu trazia, riu, e na época achei que ria de prazer. Fiquei observando-a comer sua granola na linda taça, a alface empapada no leite. Quando as meninas eram mais novas, eu ficava imaginando que tipo de coisas tolas fariam por mim, como interpretariam meus desejos, mas seus presentes sempre foram coisas seguras. Cartões, nada mais, para falar a verdade.

"Por que vocês nunca me fizeram umas coisas malucas para o Dia dos Pais?", pergunto às garotas.

"Você não gosta de bagunça", diz Alex.

"Você não gosta de porcaria", diz Scottie.

"Bom, agora eu gosto", digo. "Só pra que fiquem sabendo. Gosto de bagunça e de porcaria."

"Certo", diz Scottie.

"Isso está gostoso", diz Alex. "O frango."

O elogio me enche de orgulho. Sinto-me como o José de sua história, como aprendi a tomar conta de alguém. No fim da história de Alex, José faz Jesus arrotar, depois o embala até dormir. "Não chora, nenê", ele diz. "Estou aqui."

Enquanto as meninas tiram a mesa, vou até a alcova com um prato para Sid. Quando ele me vê, tira os pés da mesinha de centro, e percebo que está falando ao telefone. Dou meia-volta para respeitar sua privacidade, mas então o escuto dando tchau.

"Era sua mãe?", pergunto.

"Não", ele diz. Ele olha para o prato em minhas mãos. Ofereço a ele.

"Valeu", ele diz.

"Você podia ter sentado com a gente", eu digo.

"Sem problema", ele diz.

A luminosidade da tevê deixa seu rosto azul, depois verde, então preto. Penso em acender uma luz, mas vejo um cupim andando pela tela e lembro que temos de continuar no escuro.

"Olha", eu digo. "Agradeço por ficar fora do caminho, mas esquece. Pode agir normalmente como sempre faz. Estava melhor daquele jeito."

Ele apoia os pés na mesinha outra vez. Vejo que há lama em suas solas.

"Está tudo bem entre você e Alex?"

"Tá", ele diz. "Por quê?"

"Scottie disse que você sumiu com as amigas dela."

"Ah, sai fora. Aquelas minas são umas ordinárias. Dei um baseado pra elas se mandarem."

"Ótimo, Sid. Fico aliviado por ter fornecido drogas para elas."

"Desculpa", ele diz. "Esqueci que você é, tipo, um pai."

"Por que sua mãe expulsou você de casa?", pergunto.

"Ela não gostou do que eu tinha pra dizer."

"Que foi o quê?"

"Que terem matado meu pai foi a melhor coisa que já aconteceu pra gente. Não falei por mal, mas falei."

Ele observa a comida em seu colo e pega o frango com a mão.

"Por que você disse uma coisa dessas pra ela?"

Seus lábios ficam vermelhos com o molho barbecue. Ele mastiga, e espero até que engula, mas isso leva um longo tempo.

"Quer sentar?", ele pergunta com a boca cheia.

Sento ao seu lado e estico os pés sobre a mesinha, que é na verdade uma enorme otomana de couro, pois, segundo Joanie, mesinhas de centro estão fora de moda. "Lara deixa uma bandeja na dela. Eu gosto daquele jeito", ela disse.

"Mas mal cabe qualquer coisa", eu disse.

"Fica bonito", ela disse.

Não consigo lembrar o que mais conversamos sobre a otomana. Acho que foi só isso.

Olho para a televisão. Em uma academia de ginástica muito cheia, mulheres sobem e descem em bancos ao ritmo da música. A da frente diz, "E um, e dois, agora força". Ela aponta sua bunda.

Sid muda de canal. Imagens aparecem e desaparecem até que ele para na imagem de um homem barbado pintando o retrato de uma paisagem no campo.

"Esse cara é bom", diz Sid.

"Olha, Sid, Alex está passando por um momento difícil, muito—"

Ele me interrompe antes que eu consiga prosseguir. "Não brinca."

"Quem sabe você não deveria dar atenção para ela do mesmo jeito que ela dá atenção para você."

"Ela só tá comigo porque a gente não precisa ficar se paparicando o tempo todo", ele diz. "A merda na vida de um anula a merda na vida do outro."

Penso na minha relação com Joanie. Alguém ainda se apaixona hoje em dia?

"Você não quer me dizer por que falou uma coisa dessas para sua mãe, que acabou de perder o marido."

"Não, não quero", ele diz.

"Sid, estou pedindo para você dizer."

"Ótimo", ele diz. Ele tira alguma coisa dos dentes e respira fundo. "Eu tenho uma amiga, tinha uma amiga. Eliza.

A gente tinha quinze anos. Vivia junto. Ela era igual um cara. Aquela mina. Eu nunca dei em cima dela, mesmo sentindo vontade, e acho que ela também sentia." Ele limpa a boca com o guardanapo de papel, depois amassa numa bola e joga na direção do cesto de lixo. E erra. "Eu pego", ele diz. "Bom, ela dormia bastante lá em casa, a Eliza. Não no meu quarto. Ela ficava num sofá da sala. Meu pai também gostava dela. Eles viviam tirando sarro de tudo. Nesse dia, meu pai deu cerveja pra gente, e a gente ficou superfeliz, porque o que a gente mais fazia na vida, basicamente, era encontrar um jeito de conseguir cerveja. Mas ele falou no meu ouvido que tava tirando uma, que era cerveja sem álcool, mas a gente ia testar a Eliza pra ver se ela fingia que tava bêbada. Enquanto a gente ia tomando a cerveja, a Eliza começou a rir cada vez mais, disse umas bobagens, ela até tropeçou na escada da cozinha. Quando meu pai contou pra ela, no fim, ela ficou super na dela, dizendo que a atitude dela não ia ter mudado nada, com cerveja ou sem."

"Ela ficou sem graça."

"Bom, é. Quer dizer, foi uma bosta fazer aquilo, quando eu lembro hoje. Daí, da vez seguinte que ela foi lá em casa, meu pai quis compensar e serviu pra gente a velha e boa Budweiser. A gente ficou no banco de piquenique, tomando. Vieram uns amigos do meu pai, pra jogar pôquer. A gente foi pro meu quarto e ficou ouvindo um som. A gente tava bem louco, e isso foi uma boa desculpa pra ficar junto, e a gente ficou. Não dava pra evitar." Sid sorriu consigo mesmo. "Lembro de sentir esse puta alívio, tipo, a gente podia finalmente parar de fingir que era só amigo."

Fico pensando se ele se sente desse jeito em relação a Alex. Fico pensando o que são de verdade.

"Daí a gente ficou naquele agarro e coisa e tal. Quer dizer, sem ir até o fim, só se beijando. Mas você sabe como é, muito apaixonado, e daí, com o canto do olho eu vejo alguma coisa. É o meu pai parado na porta. Ela em cima de mim no chão, e a gente ainda com toda a roupa, mas você sabe, fazendo os movimentos. Meu pai ali, só assistindo, e quando percebeu que eu tava olhando pra ele, levou um momento pra ele perceber que eu podia ver ele, porque ele tava olhando pras costas da Eliza. Eu afastei ela de mim, e ele meio que olhou pra gente com uma cara engraçada.

Tipo de que tinha sido pego. Eliza só ficou sentada ali e eu sei lá. Não lembro o que ela fez.

"Daí meu pai disse, 'Eliza. Melhor você ir dormir no seu lugar lá na sala', e foi isso aí, e ele continuou ali de pé até ela levantar e passar por ele e ir para o sofá no andar de baixo. Quando ela saiu, ele ficou olhando pra mim, mas não parecia com raiva. Parecia que ele é que tava com vergonha, que ele tinha feito alguma coisa errada. Daí eu fui dormir. Eu fiquei meio que feliz, mas meio que deprê, também, porque agora ele ia contar pra minha mãe, e Eliza provavelmente não ia mais poder ficar pra dormir. Ela não ia ser mais só uma amiga."

Sid olha para a televisão por algum tempo e, sem tirar os olhos da tela em nenhum momento, me conta o resto da história com uma voz monótona, distante. É uma voz que nunca o vi usar. Ele fala sem recorrer a gírias ou piadinhas. Mantém os olhos no pintor, cuja voz também é calma e hipnótica.

Sid me conta sobre seu pai indo até Eliza, apagada no sofá. Ele me conta como ela acordou e deu com seu pai em cima dela, sentindo seus beijos, seus movimentos sobre ela. Ele me conta como ela evitou Sid no dia seguinte e por semanas depois disso e de como ele ficou pensando que era por sua causa. Então, resumindo a história, Eliza finalmente contou para Sid. Sid ficou furioso. Não acreditou. Eliza não ligou que não acreditasse. Então Sid acreditou e odiou seu pai, e odiou sua mãe por amar seu pai. Seu pai morreu e Sid contou tudo a sua mãe, tudo sobre a cerveja, sobre seu pai tentando se aproveitar de sua amiga bêbada. Sua namorada. E essa é a história. Essa é a história de Sid.

"Alex não sabe de nada disso", ele diz. "Ela acha só que minha mãe me chutou de casa porque tá muito nervosa."

"Por que você não contou?"

"Ela tem as preocupações dela", ele diz. "Como você mesmo disse."

"Por que está me contando isso?"

"Porque você pediu", ele diz. "E assim para de me olhar como se eu fosse um psicopata pronto pra sair atirando."

"Sua mãe acreditou em você?", pergunto. "Quando contou?"

"Claro que não."

Ele percorre os canais mais uma vez. Vejo uma girafa, uma esponja animada, alguém soldando alguma coisa, um meirinho fazendo sinal de positivo para o juiz.

"Por que você contou pra ela? Por que fez isso depois que ele morreu?"

Ele para em um canal: um apresentador de telejornal relata um terremoto devastador na Etiópia, a faixa embaixo dizendo *Cinco dias para o Oscar! Cinco dias para o Oscar!.*

"Porque eu tenho respeito por ela", ele diz. "Ele nunca foi bom com a minha mãe. A casa vivia tensa por causa dele."

"Mas você arruinou a vida dela." Penso em Julie. Imagino a notícia literalmente quebrando-a no meio ou causando um estrago.

"Eu não arruinei a vida de ninguém", ele diz. "Ela só ficou sabendo, do mesmo jeito que eu. Eu ainda gosto do meu pai. A gente ainda tem a vida que levou antes dessa parte ruim. Esse negócio não fez tudo que tinha a ver com ele ficar ruim, entendeu?" Ele me encara pela primeira vez. "Eu não sou obrigado a odiar tudo, sou?"

Tento fixar meus olhos nos dele, mas vejo as lágrimas começando a brotar. Eu não deveria vê-lo desse jeito. Ninguém deveria. Olho para o apresentador.

"Você sente o que tiver vontade de sentir", eu digo. "Pode sentir falta dele. Pode gostar dele."

Com o canto do olho, vejo que Sid está olhando para o teto. Fico de pé.

"Obrigado", eu digo. "Agradeço por ter me contado tudo isso."

"Sem crise", ele diz e limpa a garganta.

Digo-lhe para manter as luzes apagadas por causa dos cupins e dou boa noite. Começo a voltar em direção ao meu quarto, uma sensação desconfortável atormentando minha cabeça, fico à procura de algo mais por dizer, algo que fará com que fique tudo bem. *Não chore. Estou aqui.*

Na porta, eu me viro. "Você não tá passando frio naquele quarto? A gente tem cobertores extras, você sabe. Se precisar."

"Estou legal", diz Sid. "Na boa."

"Alguma coisa nova que percebeu na tevê ultimamente?", pergunto. "Alguma observação ou reflexão sagaz?"

Ele revira os olhos e segura um sorriso.

"Pode falar", eu digo.

"Os desenhos animados das doenças", ele diz. "Os comerciais fazem herpes, fungos do pé, sabe, todas essas coisas, eles fazem como personagens de desenho animado e mostram eles gritando, ameaçando, atacando o corpo. Bizarro. Já viu esses comerciais?"

"Já", eu digo.

Ele me olha nos olhos. "Deviam só mostrar a propaganda dizendo o que eles têm pra curar você. Esses desenhos são nojentos. Só falam pra gente se livrar do que a gente tem."

Ele se concentra na tevê outra vez, e eu o deixo na sala às escuras.

39

O dr. Johnston entra no quarto de Joanie, e junto vem outro sujeito a reboque que sorri para minhas filhas de um modo que me dá medo. Antes de sair do hospital ontem, pedi ajuda ao dr. Johnston. Como faço para dizer à minha filha mais nova que não há esperança?

"Está me dizendo que ela ainda não sabe?", ele perguntou.

"Ela sabe", eu digo rapidamente. Pensei em Scottie beijando sua mãe e como parecia querer trazê-la de volta à vida. "É só que ela ainda acha que tem uma chance. Mesmo depois que eu expliquei tudo. A mão da Joanie se mexeu, sabe. Acho que não sei o que fazer, só isso."

Ele permaneceu sentado atrás de sua mesa e dava para perceber que fazia força para não me olhar, como se eu tivesse feito algo errado. Seu desapontamento comigo era óbvio. Cheguei até a engolir meu orgulho e lhe contar sobre o ouriço-do-mar e as caravelas, mas não sobre os filmes pornôs ou suas poses diante do espelho. Ele disse que conversaria com as duas e nos apresentaria um terapeuta infantil que talvez fosse útil.

As pálpebras do terapeuta são pesadas, a boca ligeiramente curvada para cima. É como se tivesse dado seus tapinhas. Seu rosto sardento está bronzeado, queimado, e seus traços são suaves, então na verdade não dá para esperar muita coisa.

Sid senta em uma cadeira sob a janela, folheando uma revista. Dá para ver uma garota na capa com um vestido vermelho curto rastejando no capô de um Mustang.

"Esse é o doutor Gerard", diz o dr. Johnston.

"Oi pra todo mundo", diz o dr. Gerard, pousando os olhos de um em um. "Você deve ser a Scottie." Sua voz mal é audível. Ele estende a mão, e Scottie lhe oferece a sua, mas ele não aperta num cumprimento. Ele a segura e põe sua outra mão por cima. Scottie puxa um pouco, mas ele não solta.

"E você deve ser a Alex", ele diz, largando a mão de Scottie e virando para Alex.

"Oi." Alex estende a mão e lhe dá um aperto vigoroso.

Ele faz uma leve mesura para mim. Observo que tem uma caneta no bolso; preso à caneta há um polvo de borracha. Ele percebe meu olhar sobre o objeto e tira o polvo do bolso, então faz gestos exagerados de que vai jogar em minha direção e lança. O polvo cai junto aos meus pés e ao bater no chão se acende.

"É de acender", ele diz.

Scottie o apanha. O brinquedo de borracha fica piscando em sua mão.

"Meu brinquedinho bobo", ele diz.

Scottie puxa um tentáculo e solta de uma vez, como um elástico.

"Uma criatura muito engraçada", diz o dr. Gerard. "Com tantos mecanismos de defesa. A bolsa de tinta, claro. Tenho certeza de que vocês já ouviram falar na bolsa de tinta. Ele usa como distração, uma espécie de manto, para fugir dos predadores."

O dr. Johnston está olhando para o chão. Sid espreita por cima de sua revista, depois volta a se esconder atrás dela.

"Eles também podem se camuflar para se esconder dos predadores. Alguns soltam veneno, outros sabem mimetizar criaturas mais perigosas, como a enguia. Acho que ando com isso para me lembrar de todos os nossos mecanismos de defesa — nossa tinta, nosso veneno, nossa camuflagem para evitar as coisas que machucam a gente." Ele encolhe os ombros, como se o pensamento houvesse acabado de lhe ocorrer.

"Que isso?", diz Sid. "Aula de polvo?"

Tento reprimir um sorriso; estou agradecido por ter Sid de volta. Ele exibe uma expressão de orgulho disfarçado no rosto e sei que é por causa do meu sorriso, minha aprovação de sua postura.

"Tem razão", diz o dr. Gerard. "Aqui estou eu, tagarelando." Ele junta as mãos formando um triângulo próximo ao peito. "O motivo por que estou aqui é conhecer vocês, meninas. Ouvi falar muito de vocês, e adoraria conversar com vocês se também quiserem conversar comigo."

"O que você ouviu falar?", pergunta Scottie.

Ele encosta o queixo nos nós dos dedos e continua falando, a voz tranquila e casual. "Bom, ouvi dizer que você adora o mar e adora música, e que é uma menina ótima e muito talentosa."

Scottie considera isso.

"Ouvi dizer que sua mãe não está bem, que ela vai morrer." As meninas olham para mim e eu olho para o dr. Johnston. É uma afirmação tão simples e verdadeira, mas estou alarmado em ouvir. Alguém já afirmou isso com tanta clareza?

"Vocês estão passando por um momento difícil, compreensivelmente", ele diz. "E estou aqui para dizer que se quiserem conversar, eu adoraria enfrentar a situação junto com vocês, sem todos esses nossos mecanismos de defesa bobos. Quero ajudar vocês a admitir esse momento em suas vidas, e depois quero ajudá-las a seguir em frente. Não passar por cima, mas seguir em frente."

"Certo", diz o dr. Johnston. "Obrigado, doutor Gerard."

Scottie dá o polvo para o dr. Gerard. Ele aperta sua mão outra vez e faz um "Obrigado" com a boca.

Ele anda até a porta e acena para Alex, que o fuzila com os olhos, reduzindo-o a um polvo, uma coisa sem esqueleto interno, uma bizarrice hedionda. "Que negócio foi esse?", diz ela quando ele sai.

O dr. Johnston exibe um olhar culpado, embora seja incapaz de admitir que lamenta. Isso é algo que cabe a ele suportar. "Certo, bom, o doutor Gerard está disponível para conversar."

"Pode crer. Ele se formou em Lula Lelé", diz Sid. "O cara tá viajando desde Woodstock."

"Certo, bom." O dr. Johnston olha atrás de si para uma cadeira. Ele hesita, então aceno com a cabeça e ele senta. "Como estão todos vocês?", ele diz.

Alex senta na beirada da cama. O rosto de Joanie está sem cor e seus lábios estão secos e pálidos. Seu peito se move esporadicamente, como se estivesse tendo um pesadelo. Ela parece uma mulher velha. Puxo Scottie para mim, esperando que tenha me perdoado inteiramente por obrigá-la a demonstrar à força afeto por sua mãe. Ela se deixa envolver por meu abraço.

"Tenho certeza que é diferente quando está com uma pessoa só", diz o dr. Johnston. "Aquilo foi seu discurso de apresentação. Tentem enxergar além disso."

"Gostei dele", diz Scottie.

"Ótimo." Eu esfrego seus ombros. "Vamos marcar uma hora para conversar com ele, tudo bem?"

Olho tanto para Sid como para Alex, para me certificar de que irão se abster de comentários.

"Ótimo", diz o dr. Johnston. "E quero me pôr à disposição de vocês, também. Se tiverem qualquer pergunta sobre o que vem a seguir, sobre por que estamos fazendo isso. Qualquer coisa."

Sinto o peito de Scottie subindo e descendo. "A mamãe vai morrer com certeza?", ela pergunta.

Para minha surpresa, o dr. Johnston diz, "Vai. Estamos fazendo exatamente o que sua mãe quer que a gente faça. Paramos de opor resistência ao que o corpo dela deseja". Ele olha para Joanie e parece perdido em pensamentos. "A gente tem se esforçado ao máximo, mas sabemos que os principais órgãos dela deixaram de funcionar. Morreram ou estão morrendo."

Ele olha para mim em busca de aprovação. Não tenho certeza se devo lhe conceder ou não.

"Outro médico e eu determinamos que ela está em coma irreversível. Bom, assim que isso ficou determinado, a *living will* da sua mãe passa a vigorar. Nesse documento ela deixou expressa sua vontade de que a gente rejeite ou retire qualquer tratamento que possa ser considerado capaz de prolongar a vida ou que estenda artificialmente o processo da morte."

"É a melhor coisa, Scottie", diz Alex. "Ela não está feliz desse jeito."

"Eu sei", diz Scottie. "Já sei tudo isso." Ela fica tensa em meus braços. "Ela não tem mais cérebro."

"Quero que entenda, Scottie", diz o dr. Johnston, "e Alex, que não estamos dizendo que não damos mais nenhum valor para sua mãe; mas a terapia médica é que não tem mais valor. Meu propósito é curar, e não posso fazer isso".

"Estão entendendo?", eu pergunto.

"Estou", diz Alex.

"Estou", diz Scottie.

"Ela não queria ser mantida com vida nesse estado. Mesmo que fosse sair do coma, o que não tem a menor possibilidade—"

"Ela ia virar um vegetal", diz Scottie.

"Ela não queria ficar viva desse jeito", eu digo.

"Eu já sabia disso tudo", diz Scottie.

"Sua mãe está recebendo largas doses de morfina, então ela não está sentindo dor nenhuma, mas fora isso não tem muito mais que possamos fazer."

Só estamos esperando que morra, eu penso.

"Tem mais alguma coisa que posso responder?"

Alex balança a cabeça.

"O que vocês vão fazer com o corpo dela?", pergunta Scottie.

O dr. Johnston acena com a cabeça, e tomo isso como significando que essa pergunta cabe a mim responder. Aperto os ombros de Scottie. Como posso dizer a ela que vamos queimar o corpo de sua mãe, que vamos reduzir sua mãe a cinzas e pó de osso? Como é possível que seja isso o que acontece conosco?

"Vamos espalhar suas cinzas no mar", eu digo.

A barriga de Scottie para de subir e descer e depois começa outra vez. "Quando ela vai morrer?", pergunta.

O médico parece pronto para começar uma explicação, mas aparentemente se detém. "Esse é o terceiro dia dela por conta própria. Acho que falta pouco, lamento informar. Mas vocês ainda tem tempo de ficar com ela."

Todos olhamos para Joanie na cama.

"Algumas pessoas dizem adeus de uma vez e vão embora do hospital", diz o dr. Johnston. "Mas tem gente que fica até o fim."

"O que a gente vai fazer?", pergunta Scottie.

"O que acharem melhor", eu digo. "A escolha é de vocês."

O dr. Johnston fica de pé. "Por favor, me avisem se tiverem mais alguma pergunta. Qualquer coisa."

Vejo uma mancha em seu avental branco, não sangue, mas uma nódoa amarelada que lembra manteiga de amendoim. Imagino-o na lanchonete comendo um sanduíche de manteiga de amendoim e geleia, e a imagem de algum modo me conforta. Joanie gostava de comer manteiga de amendoim com tortilhas fumegantes; era sua *comfort food.* Quem dera ela pudesse comer alguma coisa. Quem dera pudesse fazer uma última grande refeição, como um prisioneiro antes da execução. *Malasadas*, raspadinha, *plate lunch*, o *ahi* grelhado do Buzz's, as costelinhas de porco *kiawe* do Hoku's, hambúrguer *teriyaki*, shake de laranja com baunilha. Essas eram suas comidas favoritas.

"Obrigado, Sam", eu digo.

"Lamento", ele diz, e parece lamentar de fato, não apenas por nós, mas por si mesmo. Esqueço que morte para um médico significa fracasso. Ele fracassou. Fracassou com Joanie e fracassou conosco.

"Tudo bem", falo para ele, o que soa estranho.

"Vou dar um pouco de privacidade a vocês", ele diz.

O quarto fica em silêncio depois que sai. Alex senta perto de mim na cama. Mesmo que eu ache que o rosto de Joanie está encovado, que ela está ficando menor, percebo que não mudou tanto assim, de fato. Essas são expectativas minhas — que vai envelhecer, que vai deteriorar antes de ir. Mas não é verdade. Ela ficou congelada no tempo. Não consigo deixar de pensar que continua responsável por nós, cuidando da família com uma força imensa e sem igual. O olhar de Scottie permanece fixo de um modo que me diz que não está olhando para nada em particular. Ela parece em transe.

"E agora?", pergunta Alex.

"Estamos esperando o tio Barry e os avós de vocês", eu digo. "Eles vêm se despedir hoje."

"O que a gente vai fazer?", ela pergunta. "Vamos esperar até o fim?"

Sid baixa a revista.

"O que você quer?", pergunto. "O que vocês duas querem fazer?"

Elas não respondem. Me pergunto se estão com vergonha demais para dizer que não querem ficar até o fim. Estamos nos despedindo há muito tempo.

Imagino como será o fim disso. Será que ela vai simplesmente expirar? Ou vai se debater para não morrer? Seus olhos vão se abrir, sua mão vai agarrar nossos pulsos? "Acho que vocês duas não deviam ficar aqui até o fim", eu digo. Não quero que a vejam morrer. "Vamos escolher uma hora pra todo mundo se despedir. Se vocês acharem que tudo bem. Se for o que querem fazer. Ou a gente pode ficar aqui ou então continuar vindo até vocês acharem que é hora de ir. Só me digam quando."

"É bom ter certeza de que estão prontas", diz Sid. Alex sai da cama e vai para perto dele, mas ele cobre o rosto com a revista outra vez. Vejo a garota se arrastando sobre o capô. Fico com vontade de dizer a ela: *Por que está aí? Desce dessa droga de capô e vai pra casa.*

"Acho que a ideia é boa", diz Alex. "A gente podia cada um escolher uma hora pra se despedir."

"O olho dela arde?", pergunta Scottie.

Não faço a menor ideia do que acontece com os olhos e jamais teria coragem de perguntar. Acho que ardem. Sei lá.

"O que foi?", diz Scottie. "Por que tá todo mundo olhando pra mim desse jeito?"

"Você vai ter que perguntar pro médico, Scottie."

"Isso não é pergunta que se faça", diz Sid.

Fico pensando no que fizeram com seu pai, se o enterraram ou cremaram. Pergunto-me se Sid imaginou a mesma coisa sobre os olhos de seu pai.

40

Meu coração dispara como se eu estivesse em um palco. Ouço a mãe de Joanie.

"Joanie", ela chama. "Joanie."

Caminho pelo corredor. Scott está com as mãos nos bolsos e olhando para o chão, arrastando os pés como uma criancinha. Alice está muito bem-vestida, ou sua enfermeira ou Scott a vestiu muito bem, com um suéter preto e uma saia vermelha e branca longa. Está usando seus braceletes de ouro e parece ter passado pelo cabeleireiro. Imagino se faz ideia de onde está.

"Joanie! Joanie. Lepra", ela diz para um homem que passa numa cadeira de rodas.

O homem olha para Alice, que continua andando como se não tivesse dito nada.

"Oi, Alice", eu digo.

Ela passa direto por mim até que Scott põe o braço em torno dela e a guia para o quarto. "Barry deve chegar logo", ele diz. Ele olha para a cama, depois vai até a janela, abre a persiana e volta a fechá-la. Dá uma olhada em tudo e fica no fundo do quarto. É como se estivesse fazendo compras com a mulher numa loja de lingeries. Não sabe o que fazer.

"Scottie. Deixa o vovô sentar."

"Ei, Bingo", diz Scott. "Não vi você aí." Ele olha para Alex e Sid. "Olha só você aí de novo", diz para Sid.

Scott senta e puxa Scottie para o seu colo.

Alice está em pé perto da cama. Ela se curva e fala baixinho. Eu escuto: "O que acontece quando você cruza um aligátor com uma criança?", mas não ouço a resposta. Fico me perguntando: *Diacho, o que acontece?* Imagino que um aligátor. *Hasta la vista*, criança. Por algum motivo, a charada parte meu coração.

* * *

Barry entra no quarto trazendo flores e o que parece ser um álbum de fotos. Está chorando. Vai de um em um, balançando a cabeça, depois desabando em nossos braços. Quando eu o abraço, pressiono suas costas com a palma da mão, não com o punho fechado.

"Oi, filho", diz Scott.

Eu tiro as flores de Barry. Ele se aproxima do leito de Joanie e fica ao lado de Alice.

"O que vocês decidiram?", fala Scott.

"Como disse, Scott?"

"O que vocês decidiram?"

"Acho que vamos apenas ver o que acontece. Quando acharmos que chegou a hora certa."

"Estou falando o que decidiram sobre o comprador? Quem é seu comprador?"

"Guloso", diz Alice para os *leis* de jasmim.

Minhas filhas também parecem curiosas. Não aguento ver a curiosidade delas. Querem saber quanto. Quanto vamos ganhar.

"Será que essa é mesmo a hora certa para falar sobre isso?"

"Quanto você vai ganhar?", pergunta Scott.

Olho para Barry para saber se ele vai ser de alguma ajuda em fechar a matraca de seu pai, mas tudo que ele diz é: "Pai, você pode ler sobre isso no jornal, tenho certeza."

"Não preciso ler no jornal", ele diz. "Posso ficar sabendo agora mesmo."

"Não vou falar sobre esse assunto agora, Scott. Não me parece nem um pouco apropriado."

"Pra você dá na mesma, eu acho. Nada de mais. Um milhão aqui, um milhão ali."

"Tem algum problema?"

Scottie fica como que petrificada em seu colo. Ele faz menção de levantar e ela desce, mas então ele volta a sentar na cadeira. Ele não me olha nos olhos. Um sorriso cruel, provocador, brinca em seu rosto. "É engraçado que tenha acontecido de Joanie ter sofrido esse infortúnio ao mesmo tempo em que você pôs a mão nessa fortuna."

"Não é nem um pouco engraçado", eu digo. "Não tem nada nem perto de engraçado nisso tudo."

Ontem os primos se reuniram em torno de Hugh quando ele deu a notícia, e apreciei as coisas que falou. Foi uma declaração desapaixonada e imparcial, dita com autoridade. Seu tom de voz era distanciado; ninguém se opôs nem suspirou dramaticamente. Sei que Joanie deve ter tido alguma coisa a ver com aquilo. Eles teriam protestado se ela estivesse bem. Agora vão esperar até algum tempo ter passado. Hugh deu a entender que eu estava confuso, mas determinado. Fez com que eu parecesse otimista e corajoso. Ralph deu uns tapinhas nas minhas costas. Seis disse, "Pra mim, tanto faz. Vou morrer logo".

"Você foi egoísta com ela", diz Scott. "Ela deu tudo para você. Uma casa boa e feliz."

"Scott", eu digo. "Aonde você quer chegar?"

Olho para Barry outra vez, concentrado em Joanie, e sei que deve concordar com seu pai, ou então estaria me ajudando.

"A gente vivia bem", digo. "Mais do que bem. Você acha que ela era infeliz porque eu não dava o suficiente para ela? Sério mesmo que está furioso com isso?"

"Ela queria seu próprio barco."

"Eu não tinha como pagar! Não tenho todo esse dinheiro à minha disposição. As coisas estão amarradas. A gente vive do que eu ganho. Vou usar dinheiro da herança para pagar a faculdade, e estou usando para a Punahou, que é vinte e oito mil pras duas. Mais aula de canto, aula de dança, acampamento de verão. A lista não para aí."

As garotas parecem atônitas e ofendidas. Esse é o problema com crianças privilegiadas — esquecem que seus professores são pagos. Esquecem que tudo custa alguma coisa: participar de uma peça, fazer um bongo na aula de soprar vidro. Tenho certeza de que crianças pobres estão cientes dos preços de tudo. Cada coisinha. Olho para a parede acima da cabeça de Scott e sinto vontade de dar um soco ali. Por que estou aqui falando sobre ensino? Por que estou me defendendo?

"Ela devia ter tido seu próprio barco, um que conhecesse de verdade. Daí não ia estar..." Faz um gesto para sua filha.

"Ela nem estava no volante, pra começar, e não pode jogar a culpa disso em cima de mim. Eu não planejei isso!"

"Ela merecia mais, vindo de você", ele diz, fitando-me diretamente nos olhos. Não consigo acreditar que está dizendo isso, principalmente na frente das meninas, e eu quase deixo escapar. A verdade quase realiza um salto ornamental na minha língua. Eu podia contar a Scott que ela estava me traindo, que eu também merecia mais. Eu podia lhe contar que ela partiu o coração de todos nós.

"Sei", eu digo. "Ela merecia mais." E percebo que é verdade, não apenas uma declaração para apaziguar o homem. Respiro fundo, lembrando que é seu pai que está ali. Eu não conseguiria imaginar uma de minhas filhas naquela cama. "Tem razão", digo. "Desculpe."

"Pelo amor de Deus, dá um tempo com o cara", diz Sid.

"É, vovô", diz Scottie.

"O papai fez o melhor que podia", diz Alex.

Fico chocado, quase constrangido, preocupado em que Scott possa pensar que paguei as meninas para dizer isso. Nossa frente unida soa estranha, como se fôssemos alguma outra família. Uma dessas famílias felizes que vejo de vez em quando. E então eu penso: *Somos?* Apesar dos pesares, tem alguma coisa acontecendo aqui? E, contudo, seja em que pé estivermos, seja o que tenhamos nos tornado, é algo que existiria somente na ausência de Joanie. Tudo isso se tornou possível graças ao silêncio dela. Penso em Sid dizendo a sua mãe que a morte do seu pai foi o melhor que lhes aconteceu, e percebo que não disse isso por maldade ou insolência. Disse porque era em parte verdade, doloroso, mas verdade. Quanta coragem ele não precisou para dizer isso.

Eu podia dizer a Scott que o dinheiro não estava tornando minha vida melhor; a morte de sua filha estava tornando a minha vida melhor. Lá no fundo, sei disso. Não quero estar nessa situação. Não desejo isso para ela, mas agora que aconteceu, agora que sei o que está para acontecer, tenho confiança de que minhas filhas vão compreender e vão se tornar pessoas fortes, interessantes, e eu serei um bom pai e teremos uma vida melhor do que aquela que estávamos destinados a ter. Nós três vamos ficar perfeitamente bem, Joanie. Lamento por isso.

"Não fiz uma escolha", digo para Scott. "Não vendi."

As meninas examinam meu rosto. Alex sorri. Não tenho certeza por quê, ou o que minha decisão significa para ela, mas fico muito feliz com sua aprovação.

"Vou manter na família, mesmo sabendo que vai ser um pé no saco. Terei muito trabalho pela frente."

"Não é da minha conta", diz Scott.

Sinto vontade de gritar que estou persistindo nisso, que estou persistindo com tudo, que a vida me pegou de surpresa e que eu a estou surpreendendo de volta à minha humilde maneira.

Scott se levanta e vai até Joanie. Ele avalia as flores como se estivesse olhando livros numa estante, e então ri. "Você deve ter deixado um monte de gente puta da vida." Parece quase orgulhoso.

"Deixei. E muito provavelmente ainda estou pra ver o fim disso." Mesmo sendo o que fiz perfeitamente válido e protegido por lei, não descarto um promotor imbecil encontrando alguma brechinha minúscula onde consiga meter o seu nariz intrometido.

Alice olha para a revista de Sid. Seus olhos são imensos, como os de uma coruja. "Estamos prontos para ir?", ela pergunta.

"Não, mãe", diz Barry.

"Por que não?", ela pergunta.

"Porque, mãe—"

"Estamos, Alice", diz Scott. "Estamos prontos para ir." Ele junta as mãos e baixa o rosto para a filha. As meninas olham para mim, em pânico.

"Meninas", eu digo. "Sid." Faço um gesto na direção da porta e todos me seguem até o corredor.

"Ele está se despedindo agora?", pergunta Alex.

"Acho que sim", eu digo.

No corredor, damos alguns passos em uma direção, depois fazemos meia-volta e vamos na outra direção. Scottie é a única que fica parada e assiste. Após algum tempo seguimos seu exemplo, embora relanceando o fim do corredor, talvez tentando ocultar nosso interesse em ver como se faz. Scott está de olhos fechados e com as mãos nos ombros dela, mas sem falar nada. Barry o observa também, com medo e reverência.

"Ele está rezando?", pergunta Sid.

"Não", eu digo.

Alice se afasta da cama e Scott ergue os olhos rapidamente para ela, depois volta a baixá-los para a filha, e põe uma mão em sua própria boca e aperta seus olhos com a outra. Então ele abre os olhos e põe a mão na testa de Joanie, alisa seu cabelo para trás, e deixa a mão parada no alto da cabeça dela. Depois se aproxima de Alice, segura sua mão e vai na direção da porta. Todo mundo recua um passo. Ele olha para mim brevemente antes de se afastar pelo corredor. É uma expressão que reconheço — a de outro advogado quando perde uma causa para mim. É uma expressão de irritação por eu aparentemente ter me safado de algo. É uma expressão de que decididamente, por mais absurdo que pareça, sou um sujeito de sorte.

41

Joanie parece diferente, agora que seu pai se despediu. É como se o adeus dele a tivesse empurrado para um degrau mais perto da não existência, e é difícil olhar para ela, sabendo que seus pais nunca mais irão vê-la outra vez. Tudo parece diferente. Ficamos no corredor, deixando Barry a sós com ela.

"O vovô não gosta mais da gente?", pergunta Scottie, coisa que eu mesmo estava me perguntando. Fico pensando se vai manter o contato conosco, embora eu imagine que isso dependa de mim. Preciso providenciar para que veja suas netas. Preciso providenciar para que cuidem dele. Acho que passou a ser meu, também. O cocuruto das meninas é idêntico. Noto isso pela primeira vez, um brilho branco de pele no meio, o cabelo dobrando para a direita.

"Claro que gosta da gente. Só está triste. A gente diz coisas quando está triste."

Sid não para de olhar pelo corredor, na direção dos elevadores, e isso me distrai.

"Estou indo, pessoal", diz Barry, saindo do quarto.

"Certo", eu digo, me segurando para não dizer, *Já terminou? Tem certeza?*. Isso está acontecendo rápido demais.

"Pode ser que eu volte", ele diz. "Quero ir embora para cair a ficha. Se eu sentir que tem mais, eu volto. Mas nesse momento, preciso ir."

"Certo, Barry", eu digo.

Ele me abraça e depois vai abraçar as meninas. "A gente pode fazer qualquer coisa", ele lhes diz. "A gente pode agir como quiser, mas sem sentir raiva. Só não dá pra ser desagradável."

Reconheço essas palavras. Eu estava cuidando de um assado e Esther fazia empanadas e assistia à *Oprah*, e no programa uma mulher cujo filho foi assassinado disse a mesma coisa para sua família logo após a morte do rapaz. Lembro de ter até parado para ver a mulher, porque soava tão forte e inteligente, e acreditei nela de fato, acreditei que dizia isso para sua família, e acreditei que dizer isso funcionava, mas as palavras não pareceram tão convincentes vindas de Barry. Não estou convencido de que vão funcionar para ele. Ele lê muitos livros de autoajuda, mas são sobre amor, não sobre morte. Acho que o pesar e a raiva vão cair sobre ele de uma hora para outra. Vão vir sem diluição, e palavras não irão funcionar. Todos nós seremos atingidos e ninguém vai saber como devolver. Quem dera eu tivesse as respostas, como ajudar a mim mesmo e às pessoas que ficarão sofrendo à minha volta.

"Bom, meninas", eu digo. "Sou só eu e vocês."

"E vocês e eu", diz Scottie.

"E eu", diz Sid.

"Vocês estão bem?", pergunto. "Querem voltar lá pra dentro?"

Todo mundo olha dentro do quarto, mas ninguém se move.

"Não está funcionando", diz Alex. "Sinto que a gente só está assistindo. Esperando ela..."

"Eu sei", eu digo. "Eu sei."

Vejo Sid olhando para o corredor e conferindo seu relógio e o celular mais uma vez.

"Está esperando alguém?", eu pergunto.

"Não", ele diz.

Dá para perceber que ficou decepcionado comigo. Ele acha que eu deveria "partir pra cima" e brigar com Brian, que, segundo Sid, "apanhava até de uma uva numa briga de frutas". Ele acha que contar a verdade a Julie me faria sentir melhor, e isso me faz rir, mesmo sendo triste, porque ele ainda não caiu na real. Se tem alguém que deveria saber sobre a futilidade da vingança, esse alguém é Sid.

"Quem sabe a gente podia tomar um ar. Comer alguma coisa. Que tal um *plate lunch*?"

"Vamos dizer tchau como se fosse a última vez?", pergunta Scottie. "Só pra garantir."

Olho dentro do quarto. “Não”, eu digo. “Tudo bem. A gente volta logo.” Fazer a despedida como se fosse a última vez seria extenuante, então vamos. Simplesmente vamos, na esperança de que ela continuará por aqui, e assustados demais para admitir que podemos estar enganados.

42

Ela continuava ali quando voltamos do almoço e continua aqui essa manhã. E aqui estamos nós outra vez, mais um dia sentados no quarto às escuras, olhando para Joanie, esperando. Algumas flores murcharam, as alpínias e os jasmins, embora continuem a exalar seu perfume no ambiente. As pontas dos dedos de Joanie estão azuis. Fico pensando se mais alguém notou. É seu quinto dia por conta própria.

Joy aparece na porta. Estou aliviado em vê-la.

"Joy", eu digo.

"Senhor King. Sua esposa tem uma visita."

Vi um pai dando um adeus silencioso a sua filha, e contudo isso é quase mais perturbador, o ar grave de Joy, o fato de que não consegue me fitar nos olhos.

"Quem é?", pergunto.

"Uma mulher. Não sei o nome. Quer que eu mande ela entrar, ou a família prefere ficar sozinha?"

Tento pensar em quem pode ser. Todo mundo que comuniquei já passou, embora eu consiga imaginar Shelley voltando para ver como estamos.

"Claro", eu digo. "Mande entrar."

"Certo, senhor King." Joy sai, e me pergunto se está triste por mim ou se é porque não somos mais clientes do hospital; só estão esperando a liberação do leito para o paciente seguinte.

"Quem é?", pergunta Alex. Ela enfia o cabelo atrás da orelha e alisa a camisa. Só agora noto como se arrumou. Está usando uma calça preta e uma blusa branca nova, de gola. Sid também está usando uma camisa de gola, e jeans que não caem da cintura. Ninguém pediu a eles que se vestissem bem ou respeitosamente, e fico perplexo, embora quase entristecido, em constatar que não precisam de mim para orientá-los. Scottie, porém, continua sendo minha responsabilidade, o que fica evidente com a camiseta extragrande que pende sobre seu shorts de modo a parecer que a camiseta é tudo que está usando. A estampa nas costas diz FEROZ e tem o desenho de um pitbull espumando pela boca e erguendo a pata traseira sobre uma margarida.

"E se a gente não quiser ela aqui no quarto?", pergunta Scottie. "É a hora da gente."

"Um pouco tarde demais pra isso", diz Alex.

"E se ela for do juizado de menores?", diz Scottie.

"Por quê, Scottie? O que eles podem querer aqui?" Olho para sua camiseta, seu cabelo, suas unhas.

"Levar a gente embora", ela diz.

"Mas pra que eles iam fazer uma coisa dessas?"

"Eu tava só brincando. Nossa, calma."

Sid senta na mesma cadeira e tamborila com o pé no chão; parece nervoso. Então seu pé fica imóvel de repente e ele se endireita, uma expressão de contentamento iluminando seu rosto. Olho para a porta e vejo um imenso arranjo de rosas brancas, tão grande que cobre o rosto da mulher, mas imediatamente reconheço o cabelo cor de bronze e os braços pálidos de Julie Speer.

Ela põe o vaso no chão e baixa o rosto para seu suéter azul-claro.

"Entornei um pouco", diz. A água escorreu por seu suéter, ironicamente formando uma mancha que parece um pouco com uma rosa e o caule.

"Toma", diz Scottie. Ela mexe numa gaveta perto da cama de Joanie e tira um avental hospitalar. "Usa isso."

Julie hesita, mas então diz, "Obrigada", e esfrega rapidamente o suéter, depois para e olha de um em um, e então para Joanie. Lembro de ter-lhe dito que minha esposa estava doente, mas não acredito que veio. Alex pega o vaso e o põe na prateleira no fundo do quarto, já que o balcão perto de Joanie está cheio.

"Foi gentileza sua aparecer", eu digo. "Eu não esperava—"

"Eu sei", ela diz. "A gente mal se conhece, mas fiquei pensando em suas meninas nos últimos dias e sabia que a mãe delas estava aqui. Só achei que devia passar para uma visita."

Suas mãos tremem ligeiramente. Ela leva uma delas ao peito e respira fundo. Seguro seu cotovelo e a conduzo para a cadeira do lado de Sid. Ele faz um cumprimento de cabeça.

"Esse é Sid", eu digo. "Sid, a senhora Speer."

"Julie", ela diz.

Ele oferece a mão e ela a aperta e por algum motivo diz, "Obrigada".

"Onde estão seus filhos?", pergunta Scottie.

Julie parece ponderar cuidadosamente sobre a questão. "Continuam em Kauai com meu marido. Vão voltar hoje à tarde."

"Você era amiga da minha mãe?", pergunta Scottie.

Julie examina Joanie como se a resposta à pergunta de Scottie dependesse do que vê. "Não", diz. "A gente não se conhecia."

Alex e eu olhamos com ar de perplexidade um para o outro, algo que percebo temos feito bastante, ultimamente. Sempre que acontece alguma coisa estranha, ou irritante, ou engraçada, seu rosto é o primeiro lugar para onde olho. *O que Julie está fazendo aqui?*, meu rosto pergunta.

"Muito obrigado pelas flores", eu digo. "Obrigado por ter vindo."

"Alex", diz Sid. "Scottie. Vamos dar um tempinho pra eles."

"Como?", eu digo. "Não, tudo bem. Vocês não precisam sair."

Sid põe a mão nas costas de Alex e a conduz na direção da porta. Scottie vai atrás, então ele fecha a porta e me deixa a sós com ela. Preciso contar a Julie que minha esposa não está melhorando, como eu disse antes. Preciso lhe dizer que deve ir. Ando até a cama de minha mulher.

"Eu sei", diz Julie.

Ela fica de pé diante da janela, contra as persianas verticais, do tipo que Joanie tanto detestava. Eu tinha persianas como essas, antes, na alcova da sala. "É tão casinha financiada", disse Joanie, assim que nos mudamos. Estavam ali quando comprei a casa e eu não teria mudado nada — os pisos, tampos de balcão, o pátio, a garagem, o telhado — se Joanie não houvesse apontado as falhas. Ela ampliou a entrada, plantou três tipos de samambaias, ampliou o telhado, instalou grandes pilares de madeira, de modo que a fachada parecesse imponente, ainda que acolhedora. Arrancou o carpete, removeu o papel de parede floral dos quartos, remodelou a cozinha, os banheiros. Pechinchou com os empreiteiros, cobrou favores. Trabalhou duro, e transformou o antigo lugar numa linda casa, e, assim que vi, não pude nem imaginar em morar lá do jeito que era.

"Matt?", diz Julie.

"O que foi", eu digo. "O que foi, Julie."

"Foi por isso que vim", ela diz. "Porque eu sei. Vim porque meu marido não viria."

Absorvo isso, apalpando os bolsos da calça, por alguma razão. Tateio uma bola de alguma coisa — fiapos de tecido ou papel amassado. Fico pensando o que será.

"Eu sei que ele estava dormindo com ela. Sei que ela... não está bem."

"Ela está morrendo", eu digo.

"Não sei o que eu estou fazendo aqui."

"Desculpe", eu digo.

"Não estou aqui para isso. Quer dizer, por que está pedindo desculpa?"

"Eu não deveria ter aparecido na sua casa daquele jeito", eu digo. "Eu não sabia que ele tinha uma família. Desculpe."

Ela olha para o pé da cama, depois para o rosto de Joanie.

"Joanie é muito bonita", eu digo. "Essa não é sua aparência normal."

Ela balança a cabeça. "Me sinto horrível", ela diz, "mas estou com tanta raiva". Começa a chorar. "Estou morrendo de raiva dos dois."

"Eu também estou com raiva. E é muito estranho, uma coisa muito ruim de sentir."

Ela limpa as lágrimas do rosto.

"Quando ele contou para você?", eu pergunto.

Ela parece surpresa. "Meu marido?"

"É. Ele contou depois que a gente saiu? Aconteceu alguma coisa?"

"Ele não me contou", ela diz. "Sid me contou. Ele ligou para casa ontem. A coisa está sendo uma loucura por lá, com meu marido e eu. Você pode imaginar."

"Sid", eu digo. "Bom."

"É só que..." Ela começa a rir e a abanar o ar diante de si. Sinto que deveria deixá-la sozinha por um momento, então olho para o teto, mas depois olho de volta para ela e não consigo disfarçar minha irritação.

"Do que você está rindo?", pergunto.

"É tudo tão terrível", ela diz.

"Julie", eu digo. "Lamento muito por tudo, sério mesmo, mas não posso fazer isso agora. Preciso ficar com minha esposa, nesse momento."

"Eu sei", ela diz, quase com raiva. "Achei horrível meu marido não vir até aqui. Só vim porque achei que não estava certo. Queria pedir desculpa para sua esposa."

Pergunto-me se uma parte dela está de algum modo sentindo prazer com o destino de minha esposa. Não gosto de vê-la ali, diante de Joanie; o contraste entre uma mulher saudável e uma que está morrendo fica muito pronunciado. O rosto de Julie está bronzeado de suas férias na praia. Joanie parece minúscula comparada com ela. Sinto-me totalmente protetor em relação a Joanie, ligado a ela, loucamente apaixonado. Sinto vontade de segurar sua mão e indicar a porta para Julie.

"Ele me contou tudo", diz Julie, para mim ou para Joanie. "Eu perdoo você por tentar tirá-lo de mim, por tentar destruir minha família."

"Chega", eu digo. "Quero que pare com isso."

Ela faz menção de dizer mais alguma coisa, algo que provavelmente ensaiou, mas não vou deixar que brigue com uma mulher que não pode reagir. Toda sua graciosidade e delicadeza se foram. Ela enganou a si mesma pensando que fazia uma coisa nobre, mas na verdade tudo tem a ver com a raiva. Está sentindo as mesmas coisas que eu sinto, eu acho — a necessidade de proteger o que é seu. Isso é uma guerra. Sempre é.

Vou até a porta e abro para ela, esperando que saia. Ela baixa o rosto para Joanie e fico pensando se vou precisar tirá-la à força. Ela olha brevemente suas flores, e se afasta da cama.

"Ele não amava ela", diz.

"Eu sei, mas também não amou você, por um tempo."

Ela para diante de mim. "Vim aqui. Não queria ter agido desse jeito. Só amo minha família, só isso."

"É minha esposa que está aí", eu digo.

Ela espera que eu continue, mas não tenho mais nada a dizer. Eu ia dizer, *É o amor da minha vida que está aí. Você pode voltar para sua casa e sua família. Eu não posso.* Mas não sinto mais vontade de conversar com ela. Esses últimos dias têm se constituído numa tentativa de extirpar todo mundo. Vão embora. Todo mundo, por favor.

Ela hesita, talvez se perguntando se deveria apertar minha mão ou me abraçar, mas deixo claro que não quero uma coisa nem outra. Penso em como a beijei, deixando minha marca, assim como seu marido deixou a dele. Sinto-me enojado com minha vingança banal, e como Julie pode ser a última mulher que me beija de volta.

Ela sai e eu fecho a porta mais uma vez, e olho suas flores muito eretas no fundo do quarto. E então vou até onde está minha esposa, que parece um fantasma de mulher. Sento em sua cama. Tomo sua mão, que não parece mais sua mão. Toco seu rosto, olho para seus lábios, as linhas de seus lábios. Esfrego a palma da mão na sua testa e no seu cabelo, como seu pai fez. Peço em silêncio que me perdoe e então me dou conta de que ela não é uma espécie de deus e que preciso dizer isso em voz alta.

"Me perdoe", eu digo. "Eu te amo. Sei que a gente fez alguma coisa certa juntos."

Eu escolhi meu momento. Não quero abraçá-la porque sei que não vou gostar da sensação de não ser abraçado de volta, e não quero beijá-la porque não vou ser beijado de volta, mas beijo-a mesmo assim. Pressiono meus lábios contra os seus e depois ponho minha mão em sua barriga, porque esse parece ser o lugar de onde tudo vem, onde sinto amor e dor, raiva e orgulho, e ainda que não estivesse planejando que fosse dessa forma, eu me despeço. Inclino-me sobre ela com minha boca em seu pescoço, nossas cabeças coladas. Adeus, Joanie. Adeus, meu amor, minha amiga, minha dor, minha felicidade. Adeus. Adeus. Adeus.

43

Preparo o gim-tônica e olho pela grande janela emoldurando a sebe de filadelfo, e sob a janela para o sofá, onde a mãe de Sid está sentada. Ela usa calças e uma blusa, e posso perceber que não está acostumada a se vestir desse jeito. Abotoa o último botão, depois volta a desabotoar e arruma seu colar. Olho para outro lado antes que perceba que a estou observando.

Calculei que, se Sid tinha o direito, então eu também tenho. Ele ligou para Julie. Eu liguei para a mãe dele. É assim que funciona.

Levo a bebida até ela. Gostei que tenha aceitado. Preparei uma para mim, também, mesmo que esteja gelada e eu hesite em tocar o copo coberto de condensação. Tem feito um frio incomum em toda a ilha nesses últimos dias, com chuvas pesadas, nuvens quase negras — o clima mais apropriado para o momento.

Mary segura a bebida com as mãos em concha entre suas pernas. Percebo que não lhe dei um porta-copos e ela está com receio de pousar seu gim-tônica na mesa de madeira. O guardanapo de papel está todo rasgado em sua mão, alguns pedacinhos presos no copo gelado.

"Pode pôr na mesa, se quiser", eu digo.

Ela fita a comprida mesa de madeira diante de si, os pesados volumes: *Finding Paradise, A Sense of Place, World Atlas* e *Law in America.* Hesita e tenta recuperar o guardanapo encharcado, mas para e pousa o copo na mesa. Talvez tenha se dado conta de que pode fazer o que quiser e agir como quiser. Ela não sabe que minha esposa morreu há dois dias. Ela, com seu marido morto, seu filho renegado, é a vitoriosa aqui.

"Em geral eu não bebo", diz. "Principalmente a essa hora."

"Eu sei." Posso ver a semelhança de Sid com ela: o nariz afilado e os olhos grandes que se curvam para baixo.

"Ele tem passado bem?", ela pergunta. "Tem se comportado?"

Penso nele queimando um baseado, fumando cigarros, batendo no traseiro de minha filha, ficando amuado, falando pelos cotovelos, arruinando o casamento de Brian, levando uma bifa, como diz Scottie, do meu sogro.

"É", eu digo. "Tem se mostrado surpreendentemente útil."

"Eu posso pagar", ela diz. "Pelas refeições. Por qualquer despesa que tenha tido."

"Oh, não", eu digo. "Não se preocupe com isso."

Ela dá uma olhada pela casa e depois pela porta de tela para o quintal, a piscina, a montanha. Também olho para lá, depois pergunto se ela quer que eu veja por que ele está demorando tanto.

"Ele contou por que eu o pus para fora de casa?"

"Ele me contou que o pai dele morreu. Me disse que estava com saudade do pai."

"O pai dele era um homem difícil de conviver", ela diz. "Mas cuidava da gente. Ele amava o Sid."

"Tenho certeza que sim", digo.

"Você deve me achar uma pessoa horrível por tê-lo expulsado de casa."

Seu rosto parece cansado. Parece ter mais idade do que provavelmente tem.

"Não acho isso. As crianças são terríveis. Às vezes, fazer uma coisa dessas é o único jeito que funciona. Principalmente com Sid. Ele não é fácil."

"Não, não mesmo." Ela ri, e é como se estivéssemos admitindo que nossos filhos são problemáticos, mas que não gostaríamos que fosse diferente. Vejo que trouxe para Sid uma das revistas de que ele gosta, do tipo com garotas em carros ou garotas em motocicletas.

"Preciso contar a ele que acredito nele", ela diz.

Ela fita um ponto atrás de mim e sei que ele deve estar ali, andando pelo corredor com piso de pedra, passando pelos nossos retratos na parede, passando pela mesa com os cartões de condolências, passando pelo vaso preto japonês que soa como um gongo quando golpeado por uma colher de pau enrolada no pano de prato, que era o modo como Joanie nos chamava para o jantar. "Tá na mesa!", ela gritava após o profundo gongo. "A janta!"

"Oi, mãe", diz Sid.

Ela se levanta, mas fica onde está, na frente do sofá e atrás da mesa de centro, protegida. Ele está do meu lado. Eu fico de pé e lhe dou um olhar de encorajamento. Percebo que não quer que eu saia, mas esse não é problema meu, é apenas uma situação similar que compartilhamos, a necessidade de fazer as pazes com os mortos e as pessoas que eles realmente foram. Queremos ascender, tornar nossos monarcas mortos menos poderosos, impedi-los de continuar governando nossas vidas, ainda que eu saiba que isso é impossível, porque eles têm dominado minha vida durante séculos.

"Obrigado por ter vindo, Mary", eu digo.

Saio de perto. Escuto suas vozes. Quero acreditar que os escuto se abraçando, mas tenho certeza de que não escuto isso. Um abraço não é audível.

Alex está parada junto ao gongo e faço um sinal para que venha comigo.

"Eles estão conversando?", ela pergunta.

"Acho que sim."

Passamos pelas fotos de Joanie. Não olho para elas, mas conheço a sequência. Joanie em Mauna Kea com Alex nos ombros, Joanie, eu e amigos jantando no restaurante rotatório que deixou todo mundo enjoado, Alex em sua bicicleta suja de terra em meio a um bananal, Joanie em um barco de biquíni, Scottie se debruçando pela amurada, fingindo vomitar, Joanie num *outrigger* na crista de uma onda, curvando-se sobre o estabilizador para impedir a canoa de virar.

Scottie está no sofá-cama, debaixo do acolchoado que trouxe de sua própria cama. Está vendo televisão; na verdade, é só o que temos feito nesses últimos dois dias. Tiro os sapatos e entro sob as cobertas com ela, e Alex também. Recosto o corpo e assisto a uma linda celebridade aceitando um prêmio pelo papel de uma mulher feia.

Ajeito alguns travesseiros sob a cabeça e puxo as cobertas. Eu poderia ficar aqui para sempre. Noto que Scottie voltou a se ocupar do álbum de recortes. O álbum está em cima de sua barriga e eu o pego e folheio as páginas. O tempo passa. O tempo passou. Vejo isso pelas fotos — Troy no balcão do clube no dia das caravelas-portuguesas, Alex na piscina, gritando com Scottie, seu primeiro dia em casa. Há inúmeras fotos de Sid fazendo coisas triviais. Sid sentado à beira da piscina lendo uma de suas revistas de carro, Sid comendo fritas, Sid cochilando.

"O Sid vai pra casa dele?", pergunta Scottie.

"Vai", eu digo.

"Você vai continuar saindo com ele?", pergunta Scottie. "Mesmo depois que ele andou com aquelas mocreias?"

"A gente é só amigo", diz Alex, mas, em um momento de honestidade, acrescenta, "Não sei o que a gente é. Acho que estamos juntos, agora". Ela aponta o álbum. "Tem um monte dele."

"Ele é fotogênico", diz Scottie. Ela pega o álbum de volta e folheia as páginas, hipnotizada com sua obra. Segura-o perto de si e não me deixa virar as páginas. É como se fosse a guardiã de nossas relíquias. Nossa curadora.

Página seguinte. Uma foto antiga minha em meu escritório, cercado pelos recortes das coisas que me definem: uma pasta, uma cerveja.

Vou precisar ficar ali um bocado a partir de agora, no escritório, me familiarizando com minhas próprias terras, tentando compensar os anos em que negligenciamos as dádivas que nos foram concedidas.

Scottie me colocou abaixo de minha mãe e meu pai. Joanie está ao meu lado, uma foto de anos atrás, depois de sua corrida de canoa de Molokai a Oahu, tirada antes de Scottie nascer. É a perfeita imagem da saúde — seus dentes, sua pele, o brilho em seu rosto. Está jovem e linda, feliz, e percebo que foi tirada antes até de nos conhecermos.

Faço carinho no cabelo de Scottie e ela recosta em mim.

"Você é nossa guardiã", digo a ela. "A historiadora da nossa família."

"A senhora Chun vai dizer que não é um álbum de recortes de verdade. Não tem tecido nem legendas."

"Eu gosto como está", digo.

"Eu também."

"Que horas a gente vai amanhã?", pergunta Alex.

"Cedo", eu digo.

"E se ainda estiver chovendo?"

"A gente vai mesmo assim", eu digo. "Precisamos ir."

As cinzas estão em uma caixa. A caixa está em uma bolsa roxa, e sempre que olho para a bolsa, penso em bebidas caras e então penso, *Não. São cinzas. As cinzas de minha esposa.*

Ainda não sei muito bem como as meninas se despediram, como foi seu momento, e não quero perguntar, porque vai doer demais ficar sabendo. Elas foram uma de cada vez. Uma de cada vez disse alguma coisa, depois saiu do quarto e examinou meu rosto à procura de uma resposta clara. Então fomos embora do hospital e voltamos para casa. Scottie ligou a televisão na alcova. Alex foi para seu quarto. Eu fui para o meu, mas não consegui ficar na cama, então fui ver tevê com Scottie, e Alex estava ali deitada ao seu lado e eu soube que aquele era o melhor lugar para estar. Joanie devia estar esperando por nós. Depois que todos demos adeus, ela morreu no dia seguinte.

Imagens de pessoas falecidas que trabalharam na indústria do cinema aparecem na tela. Alguns recebem sonoros aplausos, outros, nenhum.

Os dedos do pé de Scottie batem no meu queixo.

"Seu pé está gelado", eu digo.

Ela pressiona seu pé inteiro contra meu queixo e isso me dá calafrio. "Para com isso", eu digo.

Ela ri alto e eu ponho a mão por cima dela, de modo que estou tocando o topo da cabeça de ambas. É mais ou menos como o gesto calculado e tímido que fazemos num primeiro encontro.

Lembro de caminhar com Joanie na praia isolada diante do Kahala. Havíamos acabado de almoçar no Hoku's, e tínhamos tomado uma taça de vinho cada um. Lembro de andar perto dela, deliberadamente roçando minha mão na dela, na esperança de que ficassem coladas de alguma forma, e depois finalmente passando meu braço em torno dela e sentindo a satisfação de vê-la chegar mais perto e se deixar ficar. O lindo hotel se estendia ao nosso lado, e era como se estivéssemos de férias, turistas numa terra exótica. É estranho pensar que um dia fomos tímidos um com o outro.

"Fiquei feliz que você não vendeu a terra", diz Scottie.

"Sério?", pergunto. "Por quê?"

"Porque daí a gente não ia ter mais", ela diz.

"Ela vai ser de vocês um dia", eu digo. "Vocês duas."

"É muita coisa pra ter", diz Alex.

Scottie vira a última página do álbum, e lá estão os dois que começaram tudo, a princesa Kekipi e Edward King.

"Por que eles estão no fim?", pergunto. "Não deveriam estar no começo?"

"Acho que sim", diz Scottie. Ela passa a mão na foto da princesa. "Eu arrumo depois."

"Tudo bem, deixa", eu digo. "Acho que até gostei deles aí no fim."

É engraçado eu pensar neles como sendo o início, porque eles também eram descendentes de alguém, gerações de impressões em seu DNA, traços de migrações humanas. Eles não vieram de lugar nenhum. Todo mundo vem de alguém que vem de outro alguém, e isso para mim é uma coisa espantosa. Não temos como saber que pessoas estão em nós. Todos temos nosso momento no topo da árvore. Matthew e Joan. Vamos ser esses dois, um dia.

Cochilo um pouco. Não sei por quanto tempo, mas quando abro os olhos a premiação do Oscar continua passando, e Alex me diz que Sid já foi, e isso me deixa um pouco triste. Seja lá o que significou nosso quarteto, esse é o fim. Ele é o namorado da minha filha agora, e eu sou um pai. Um viúvo. Nada de maconha, de cigarros, de passar a noite. Vão precisar encontrar jeitos inventivos de fazer suas coisas, muito provavelmente em lugares desconfortáveis, assim como todos os adolescentes. Deixo que ele se vá junto com os meus antigos costumes. Todos nós deixamos que ele se vá, bem como o que éramos antes disso, e agora somos só nós três, para valer. Viro para minhas meninas, dando uma boa olhada no que ficou.

44

Piloto a pequena canoa e estou fazendo um belo papelão; navegamos numa rota tortuosa através do oceano e as meninas estão cansadas de tantos solavancos extras. Meus ancestrais polinésios teriam ficado decepcionados comigo. Não tenho o dom da navegação tradicional, de usar o sol, as estrelas e as vagas para me orientar no oceano aberto. Essas habilidades e instintos se perderam.

"Será que não era melhor jogar aqui mesmo?", grita Alex, virando para mim. Está no assento dianteiro, e posso ver seus músculos das costas retesados sob a pele.

"Nadador, pai", diz Scottie. "Nadador!"

Vejo uma touca de natação branca subindo e descendo em nossa direção, mas depois ela flutua na direção dos catamarãs.

"Vamos passar da rebentação", eu digo. "Fugir do movimento."

"Vai reto, então", diz Alex.

"Estou tentando."

"Tenta melhor. Você precisa prever quando o barco vai virar, e não exagerar na correção. Está indo devagar demais."

Joanie sabia manejar um barco direito. Tenho certeza absoluta de que isso é o que todos nós estamos pensando.

Tento usar a biruta cor de laranja como ponto de referência. Posso ver o recife se projetando em alguns lugares, como mandíbulas. O sol é um fulgor baço sob as nuvens cinza. A água está escura, e as formas mais escuras das pedras no leito oceânico parecem se mover sob nós. Meu remo atinge uma elevação de recife esburacada como um favo de mel, e viro para a direita tentando nos conduzir para águas mais profundas. As cinzas estão na sacola e a sacola está em meu colo. De tempos em tempos baixo o rosto e fico com uma sensação de injustiça. Não é certo que ela esteja em meu colo desse jeito. Mal posso senti-la. Penso naquelas opções de sepultamento: *Seja levado em uma canoa e espalhado!*

Imensas ondas se elevam perto da biruta, mas não quebram. Uma passa sob nós, e a canoa sobe até a crista, depois desce com tudo. A proa se choca contra a água, e conforme nos aproximamos da onda seguinte, que parece maior do que a anterior, aperto a sacola de cinzas com mais força entre minhas pernas. Scottie para de remar.

"Continua remando", eu digo, a voz denunciando todo meu nervosismo. Precisamos de impulso para conseguir passar, de modo que a onda não nos arraste para baixo junto com ela. Escalamos a onda, com tanta água espirrada que não consigo enxergar, e então deslizamos por suas costas curvas, descendo tão bruscamente que todo mundo dá um doloroso pulo no assento.

"Vamos cair fora daqui", eu digo.

As meninas ficam caladas e percebo que estão preocupadas. Elas afundam seus remos no mar, empurrando o máximo de água que seus pequenos corpos são capazes de deslocar. Seus pulsos estão submersos e executam remadas rápidas. Vamos mais longe do que o necessário, de modo que passamos muito além da rebentação. A água está mais escura ainda, e as rochas no fundo do oceano são como criaturas adormecidas. Parece um lugar escuro demais, frio demais, solitário demais para repousar pela eternidade, mas fico quieto.

As meninas param de remar. Observo a faixa de Waikiki. Parece diferente cada vez que olho, embora não tenha mudado tanto assim: uma multidão de gente, água turquesa, surfistas deslizando nas ondas, areia branca como porcelana. É só que significa uma coisa diferente pra mim cada vez que olho. Hoje significa Joanie. A praia de Joanie.

Pego a sacola. Ela vem com uma espécie de colher de prata e eu a seguro em minha mão, também, olhando para o objeto como se fosse uma piada.

Pensei no modo apropriado de se fazer isso.

"Alex", digo. "Chega mais perto da sua irmã. Quem sabe é melhor sentar no estabilizador."

Ela vira o corpo e passa a perna por cima do assento, ficando de pé na canoa, segurando nas laterais para se equilibrar.

Prendeu o cabelo no alto da cabeça, de modo que parece uma colmeia, o que me leva a pensar no recife.

"Toma", eu digo, segurando a sacola aberta e dando a minúscula pá para Alex. Ela hesita, depois pega, e sua mão desaparece dentro da sacola. Ela tira uma colherada de cinzas e um pouco do pó sai voando. Ficamos observando as cinzas se moverem como fumaça, e então Alex aponta a pá para baixo de modo que as cinzas caem densamente num único ponto, avolumando-se em cima da água e depois lentamente se condensando, escurecendo o mar para então desaparecer.

Alex oferece a pá para Scottie, e seguro a sacola aberta diante dela. Para minha surpresa, Scottie segura a pá e mergulha na sacola, cavoucando ali como que à procura do brinde. Pensei que fosse ficar com medo. Ela tira um punhado de cinzas e com uma torção de pulso arremessa tudo no ar. Ficamos observando a água, e, quando não vemos mais nada, as meninas olham para mim. Scottie está batendo os dentes, e sua pele está toda arrepiada. Ambas ficam de pé na canoa estreita, procurando se equilibrar conforme a marola faz o barco subir e descer. Penso em todas as cinzas que devem repousar além da rebentação em Waikiki, todas as flores que já foram jogadas para os falecidos, e me pergunto para onde vai tudo. Enterro a pá na sacola e sinto o peso de minha esposa. Jogo as cinzas no mar, e isso me machuca de um jeito quase físico. Minha garganta dói, minha barriga e meus braços latejam. Sem minhas filhas, não sei como me comportaria nesse momento. Não consigo olhar para elas sem sentir uma ligeira vertigem. Sei que estão chorando bem agora, e não posso olhar. Se fizer isso, vou desabar. Pego a sacola e a viro de cabeça para baixo, e cai tanta coisa que as cinzas chegam até a fazer ruído quando se chocam com a água. Ficamos observando aquilo afundar, as cinzas escuras que parecem areia grossa. As meninas atiram quatro *leis* de jasmim, e observamos os colares flutuando por alguns instantes, depois ao que parece estamos dando nossa cerimônia por encerrada. Os *leis* são arrastados de volta e grudam na lateral da canoa. Scottie os resgata do mar, depois joga do outro lado. Ficamos observando a água um pouco mais e então começamos a nos entreolhar como que dizendo, *E agora? Quando podemos voltar?*.

Talvez quando não conseguirmos mais enxergar os colares de flores. Nesse momento será hora de voltar. Alex senta no banco da frente, e Scottie senta na beirada da canoa e se inclina contra o estabilizador. Encaramos a costa e observamos nossas flores. Muito à distância, vejo pessoas no terraço tomando café da manhã e penso se não deveríamos fazer isso também, em vez de voltar correndo para nos esconder em casa. Quando olho para a água outra vez, os *leis* amarelos se foram. Pego meu remo, mas então escuto um assobio e viro para olhar na direção do horizonte. Vejo um barco, um iate turístico, cheio de sujeitos sem camisa com *leis* cor-de-rosa no pescoço, viseiras na cabeça, segurando bebidas em cascas de coco. Não está cedo demais para isso? Scottie se ajeita no assento do meio e Alex protege os olhos e vira na direção do barco. Uma série de ondas se choca contra nossa canoa, fazendo-nos jogar para trás e para a frente.

"Uuu-huu!", ouço-os gritar. "Uuu!" Acenam freneticamente para nós.

Na proa do iate algumas garotas estão dançando. Posso ouvir o bate-estacas da música.

"Uuu! Ééé!", gritam os rapazes. Eles erguem suas bebidas, como que num brinde para nós.

Ficamos olhando para eles e eles olham de volta, sem entender por que estamos tão quietos.

Alex começa a remar e Scottie faz o mesmo, e os rapazes no barco gritam, entusiasmados: "Rema! Rema! Vai! Vai!"

Um rapaz com uma faixa de protetor solar amarelo no nariz tira seu *lei* e finge que vai arremessar. "Mostra os peitinhos!", ele grita, e todos riem.

Viro a canoa de costas para eles. As meninas remam. Não faço ideia do que passa por suas cabeças. Espero que o último momento com sua mãe não tenha sido arruinado por eles. Sinto como se a abandonasse, remando de volta para a praia.

"Eu ainda te amo", ela disse certa noite.

Isso foi pouco antes do acidente. Havíamos acabado de apagar a luz, mas eu estava tonto de sono e murmurei um "Boa noite" de volta. De manhã virei para ela, apoiando minha cabeça em seu travesseiro, e lembrei o que havia me dito na noite anterior, e pensei, *Ainda? Ainda me ama?*.

Mas acredito nela. Acredito que, a despeito de tudo, ainda me amasse.

"Lamento", eu digo. "O iate. Mas nosso último momento com ela foi bom. Espero que vocês estejam bem."

"Acho que a mamãe ia ter gostado daquilo", diz Scottie.

"Ela provavelmente teria mostrado os peitos para eles", diz Alex.

Scottie ri e sei que Alex está sorrindo.

As meninas remam vagarosamente, e Scottie para e apoia o remo contra o casco. Suas costas estão arqueadas e ela fita seu colo, e me pergunto se está chorando. Ela vira, mostra a mão. "A mamãe ficou presa nas minhas unhas", diz.

Olho, e de fato está lá.

Alex vira e Scottie mostra as unhas para ela. Alex balança a cabeça e faz uma cara que parece dizer, *Vai se acostumando com isso. Ela vai estar aí pelo resto da sua vida. Vai estar aí nos aniversários, nos Natais, quando você ficar menstruada, quando se formar, fizer sexo, quando casar, tiver filhos, quando morrer. Vai estar aí e não vai estar aí.*

Acho que é isso que diz seu olhar; seja lá o que for, é algo que parece confortá-la, a ela e sua irmã. As meninas começam a remar outra vez, e o ritmo me põe em um transe: as pás atingem a água, deslizam ao longo do casco, depois fazem um arco de volta ao topo, a maresia voando pelo ar. *Splash, thunk, shhh. Splash, thunk, shhh.* Penso na noite anterior, em Scottie folheando seu álbum, como tirou a foto de sua mãe do lugar, depois a colocou abaixo de meus ancestrais.

"Vou pôr ela no fim", diz Scottie.

Fiquei olhando para Joanie ali no fim. Acho que Scottie não tinha nada em mente ao fazer isso nessa ordem. Seu álbum não tem ordem alguma, para falar a verdade, não é uma árvore genealógica. São recortes de momentos em nossas vidas, escolhidos e montados, momentos que queremos lembrar e esquecer.

"O fim", disse Scottie.

"O fim", disse Alex.

Scottie fechou o álbum.

Penso em minha esposa no fim, sua pequena foto, uma lembrança, um suvenir, a evidência de uma vida. Parece mesmo apropriado que lhe coubesse a última palavra. *Quais foram suas últimas palavras?*, me pergunto. Odeio não saber, mas imagino que agora, no fim, ela tenha a última palavra, seja lá qual for, e, a partir dela, minhas filhas e eu ergueremos nossa ascendência.

Digo às meninas para remar mais rápido, para pegar essa pequena onda que vai nos carregar. Elas aceleram suas remadas e a onda nos colhe e flutuamos acima do recife e das formas escuras abaixo. Deve parecer que estamos nos divertindo, e um dia estaremos. E ainda que a arte da navegação tenha se perdido para mim, tento nos guiar para a costa pelo curso mais reto possível.

Agradecimentos

Este romance é baseado em "The Minor Wars", um conto do meu primeiro livro, *House of Thieves*. Queria agradecer à *Story-Quarterly* por aceitar "The Minor Wars", minha primeira história a ser publicada, e agradecer à *Best American Nonrequired Reading* por sua reedição.

Sou imensamente grata a Kim Witherspoon e David Forrer por seu apoio e trabalho duro; a Laura Ford e todo mundo na Random House, e agradeço por todo o entusiasmo e orientação. Dr. Frank Delen — obrigada por seu conhecimento de pacientes em coma e suas famílias. Espero ter entendido tudo direito.

À minha família no Havaí, e a meu leitor e marido, Andy, cujo conhecimento de todos os assuntos, desde *living wills* e *trusts* a motocicletas, me ajudou a escrever este livro. Agradeço seus encorajamentos, conselhos e senso de humor, que sempre parecem dar um jeito de transparecer nas coisas que escrevo.

Finalmente, uma nota sobre o presente e o passado do Havaí. Inspirei-me em fatos históricos e eventos atuais; contudo, este livro é um casamento entre a realidade e a ficção, e aqui nesta família quem manda é a ficção.

Este livro foi impresso
pela Lena Gráfica para a
Editora Objetiva em
janeiro de 2012.